人文蜀地

一份记者的行走笔记

封面新闻　编

四川文艺出版社

图书在版编目（CIP）数据

人文蜀地：一份记者的行走笔记 / 封面新闻编. 一成
都：四川文艺出版社，2020.7
（《宽窄巷》人文书系）
ISBN 978-7-5411-5767-7

Ⅰ.①人… Ⅱ.①封… Ⅲ.①游记—作品集—中国—
当代 Ⅳ.①I267.4

中国版本图书馆CIP数据核字(2020)第133807号

RENWEN SHUDI: YIFEN JIZHE DE XINGZOU BIJI

人文蜀地：一份记者的行走笔记

封面新闻 编

李贵平 著

出 品 人	张庆宁
责任编辑	张亮亮
封面设计	叶 茂
内文设计	史小燕
责任校对	段 敏
责任印制	崔 娜

出版发行　四川文艺出版社（成都市槐树街2号）
网　　址　www.scwys.com
电　　话　028-86259287（发行部）　　028-86259303（编辑部）
传　　真　028-86259306

邮购地址　成都市槐树街2号四川文艺出版社邮购部　610031
排　　版　四川胜翔数码印务设计有限公司
印　　刷　四川五洲彩印有限责任公司
成品尺寸　170mm×240mm　　　　　开　本　16开
印　　张　17　　　　　　　　　　字　数　280千
版　　次　2020年7月第一版　　　印　次　2020年7月第一次印刷
书　　号　ISBN 978-7-5411-5767-7
定　　价　46.00元

《宽窄巷》人文书系编撰委员会

主编

陈岚　李鹏

副主编

方堃　赵晓梦

编委

谢梦　杨莉　吴德玉　黄勇

李贵平　仲伟　叶红

丛书编辑

封面新闻

丛书总序

何开四

文化盛宴
宽窄风流
——序《〈宽窄巷〉人文书系》

何开四

　　成都有两个宽窄巷，一个在青羊区，一个在媒体。媒体云何？《华西都市报》是也。四川日报报业集团旗下的《华西都市报》是中国都市报系的开山鼻祖。二十多年来，该报一直秉承改革开放的精神，桴鼓大潮，锐意创新，引领风流。其品牌副刊《宽窄巷》就是一个经典的案例。大凡报纸都有副刊。一般而言，副刊只是"配菜"而已，并非主角，而副刊不副，直做到满汉全席的饕餮大宴，与新闻平分秋色而入云端，则是《华西都市报》的发明。

　　当然，这也有一个发展的过程。20世纪90年代《华西都市报》创刊时，就辟有以"大众化、通俗化、生活化"为主旨的《老街坊》的副刊，它虽然延续和拓展了传统副刊的内涵，但依然未脱出传统的窠臼。随着市场经济向纵深发展，它的式微不可避免，到2000年后，都市报基本上取消了副刊而衍化为专刊。《华西都市报》的专刊在最鼎盛时期，一天曾出版过一百五十多个版面。然而三十年河东，三十年河西，时代的急遽变化令人目眩。21世纪以来，随着互联网的横空问世、电脑和手机的普及，移动阅读成为时尚和不可阻挡的潮流，人们的生存方式和思维方式发生了巨大的变化，获取信息的手段由传统的历时性而变为现代的即时性，跋胡疐尾，纸媒处于一种尴尬的境地。

信息社会，信息爆炸，信息过载，而新闻的滞后和同质化，已经成为传统报纸的致命伤。如何化危为机，突出重围？这时人们开始重新思考副刊在纸媒中的地位和作用。而在这一点上，华西报人高瞻周览，可谓得风气之先。2014年初，华西都市报社开始深化"大众化高级报纸"办报理念，编委会审时度势重新重磅打造副刊，定位为"办一份有文化品位的副刊"，并取名为《宽窄巷》。2017年新年伊始，《华西都市报》再次改版。本轮改版最为抢眼的是，在报纸版面大幅减少不可逆的背景下，《宽窄巷》逆势大幅扩版，从周末两天的八个版，扩为每天四个整版。对此，华西都市报社负责人认为："报纸，尤其是区域报纸，是记录区域文化最好的载体之一。媒体的文化价值和都市话语体系表达，使其能面向基层群众，不管是对历史的记载还是对当下的反映，都是不可或缺的。所以一定要做文化副刊，记录城市的文化，这也是文化副刊能够有所作为的地方。""在移动互联碎片化阅读时代，追求人文价值弥足珍贵。华西都市报社提出做报纸要有做艺术品的追求，就是要用工匠精神打造精品报纸，因为人工智能时代，思想和情感不可替代。"这两段话讲得十分精辟，有战略预判的眼光，特别是其所强调的在高科技勃兴的时候"思想和情感不可替代"更是振聋发聩。

但这仅仅是问题的一个方面。子曰："工欲善其事，必先利其器。"在互联网、人工智能高度发达的今天，纸媒大刀长矛的冷兵器确实已成明日黄花。如果抱残守缺，就是死路一条。如何与时俱进，蜕变更新，让传统媒体搭上高科技的快车，进而将传统媒体和新媒体融合，开创一个崭新局面？在这一点上，华西都市报社再次承续了其黑马雄风的本色，勇于开拓，大胆创新，又一次在业界引领风流，一个颠覆性的变革和转型在华西都市报社启动了。2015年10月28日，由四川日报报业集团打造，承载《华西都市报》融合转型使命的封面传媒成立，致力建设一流互联网科技传媒文化企业。2016年5月4日，封面传媒旗舰产品——封面新闻客户端上线，以"亿万年轻人的生活方式"为定位，为互联网空间提供正能量、年轻态、视频化的信息。封面新闻突出技术驱动，坚持内容为王，强化资本支撑，打造"智能+智慧+智库"的智媒体。作为中国第一智媒体，封面传媒以"引领人工智能时代的泛内容生态平台"为愿景，秉承用户至上理念，深化开放合作，依托大数据、人工智能和区块链等前沿技术，构建跨媒体、电商和文娱的产业链，推动"影响、资本、产业"三环联动跨越发展，实现"重新连接世界"的使命。封面传媒的横空出世和封面新闻APP的上线，使华西都市报社的媒体融合发展之路高歌猛进，封面新闻以人工智能技术重构新闻信息生产与传播的全流程，打造"封面大脑"，建设"智能编辑部"和智媒云，《华西都市报》与封面新闻从相加到相融，至2018年底《华西都市报》整体并入封面新闻，报纸成为封面新闻24小时传播环节中的一环。业界称这是媒体融合"颠覆性变革"案例。

借助媒体融合大潮和插上封面新闻新媒体传播翅膀，《华西都市报·宽窄巷》"天天文化副刊"实现了"纸与端齐飞"的线上和线下同频共振，以端为先的内容生产方式又一次刷新了读者对人文副刊的认识。如今，封面新闻已构建起了全国一流的人文频道矩阵，《宽窄》《读书》《历史》《地理》《千面》《文娱》《新知》等七个人文频道，与《华西都市报》每天五个版的《宽窄巷》人文副刊，是全国唯一每天报端齐头并进的独特人文品牌，在全国媒体界引起瞩目，获得广泛赞誉。这抹与其他传统报纸迥然不同的亮丽色彩在于，当你翻开《华西都市报》，也就打开了封面新闻的一个入口。报纸副刊《宽窄巷》上的每一个二维码都指向连接云端的"封面"，相关海量的资讯扑面而来。另一方面，《宽窄巷》所有的稿件都来源于封面新闻，拓宽和提高了报纸的视野、深度，使得《华西都市报》的传播力、影响力持续增强。每天千万乃至上亿的阅读量，令人咋舌！这是足以载入中国报业史的辉煌篇章。开山鼻祖就是开山鼻祖，排头兵就是排头兵，《华西都市报》就是《华西都市报》！

反者，道之动。这是事物运行的规律。反是相反，是否定；反也是返，是回归。中国文字的这种歧出分训而又同时合训生动地诠释了辩证法的正反合。《华西都市报》的副刊创新之路，由《老街坊》到《周末专刊》再到《宽窄巷》，从纸端到云端再到智媒体的融合正是这一规律的生动体现。于是，我们在纸端和云端的《宽窄巷》上看到了一出前所未有、五彩缤纷的大戏！"名人堂""四川发现""城市笔记""口述历史""身边档案""当代书评""蜀境""华西坝""语闻成都""百家姓""图博志""浣花溪""阅微堂""大历史""看新知"等名牌栏目和版面次第上演，打通中西，勾连古今。它们独具风姿，化堆垛为烟云，化腐朽为神奇，以有思想、有情感、有温度的文化品位吸引了广大读者。尤其是对蜀地文化的爬罗剔抉、取精用宏，更是赢得了读者的青睐。这是对四川文化的深度挖掘和巡礼，也是有利于四川历史文化的大普及。它使昔日的高头讲章、象牙塔中的幽深玄奥不再小众而平易近人，让昔时王谢堂前燕，飞入寻常百姓家。

为顺应读者需求，由陈岚、李鹏主编，封面新闻编辑的"《宽窄巷》人文书系"一套五本出版问世，无疑是读书界的一件盛事。它荟萃了《宽窄巷》副刊的菁华，琳琅满目，美不胜收。其主旨就是要弘扬四川人文精神、传承文化遗产；同时它抢救性地留下本土文化的文脉，也是蜀中文化的一个积累性成果。这套人文书系图文并茂，装帧精美，蔚为大观。应邀作序，我不妨作一简评，有话则长，无话则短，管窥锥指，抛砖引玉而已。

《蜀地文心：四川文艺大家口述历史》

这是一本饶有文化底蕴的书，称之为"蜀地文心"，看得出它的分量。它囊括了蜀地文学、川剧、曲艺、导演、音乐界的众多代表人物，称得上是当代四川的艺文志、当代四川文艺大家的人物画廊。综核名实，有两点给人留下了深刻的印象。

首先，它采用了口述历史的方式，使人物的景深大大扩展。现代口述史中有一句名言："人人都是自己的历史学家。"这里的历史，在我看来是文含两义，它既是个体的私人历史，讲的是自己的故事，也蕴含了社会历史的内容。书中四川文艺大家们丰富的人生履历无不有血有肉、丰富多彩，而折射出的则是四川本土的人文精神内核和风云色变的社会变迁。如《马识途：我的生命当中，没有投降二字》一文，就回肠荡气，感人至深。马老是革命家，也是文学家。他的经历富于传奇的色彩，一生的跌宕起伏，波澜壮阔，无不牵连着风云色变的时代。共和国的百年剧变，历历在目。读之令人神往，消去鄙吝的心。

其次，正因为它采用了口述历史的叙事方式，以非虚构类报道为历史留档，彰显了文本的艺术特色。既然是口述历史，就蕴含了对话的主客体，在这种叙事语境中，虽然内容是前尘往事，但却有现场感。历史的过去时和口述的现在进行时，交替融合产生了奇妙的效果，这是单纯的历史教科书所不能比拟的。读《王火：名字是火，气质如水》，你就有温馨之感。老作家蔼然仁者的音容笑貌，春风风人、夏雨雨人的君子之风，跃然纸上，极具画面感，令人感佩不已。其他如《白航：诗意洒人生，掌舵〈星星诗刊〉》《阿来："乡村之子"攀登文学高峰》《张新泉：从铁匠到鲁奖诗人》等，也都是优美的篇什，值得反复玩味。

以上我仅仅选择的是文学大家的个案，但管中窥豹，可见一斑。其他艺术门类的人物也同样精彩，魏明伦、许倩云、沈伐、李伯清、金乃凡、黄虎威等等，群星荟萃，都是看点。

《你不知道的成都：一个城市的风物志》

这是一本当代的成都风物志。成都的风流倜傥，成都的风花雪月，成都的温柔富贵，早已享誉海内外。张艺谋的成都宣传片中"成都是一个来了就不想走的城市"、时下传唱的赵雷的《成都》，都是这个城市的真实写照。本书文章选自《宽窄巷》副刊"语闻成都""城市笔记"等品牌栏目，浓墨重彩讲述了成都新兴的人文生活方式，聚焦于本土特色人物和有个性、有品质的成都式人文生活样本，生动地反映了当下多元化社会所带来的不同生活类型、别样生活态度、趣味生活圈子等，活脱脱地通过城市与人的故事，从不同角度展示出城市文化生活、普通市民生活图景和新旧地域文化，真实细致而又活色生香地描摹出成都这座新一线网红城市的迷人魅力和城市文化的立体形象。对于这本书我不想作具体的评述，而是提供一种比较阅读方式。观今宜鉴古，无古不成今，从古代的成都看今日的成都。

古代典籍中描绘成都市井风流和成都物候的著作当推元代费著写的《岁华纪丽谱》。费著是成都人，该作即成都人写成都。姑引其开篇，以概其胜：

> 成都游赏之盛，甲于西蜀。盖地大物繁，而俗好娱乐。凡太守岁时宴集，骑从杂沓，车服鲜华，倡优鼓吹，出入拥导，四方奇技，幻怪百变，序进于前，以从民乐。岁率有期，谓之故事。及期，则士女栉比，轻裘丫服，扶老携幼，阗道嬉游。

这种繁庶燕乐之境，在书中得到淋漓尽致的展现。不唯如此，《岁华纪丽谱》还把成都的游赏之盛和成都的物候季节相融，以元日为始次第其事，而终于冬至。一年四季，春花秋月，无不扫而包之。凡事都有其源，万物都有其根。探源溯流，对认识今日成都大有裨益。有趣的是，该书的主要内容"成都人的风花雪月"及"成都物候记"，和《岁华纪丽谱》并无二致，风流繁华，古今一揆。然"吾犹昔，非昔人也"。今日成都的风花雪月是现代都市的风采，已为古人所不及；何况本书还有《岁华纪丽谱》不可能有的内容，如"老外蓉漂系列"等。但总的来说，把《你不知道的成都：一个城市的风物志》和《岁华纪丽谱》参照阅读，你一定兴味多多，别有一番风趣。

《历史的注脚：档案里的四川秘史》

这是一本丰富多彩、兴味无穷的奇书。四川从来就是一个神奇的地方。复杂的地形地貌、瑰丽的民族文化、扑朔迷离的古蜀文明、虚无缥缈的仙道文化、沧桑巨变的历史演化，说不完，道不尽。其中蕴含了众多的不解之谜。行走天下，破解未知，是人类的天性，也是认知的重要内驱力。所以密中有奇，奇中有智，于人大有裨益。

书中所述，主要来源于《宽窄巷》副刊的"身边档案"和"四川发现"两个栏目，包括了"蜀地宝藏""老成都记忆""大师云集的华西坝""晚清十大四川总督""老照片背后的故事""大西王谜档"等系列报道中本土文化历史的内容。在我看来，既是四川秘史，也是四川的探奇觅胜和四川的揭秘、解密。以下试做分析。

本书的"黄虎秘档"部分，颇能吸睛万千。张献忠是家喻户晓的历史人物，历来为人们关注，传说多多。其内容包含了《张献忠的百亿财富谜局》《为张献忠造天球仪的洋人》等。这些内容包含了很多以前为人所不知的信息，颇能满足人们猎奇的心理，全可作茶余饭后，消痰化食的谈资。但是我认为最有价值的则是《神经大王随心所欲的杀人哲学》一节。它对张献忠作了理性的分析。作者从权力的异化导致的人的疑心病、黄虎性格的极端性、幻觉的妄想症及多重病态作了弗洛伊德式的精神解析，真正从心理上挖掘了张献忠的行为动机和行为方式，洞烛了张献忠的内心世界，可谓别开生面。

类似的文章还很多，也同样令人兴味盎然。如《十节玉琮　三千年前的"进口古董"》《东汉养老画像砖的蜀风汉韵》《二十四伎乐　雕像里的亡国之音》《骆秉章与石达开的生死赌局》《朱自清的背影　消失在成都》，这些文章值得向读者推荐。其故事的神秘性和解读的科学性，既有妙笔生花的文学斑斓，也有逻辑缜密的条分缕析，皆有可观者。

《人文蜀地：一份记者的行走笔记》

　　人文地理学是当今的显学，它有众多的分支。在我看来，本书大略可归为区域人文地理学。它关注的是人文现象的地域分布空间，以及与地理环境的相互关系。自古江山不负人，四川历来山水甲于天下，人文鼎盛古今，有得天独厚的人文地理资源。随便行走，三里有奥迹，五里见奇踪。散布川中的古镇子、古战场、古村落、古驿道、古宅院、古碉楼、古官寨、古作坊、古寺院星罗棋布，触目皆是。这些深深烙上"四川人文地理"元素的地方，既是远足的胜地，也是发思古之幽情，寻觅江山代谢、人事兴衰、商业沉浮和众多人类文化遗产的重要场所。《人文蜀地：一份记者的行走笔记》据此发扬，广采博收而匠心独运，融以百花而自成一味，虽然都是蜀中的文化景观，但是作者能以一方而窥天下之大，形成宏大的历史气象，蔚为泱泱大观之势，读之有开拓心胸、益人神智之慨。我略加理董，拈出两点略做评述。

　　此书有独特的学术品位。它破除了单纯的"以书考地"的路径，把古文字、历史文献、古器物、现场勘探融为一体，交互对照印证，还包括了民俗学、民族学和人类学的内容。在一定意义上而言，契合了徐中舒先生的多重论据法和任乃强先生的比较研究法，并非牛溲马勃，拉杂成篇，看得出作者是下足了功夫。像书中的《郪江：巴蜀古国的另一"高地"》《德格印经院的雕琢时光》《马湖有个孟获岛》《巴塘关帝庙：汉藏交融"大庙会"》等篇什都是典型的代表，其学术性由此可见。

　　另一方面，此书又具有很强的文学性。如果是一本正儿八经的历史人文地理学专著，它固然也有相应的读者，但圈子很小，不可能走进千家万户。而本书则以游记出之，进入了文学的范畴。文学是思想和情感的体现，具有感性的色彩，它有温度，有画面，有感受。在审美观照下，万物都焕发出异样的光彩。本书的四十篇深度游记，图文并茂，文笔优美，视角独特，有我之境与无我之境兼而有之，既有金戈铁马的铿锵之声，又有散文小品的灵秀和隽永，发人深省，耐人寻味。科学认知和艺术熏陶如"水中盐，蜜中花，沆瀣融合，无分彼此"，是值得一读的作品。

《祖辈的荣光：四川百家姓故事》

"百家姓"是《宽窄巷》的一个名牌栏目，长期连载，至今不辍，现在结集成书，可喜可贺。人是符号的动物，人类构建的符号系统是人类最伟大的成就之一。如果没有这个系统，人类早就崩溃了。钱锺书先生甚至提出"未名若无"的观念，可谓发唱惊挺。圆颅方趾的人类，千奇百怪，形形色色，但都有一个共同的特征，就是每个人都有姓有名。没有姓名的世界，只能是蛮荒混沌。而姓名对于中国人尤其重要。中国拥有世界上最悠久的姓氏文化，这是因为农耕文明是以血亲为纽带，瓜瓞绵绵就靠此维系。所以姓氏家谱与方志、正史构成了完整的中国历史，成为中国珍贵文化遗产的不可或缺的部分。四川是一个移民的省份，五方杂处，八面来风，很容易数典忘祖。现在好了，一册《祖辈的荣光：四川百家姓故事》在手，四川的赵钱孙李周吴郑王们都可以心满意足。移民的后裔是怎么修撰家谱的？蜀中如今现存的宗祠、老宅院，背后都有着怎样的故事？吾蜀历史上有哪些著名的名门望族和名人？他们对历史有着怎样的贡献？都可以在书中找到答案。所以此书服务大众，是有功德存焉。如果略做评述，以下三个方面不妨注意。

一是本书有完备的编排，有一定的系统性。它从移民有谱、宗祠宅院、名门望族、蜀地名贤四个方面着手，梳理出了四川百家姓的脉络和空间分布，线索清楚，便于查检。就陋见所及，也许是四川姓氏文化全方位概述的第一次，有开创之功。

二是它讲好了四川百家姓的故事。当然，四川百家姓的故事也是中国故事，算是满满的正能量。如《资阳黄氏宗祠：祠堂藏着族人迁徙密码》《新都刘氏宗祠：鼓励子孙读书，先祖立毒誓》《青白江刘家老屋：两百年老祠堂是座土墙房》《龙泉驿刘氏宗元祠：家训家风融在字辈中》等，都是叙事有方，行文波澜起伏，颇能引人入胜。而在"名门望族""蜀地名贤"两个栏目中，更是把祖辈的荣光发扬踔厉，为后昆树立了学习的榜样。

三是作者探赜索隐，钩深致远，发掘出了不少众所不知而又非常重要的文史资料和饶有情趣的人物行状。如大家都知道历史上的湖广填四川，却不知道历史上的四川"填山东"。而明朝初期，"四川曾经'填山东'"和"四川填山东移民传说中的'铁碓臼'真相"两节文字就生动地还原了这一深埋的历史。至于人物行状的发掘在书中更占据了相当的篇幅。如《何武：西汉政权职能改革"第一人"》《赵抃：铁面御史四次入川治蜀》《蒲宗孟：备受争议的北宋另类名臣》《清初移民傅荣沐：四川烟草引种第一人》等等，不胜枚举，相信读者在阅读中都会有浓浓的兴趣。

现在，正是我们民族文化复兴的伟大时代。"《宽窄巷》人文书系"为我们的价值阅读提供了一个范本。中国历来重视历史文化的传承，甚至提高到了治国经邦的高度。清代诗人龚自珍在《定庵续集》里说："欲知大原，必先为史，灭人之国，必先去其史。"这句话至今令人警醒。这里的"史"，其外延也包含了文化，可见历史文化对我们的重要性。历史文化就是我们的根系，就是我们的精神家园，就是我们民族生生不息的凝聚力。由是"《宽窄巷》人文书系"的出版不仅适得其时，而且很有意义。枕藉观之，不亦宜乎，不亦乐乎！末了，还有几点建议，这套书系应该继续出版下去，品牌报纸，品牌书系，一定会得到读者的长久欢迎。另外，它还可以作为乡土教材或课外读物进入学校。再者，在文创事业勃兴的当下，它应该衍生出自己的产业链。

我是《华西都市报》和封面新闻的老读者和老作者，我对这张报纸和新闻客户端深有感情。谨祝《宽窄巷》副刊越办越好，更上层楼！谨祝《华西都市报》永葆青春，其命维强，其命维新！

2020年5月28日　成都

侠客梦 远行梦

—— 自序

李贵平

我小时候经常被人打得鼻青脸肿，没办法，饭都吃不饱，只好吃点别人拳头，爬起来干瞪眼，叹叹气，想使点阴招。

使阴招是这个意思，当小伙伴在球场上跃身投篮，你拦不住了就去扯他裤子，再自己先摔倒。

但对黑蛮子可不能扯裤儿这么简单。那家伙是个高出我两个头的胖娃儿，他经常为一本小儿书或一颗大白兔把我撂倒，就像一头黑熊撂倒一只山羊。我得治治他。那年酷暑，黑蛮子和他妹妹抬着一桶水呼哧呼哧走来——兄妹开荒的节奏呀。那时咱小镇还没有自来水，吃水都是到大宁河这天然水缸去舀。瞅着，一桶水差点把俩孩子压成一对烧饼。待走拢，我若无其事将一坨狗屎砸进水桶，溅起的浪花让我心花怒放。黑蛮子抓起扁担追打，正好我爷爷路过。爷爷一辈子没打赢过同龄人，但恐吓小朋友大有作为，他捋着白胡子说：哪个敢碰我孙儿我就飞起一脚踢他。黑蛮子吓得直哆嗦，手抓鼻涕在脸上涂鸦成马蒂斯。

讲这故事是说，打小我就想靠个人仗个势，不管是翻墙偷农民桃子被扭送回家，还是高中毕业后在面粉厂选个好岗位。这种想法，一直鱼刺卡喉般"卡"在我的生活中。

但好运就像猴子水中捞月，我很少遇到高人出手相助，反倒一次次被生活的重拳打翻在地。譬如大学毕业分配，我先市里、再县里、又区里、终乡里……中文系高才生沦落成可疑的政治课老师。山野雪花飘飘，我心犹比天寒。生活中，大黑熊无处不在。

无数次月下徘徊使我豁然悟出，大黑熊其实不可怕，你可以咬不赢它但你可以跑得比它快。对绝大多数人来说，这个世界上真正能帮你的其实是你自己；一个人的强大，更多是靠没完没了的磨难、折腾和反思来修炼的。或者说，以己之力为己"行侠"，再怎么也差不到哪里去。

金庸小说里讲了很多心功，说只要在心炉上练好武功，就真的能笑傲江湖——琴音可以夺命，棋子可以打穴，飞花摘叶可以伤人，喷酒弹冰可以毙敌。

天边的侠客在书中晃荡，自己的侠客在内心滋生。20世纪80年代初，源于大幕初启的小说影视，我和很多同龄人都萌生出一种武侠梦，甚至觉得不懂点武侠都不好意思说自己是个男人。从《东邪西毒》《碧血剑》《萍踪侠影》，到《水浒传》《风云》《卧虎藏龙》……古代行侠大多是这个套路：白衣胜雪的侠客行走在林泉山野，他的剑鞘落满时间的尘垢，鞘里的刀刃却无比锋利。远处传来呜呜抽泣声，跑去看，一女孩被几个黑蛮子按倒在地。侠客拔剑的速度比你刷微信抢红包还快，他嗖嗖几下打跑恶人。苍茫云水间，美女从发髻拔一银簪儿轻轻塞进大侠手里：何日君再来……

何日君再来？侠客做了好人好事不会把美女扛在肩上满江湖跑——他不想让你找到，你就没法找到他。一如杨过在风陵渡邂逅郭襄让其以心相许，却烟花散尽，山水迢遥，一生一世，难再重逢。

最炫酷的桥段是这样的：英雄二十四小时都是英雄，他一直在路上，山高水长，寒去暑来，不吃不喝，不换衣不洗澡，一定是在自助游。"江山笑，烟雨遥，涛浪淘尽，红尘俗世知多少"，今天的"小鲜肉"模仿英雄时都爱鼓起没有肌肉的手臂这样唱。

印象中，所有营造"天地有大美"语境的大咖里，金庸先生是最卖力的一位。千山暮雪，万里层云，漠北风沙黄入天，江南杏花鲜欲滴。那风神之流动、气韵之飞扬、意境之通达，可以壮自己的行色、长自己的见识、圆自己的长梦。

今天的行游环境，当然少了卖蛋女子杨采妮等待张学友来舞刀搭救，更无须

"灭绝"光明顶后斩敌手臂几十只；相反，山高水长，邂逅相遇，相互友好，来来往往的游人宛若天上流云，在清爽之风的推送下圆融和睦，纯净的阳光将每人的身心照射得通体透亮。这，也是金庸们仰望的扫尽世间不平事、迎来春色换人间的武侠臻境。

侠客梦，不会把俗人如我变成随时可以救美女的英雄，但可以如剑客飞檐走壁般在钢筋水泥中飞舞一下灵魂。这些年，我的脚步在手头的沙沙翻书声中难以滞留，一次次踏上远行之旅。那一声声踩踏在古道、山塬、田垄、溪流、积雪、泥泞间的足音，在心跳的伴奏下，如弹触于大自然琴键的奏鸣，传响内心的张狂。

最美的风景在路上。大地山河在胸中激荡，万千气象在眼中闪亮。夏花灿烂，秋叶静美，时光易逝，佳景难留，欣赏的不欣赏的，喜欢的不喜欢的，一直都在告别或等待中。

千古文人侠客梦，既有入梦时的香甜，也有梦醒处的苦涩。无论如何，它都深深植根于我的行游记忆和阅读记忆中。

自古江山不负人，蜀中大地钟灵毓秀，人文鼎盛古今，有得天独厚的人文地理资源，三里有奥迹，五里见奇踪。那些斑驳的古宅院、古战场、古桥梁、古驿道、古官寨、古寺院……与青苔相伴、与荆棘相随的遗迹，镌刻着质地坚硬的历史印记，也遗留文化名人的过往足迹。按任乃强先生"在人类活动影响下的地理环境"观点，这些地方留下的不仅是浮光掠影的游览地，更是折射出江山代谢、人事兴衰的见证地，也是人类文化遗产的重要部分。

这些年由于工作关系和个人爱好，我踏勘了上述等上百处地方（包括横断山脉腹地），采写了三四百篇深度文稿。我带着相机，试图站在现代思维的高地，把一方地域当作一口历史深井，以田野考察、口述采集、档案查阅为锄头，挖掘"人文地理"的清幽泉流。本书收集的三十多篇文章，均已大篇幅刊发在《华西都市报》和《光明日报》《南方周末》《解放日报》《中国旅游报》《中国文化报》《旅游》《中国周刊》《芒种》《四川文学》《航空画报》等报刊，在读者中产生较广泛影响。

我不认为这些作品是普通游记，相反，或许可以称之为"大地散文"。这是我努力为传统游记散文寻找到的一个突破口。我坚持认为，"人迹"是其中关键词——人迹于山，山野葱茏；人迹于水，烟波浩渺，人迹为那些清冷的历史陡坡带来回阳的血色，爱恨情仇充溢在山河岁月，也成就了我心目中最靠近真实的人文地理。

2020年6月　成都天涯石西街

目录

〈第一编〉 **小镇大事**

宁厂：血与火淬炼的"聚宝盆"　003

罗泉和天下唯一盐神庙　012

郪江：巴蜀古国的另一"高地"　018

太平："四渡赤水"转战地　025

龙华镇的繁华旧梦　031

周子：文脉最盛的嘉陵江老码头　037

高庙：深山里飘零的人间烟火　043

元通有个"将军府邸"　050

李庄：抗战后方的学术重镇　057

〈第二编〉 **名流屐痕**

白马关前哀庞统　065

谯周：将白旗举到底的蜀汉名臣　071

李白来到了岷江流域　079

"不登大雅之堂"出自丹棱　086

岑参：做过嘉州刺史的唐代大诗人　093

贾岛：长眠安岳的苦吟诗人 100

李德裕：造福四川的唐代名相 108

中岩寺：苏东坡初恋地 116

蜀地沧桑 〈第三编〉

清幽川竹，"撑"起衣食住行 123

清朝阆中大战：传奇"护考"之战 131

故宫文物南迁入川往事 140

巴塘关帝庙：汉藏交融"大庙会" 151

德格印经院的雕琢时光 159

川江号子：长江文化活化石 167

天宝寨："吓"石达开的悬崖城堡 175

峡江船工沧桑往事 183

街院遗迹 〈第四编〉

盐亭街头的字库塔 195

马湖有个孟获岛 201

姜家大院的百年兴衰 208

韩家大院：三代人的"百年工程" 217

川北报恩寺：惊天骗局成就惊世建筑 224

卓克基土司官寨的"红色记忆" 230

安顺廊桥：构架成都历史的古桥 238

四圣祠街：中西合璧的文化宿地 244

第一编
◇

小镇大事

宁厂：血与火淬炼的『聚宝盆』

作为川渝地区最早的盐产地，地处大巴山深坳的巫溪县宁厂古镇，面临最后的尴尬：若用重金拆旧包装，多半是华丽转身千篇一律的"油漆古镇"；如果任其自生自灭，又将被岁月的铁帚扫荡得气韵全无。

这是一个完全被清新河风吹拂、又完全与时代气息脱节的千年老镇，一个不起眼的弹丸之地；然而，它在大巴山乃至长江三峡腹地的历史舞台上，却扮演过令人咂舌的恢宏角色，大量遗迹释放出残存的烟火信息：有四五千年制盐史的大宁盐厂为何在明清时跻身"中国十大盐都"？两千多年前的巫咸先民是如何在危崖上开凿出国内最长输卤栈道的？一代代背夫是如何在崇山峻岭中走出千里盐道的？一群群卑微的生命是如何在绵亘战乱中艰难求生的？

盐泉流淌　千年盐厂成废墟

　　巫溪县（古称大宁县）宁厂镇，地处大巴山东段渝陕鄂三省市结合处，坐落在后溪河的深山峡谷中。南北高山横亘，东西峡谷透穿。街道狭长崎岖，三面板壁一面岩，古称"七里半边街"。镇上建筑多系竹木结构，临河而建，下立木桩，柱上支撑木楼。这些像是从水里长出来的房屋，被称为吊脚楼。

　　群山环抱的古镇，有一座起源于商周、兴起于秦汉的大宁盐厂遗址。历史上，这座盐厂所产食盐远销秦楚、川陕和云贵等地，明清时更是荣耀成为皇家贡品。如今盐厂早已废弃，空气中依稀散发出淡淡的咸味儿。

　　那天早上，漫步在宁厂镇，厚厚的云层开始变薄，一缕阳光从云遮雾绕的山巅探出头来，经过大雨冲洗的大宁河谷，弥漫着潮湿而清新的空气。河水清澈依旧，但早已没有我多年前见过的激流滔滔，更与行舟航运无缘。印象中，原先这条河随时跳跃着很多鱼儿，夏天发洪水时还可以在浅滩上抓到二三十斤重的大鲤鱼，鲤鱼是从上游孔梁子暗河跑出来的。水流平缓时也能看到一些鱼儿在浅浅的水底待着。深水里的螃蟹、虾米、青蛙、泥鳅就更多了。那时，娃娃们喜欢用笊篱捞虾，手儿巧的还将渔网弄成簸箕形状绑在长杆上，这样可以抓到更多的鱼。

　　浮动的记忆阻滞了我的脚步，使我走得很慢很慢，俨然是穿行在时间隧道里，小心捡拾着童年生活的碎片。来到张家涧龙君庙遗址，只见一面小瀑布下有一方小池，池中之水呈褐色，上面泛着白色泡沫。在龙头吐珠石壁上，刻有"宝源天产"四个字。盐池下有个残损的石凿龙头。当地人说，在龙头没被破坏以前，这个龙头的嘴儿两边，一边流的是咸水，一边流的是淡水。

　　光绪十一年（1885）版《大宁县志·盐井》载："北宋淳化二年（991），大宁监雷悦创建龙池，于盐泉口安一石龙头，盐泉自龙头流出，注入石池，池前横置木板，上凿三十眼孔。"搁置资源争议，分配给三十户盐商，相当于三十只原始股。

　　被开掘使用至少四五千年的大宁盐泉，从岁月的暗洞汩汩流出，依然丰沛灵动，但曾经名动天下的大宁盐厂早已成为废墟，没有一丝生命的气息。除了退休老人背着手走来走去，整个古镇平时都很冷清。

巫溪宁厂古镇

昔日的制盐车间，墙壁颓废，柱头孤立，房梁歪斜。地上，曾用于熬盐的灶、锅、木桶零星可见，锈迹斑斑。牛牛草、巴茅杆、三月莓、老虎刺、马鞭草充斥其间。草丛里，四五只小鸡儿踱着方步悠然觅食。出盐口旧址，有一片白色的东西盖住红砖，我用手一摸，

宁厂古镇最早的盐泉

发现这是当年制好的盐粒粘在砖上，经历岁月磨砺，已然钙化。

20世纪90年代中期，国家明令禁止传统的"平锅制盐"继续生产，在亏损泥潭里挣扎多年的大宁盐厂终于停产。目前，盐厂遗址有六十八眼灶址，保存完整的十五眼，制盐厂房近三万平方米。

如今，居住在镇上的不过两百来人，大多时候坐在河边玩牌聊天，打发日子。守望着被岁月之拳击打得东倒西歪的老房子，一个个老人仰望高山深溪落寞离世。年轻的生命却如红杏枝头般探出墙外，寻找自己的出路。那天在镇

上，我遇到两名埋头绣制十字绣的女孩，她们都是盐场职工的后代。面对我的相机镜头，两位淳朴的女孩有点不好意思，用手捂着脸说："照啥子哦？我们又不像城里的女娃儿长得那么乖。"那位漂亮点的女孩腼腆地说，她手头这张十字绣，是给在深圳打工的男朋友绣的，她打算明年跟他结婚后就出去找点事做。

弹丸小镇　川渝最早盐产地

宁厂盐泉，绕不开"逐鹿得泉"的神奇传说。

南宋人王象之编写的地理总志《舆地纪胜》讲，远古时，猎人袁氏逐鹿至此，鹿忽不见，只见一洞，清泉涌出，口渴饮泉，水味极咸，知为盐泉，消息传出，人们便取水熬盐。从此这里成了我国早期制盐地之一。今天的巫溪县城水洞子桥边，立有一尊"逐鹿得盐"汉白玉雕塑。

据1981年版《巫溪县志·县史述略》载，周武王伐纣时期，西南八国从之，相当于浩浩荡荡的盟军队伍，八国中以庸国（今川陕鄂三省交界处）居首，而巫溪地属古庸国，名巫咸国，"巫盐销售及于庸国辖地，开凿川陕鄂边盐大道始于此时"。又道自先秦盐业兴盛以来，当地人煮泉得盐，因盐而兴，借大宁河舟楫之利，开辟了"不耕而食，不织而衣"的一方乐土。

历史上，盐业一直被封建王朝视为经济命脉牢牢扼在手里。任乃强《四川上古史新探》将巫溪县宁厂镇和彭水县郁山镇这两处盐泉，称为"巫载文化区"和"黔中文化区"，认为它们占据了很特别的食盐地利，直接推动了上古时期巴蜀文化的形成，也成为后来秦国南下灭巴蜀的重要动因。

宋良曦、林建宇所著《中国盐业史词典》对大宁盐厂的注释是："秦统一巴蜀以前即已开始利用自然盐泉从事盐业生产，是四川最早的盐产地。"

据光绪十一年（1885）版《大宁县志·地理》载，明朝时，朝廷任命二品大员直管大宁盐厂，并设立监、州、县。清时，大宁盐厂跻身中国十大盐都之一，所产之盐成为皇家贡品。到乾隆三十七年（1772），盐灶户发展到三百三十六家，盐锅计一千零八口，在后溪河谷两岸的四道桥、王家滩、沙湾、朱家涧、张家涧、衡家涧等地，白昼盐烟缭绕，遮天蔽日，夜晚则灶火通明，溪波流光，史称"两溪渔火，万灶盐烟"。

清代江陵拔贡闵文钊有诗曰：

> 谁驱白鹿引咸泉，古穴深开一线穿。
> 岩脚石龙云喷雨，山头文豹雾藏烟。
> 千竿匀溜竹成涧，万灶勤烧水作田。
> 此地灵踪原有伴，状元洞里访神仙。

巫溪县档案局副局长吴健告诉我，古代的宁厂食盐，因出产于深山峡谷、纯度高、盐味温和而使宁厂镇成为中国南方的盐业重镇，盐品还远销秦楚、川陕、云贵等地。全国各地盐商纷纷来这里订购食盐。"架影高低筒络绎，车声辘轳井相连"，"挽歌彻夜马群嘶，日落昏黄万灶烟"，盐厂井架林立，输卤笕竿蜘蛛网般交织，笕竿的尽头是热气腾腾的灶房；上千船只和竹筏停泊在河上，整装待发。一条小小大宁河，把整个大巴山都搅动得风生水起。

镇上退休工人陈世义告诉我，大宁盐厂在20世纪50年代那才叫红火，当时镇上有一百多家灶房，大部分是煤灶，少部分是柴灶。为盐厂服务的船工、搬运工就有上千人，人来人往。

七里长街，八面来风，一个弹丸古镇向世人展示了沧桑大手笔。20世纪40年代初，大宁盐厂为支持国人抗战，扩大产盐规模，作坊机具三班倒连轴转，亮晶晶白花花的盐巴井喷而出。一捆捆、一车车、一船船盐巴被源源不断运出大山，冒着日军的炮火送到抗战一线和西南大后方。这很快引起侵华日军的警觉。

"1942年夏天，日本飞机轰炸大宁盐厂，飞来五六架轰炸机，一气投下十多颗炸弹，山石泥沙被炸弹震得哗啦啦往下掉，河水也被炸得一片浑黄。那时候我爷爷还是个光屁股娃娃，他正和小伙伴在河里洗澡，突然一颗炸弹嗖嗖落下，掉进衡家涧他家后院的芝麻缸里，幸好没炸哦。"巫溪县林业工程师任能国回忆说。

东汉先民　绝壁开输卤栈道

你可以说历史是个任人打扮的小姑娘，但在品读峡谷深处的宁厂镇时，面对的似乎是一位解甲归田的睿智老将军，容不得半点轻慢。

大宁河西岸四五米高的岩壁上，排列着一个个方形石孔。这些相距约两米的石孔，音符般连缀成线，由巫山县龙门峡口溯河而上，延伸到巫溪县宁厂镇，全长一百六十多公里。任乃强曾考据指出，这是国内发现的最长输卤栈道，保存下来殊为不易。

南北走向的大宁河，沿岸山势奇险，峡谷陡窄，河水急湍似箭，恶浪滔天，靠人力根本无法将盐卤运到下游。据光绪十一年（1885）版《大宁县志·地理》载，东汉初年，官署大举开发大宁食盐，借用民间用竹笕输送山泉到户的工艺原理，征用数万民工在岩壁上凿建输卤栈道，一段一段往下游铺设，延伸到大宁河汇入长江的龙门峡口。这项工程耗时五十多年，到东汉永平七年（64）完成，其规模之浩繁、施工之艰难、使用之久远堪称世界奇迹。20世纪80年代初，《巫溪县志》原主编汤绪泽、县文管原所长冉瑞铨等人手持仪器乘舟往返，统计出沿岸栈道石孔为六千九百三十九个。

有了这条竹笕通道，当年大宁人将每年十月初一日定为"绞篾节"，于此日更换新笕竹。河风将绿竹的清香吹送到家家户户，也传递着新的生存气息。完工之后，各盐灶以酒食犒赏工丁，鼓锣齐鸣，欢闹数日。

我无法想象，两千多年前，高岭大峡里的巫咸古国先民，是如何用麻绳把自己拴在绝壁上作业的。半空中，他们抡起铁钎凿子一锤一锤打眼凿孔。他们头顶苍天，下临急滩，身上的肌肉被烈日晒得青铜般铮亮，不断滴落的汗珠儿刚落到岩石上就被唑唑烤干。冬天，猎峡风将悬空的人儿吹得风筝般晃荡。崖壁下、河滩上，女眷们用石头垒砌火灶，生火为男人做饭烧水。孩子们长大后，又接过父辈留下的铁钎铁凿，继续攀爬修建。叮叮当当的凿孔声此起彼伏，惊飞了盘旋在岩间的鹰隼。一代代先民们薪火相传，迎日出送晚霞，硬是凭血肉之躯铺架出一条引卤栈道。

大宁河清波荡漾，滔滔南去，映照出一个千年盐厂的佝偻背影。有人说，宁厂镇是一面镜子，它的兴衰，甚至可以折射出整个中国古代盐业史和巴渝文明史的身影。

我在宁厂镇不远处的荆竹峡看到，临河绝壁上，至今搁置着十多具褐色悬棺。借助长焦镜头，我看到那些千百年来"躺"在云岚危崖间的棺木，具有跟岩石同样坚硬的质地。20世纪90年代初，巫溪县文物管理部门在四川大学专家的帮助下，攀岩爬崖上去，撬开几具，发现里面大多是巫咸先民开凿栈道的铁器，还有一些记录古法制盐的典籍，字迹斑驳，难以辨认。"攀爬到浮云流动的危崖上取那两具悬棺，真是步步惊心啊，稍不注意就会失足跌崖。大家困惑，这凌空绝壁之上，先民是如何把悬棺搁上去的呢？"吴健说。

作为古代中国南方重要的产盐地，峡谷深处的大宁盐厂吸引了山外八方客商，除了东汉架设笕竹将盐卤输送到大宁河下游制盐，还要把生产出来的盐巴源源不断销往外地。于是，以大宁厂为中心，形成几条向外延伸长达上千公里的古盐道，其中最奇险的就是陕西镇坪县的盐道。

镇坪古盐道，全长一百五十多公里。悬崖绝壁上不完全是木板铺成的栈道，有的地方是从绝壁凿一缺口，极窄，仅容一人通过。运输的主要方式是人力背挑，川东人称之为"盐背子"。

事实上，在重庆巫溪县、巫山县、云阳县，湖北省竹溪县、竹山县，陕西省镇坪县、平利县，大多数成年男子都有过背盐的经历，直到20世纪80年代初，大宁厂泉盐从减产到最终停产，盐背子大军才逐渐消失。

我外公以前是镇上的说书艺人，他曾讲，当年从大宁厂到陕西镇坪县背盐，往返需要四五十天，近的地方也要十多天。背夫们发明了一种叫"盐背子饭"的专用食品作为干粮——用苞谷面做成，酥软干爽，不易变质，又方便携带。他们出门后，把一袋袋写有自己姓名、做有记号的干粮寄放在沿途客店，以便在返回途中充饥。盐背子还形成自己的行走规则，"上七下八平十一，多走一步是狗日的"，意思是上坡的时候，走七步歇一歇，下坡的时候，走八步歇一歇，平路走十一步歇一歇。年龄有大小，力气有强弱，背负的重量也不同，但必须步调一致，否则会乱套。盐背子有时住店晚了，客店通铺上已睡下太多的人，再难挤入，店老板就用一根粗木杆儿沾上水，使劲往人堆里插。木杆两边的人受到冷的刺激，猛地一惊，自动让开一条缝，后来的便趁势钻进去睡下。月光如水的晚上，也有盐背子在岩龛下生起一堆篝火，既可烧饭取暖，还能驱散野兽。

血火淬炼 "聚宝盆"饱经战乱

古往今来，藏卧于长江三峡腹地中的盐厂"聚宝盆"，经常成为炮火纷飞的古战场，被蒙上一层深深的悲情色彩。

据光绪十一年（1885）版《大宁县志·兵事》载，明朝正德元年（1506），大宁灶夫鄢本恕、廖惠，因不满盐官勒索盐税，率千余人起义，后转战川陕，一度拥兵十万，声势浩大，震动四野。五年后遭明军多次围攻，损失惨重，悉数被杀，血染碧溪。但这次起义，迫使衙署重新制定了对灶夫的征税政策并在全川推广。鄢本恕成立的大宁场盐业公会，据《巫溪县志》原主编汤绪泽先生考证，应该是世界上最早的盐业工会。

明崇祯十七年（1644）清兵入关，李自成兵败北京。两年后，李的部将贺珍、贺道宁父子率部从汉中转战四川大宁县，他们踞山为营，一度控制了镇上的许多盐灶，雇人制盐，得以自存。清顺治三年（1646）初，清廷调动三万大军，围贺道宁于宁厂镇。八月，贺寡不敌众，他把从贩盐获得的金银财宝分与众将士，令其突围逃命，自携家眷仆役抱团自焚。

我以前在巫溪县地方志办公室供职时，看过一份令人惊骇的文史资料：清兵入关后，差不多也是在李自成政权覆灭的同时，张献忠手下有一支两千多人的女营，辗转来到深山幽谷里的宁厂镇，她们在陡崖上修建了一座"女儿寨"，无战事时就协助盐厂经营大宁盐巴。鼎盛时，这群女兵一度拥有二十多条盐船，她们雇人起货行船，浩浩荡荡将盐贩运到陕西安康、湖北竹溪等地。

一天清晨，浓雾弥漫，白茫茫向天边漫漶，远山时隐时现。这时，女儿寨下方的青石板传来嘚嘚马蹄声，英武俊俏的女首领得报后出寨查看，迷雾中她以为是清军来偷袭，惺忪中引弓取箭，嗖的一箭朝对方的首将射去。

没想到，女人这一箭竟结果了自己丈夫的性命。原来，那只残军是从湖北辗转入川寻找她们会师的，走到宁厂时已损兵大半，军粮短缺，疲乏之极，形同乞丐。女首领误杀亲夫，捶胸恸哭，当场拔剑抹了脖子。

一年后清军再次来袭，他们攻城能力很强，又配备了攻城器械，但大宁河谷地形陡峭，难以展开过去常用的攻城战法。时人记录："砲矢不可及也，梯冲不可接也。"清军最初只是探出了女营的虚实，连续半月对山城束手无策，后来几番猛攻，山崖、陡坡、垭口、树丛、渡口到处落下他们的尸体。金戈箭镞划破峡谷的宁静，死神张开尖利的翅膀盘旋翱翔。清军又调来健锐营轮番攻击，血战两日终于攻下女儿寨。出于报复，清军把所有俘虏的女子剥光衣服，捆成一排，逐一钉死在溪口岩壁上，青绿河谷骤成阴鸷刑场，碧溪一片赤红，久不清净。当年有船工趁着月色夜航至溪口时，毛骨悚然，手中的蒿杆与船下的石头摩擦出瘆人的声音，鹰隼逆风发出金属片折断似的哀号，黑魆魆的山岭忽闪着女子仍在嘶声呐喊、挥刀劈杀的身影，山风将她们倒地的长发吹得野草般蓬乱……

那天下午，我攀爬到镇西的一处山巅，远望，一条灰色的石梁悬空而架，仿佛依山凿就的一座大石桥，形如半天虹霞，蔚为奇观。此地有个仙人洞，人称烂柯洞。光绪《大宁县志》认为，这里是"残棋烂柯"神话的原生地。北魏郦道元在《水经注》里写道，晋时樵夫王质，进山砍柴，见二童子石边围棋，他坐于一旁观看。一局未终，童子对他说你的斧柄烂了。王质一摸腰间，果如其言，他回到村里才知已过数十年，所有人都不认识了。

宁厂镇带给我的恍如隔世的震撼，一点不亚于那位晋朝的樵夫。夕阳下，徜徉在荒芜的半边街，峡风在耳边凌冽，似乎已失去自然气流的属性而变成一个讲述者。几座早已歪斜的吊脚楼苦苦撑在粼粼河面上，投下破碎的身影。拖着余晖下的阴影，我再次回到盐厂废墟看那些盐锅老灶，尝了尝宝源山流淌下来的汩汩盐泉，也努力辨识这股盐泉和先民的汗渍是如何杂糅在一起的。千转百回的后溪河滔滔流淌，日夜作响，像是为这个最后的古镇吟唱一首挽歌。

（本文原载于2019年1月10日《华西都市报》）

罗泉和天下唯一盐神庙

前不久，成都十五辆大巴车载着九百名户外爱好者，经成渝高速公路，浩浩荡荡开到蜀中名镇罗泉。

群山环抱中的罗泉古镇，山色葱茏，空气清新。当成群的户外爱好者出现时，镇上人都傻了眼。平时冷冷清清的镇子顿时比过年还热闹，孩子们满街跑来跑去。

不过，镇民们"有备无患"，他们一大早就在门前摆放着连夜赶制出的豆腐包子。

头天晚上一直下雨，一副镇长焦虑地给他朋友、成都知名驴友"狮子"打电话说："如果明天继续下雨你们不来，全镇人都会扛着豆腐包子来我家喊买单，那一辈子也吃不完呀。"

国内唯一拜"盐神"的古庙

罗泉，一座隐于深山中的百年老镇，曾经权重一

罗泉古镇盐神庙是国内唯一纪念管仲的寺院

方，管辖仁寿、威远、资中三地。沱江支流珠溪河，从镇边缓缓流过千百年时光。

据《资中县志》载，罗泉镇成名于三国时代：诸葛亮南征时，发现这镇子商贾云集，但溪河不能饮用，他命人挖井取水，井的形状似笋筐，泉水奔涌，名之"罗泉井"。

来到罗泉，当然得去看看盐神庙。

盐神庙是国内唯一用来纪念、朝拜"盐神"的庙宇，位于五里街子来桥的东隅。子来桥建于明代，长五十米，桥头立有龙头和貔貅，绿苔斑斑。

跨入庙门，那古朴之风扑面而来：严整古朴的建筑，透视着浓郁的沧桑味儿。从戏台下穿过进入院坝，先是一片令人压抑的暗色，进到院内豁然开朗。院坝正前方的台阶上是正殿，两侧有牌坊、戏台、耳楼、走廊等。

主脊正面，翘角密布，每个翘角都挂有响铃铛儿。曾多次来盐神庙采风的成都摄影师赵平说：这屋脊上的铃铛声让平时寂静的庙宇有了活力：一夜风吹，铃声悠扬，宛如一首悦耳动人的乐曲，传说中经常吸引各种龙、凤、虎、豹等飞禽走兽驻足倾听，整个庙顶也成了善兽益鸟的大乐园。

盐神古庙，占地面积一千二百七十五平方米，建筑形态保存完好，这在整个西南地区都很罕见。

《资中县志》另载，罗泉盐业比中国著名的盐都自贡还早四百年。它历经秦汉、三国、南北朝，经唐、宋、元、明代，在岁月更替中不断发展，至清朝时发展到顶峰，光绪年间已有盐井一千五百多口，所产精盐于1925年获得巴黎世界博览会金奖，品质号称天下第一。

清同治七年（1868），当地盐商们出资修建盐神祠，得皇帝认可后改名为"盐神庙"。这也是国内独一无二的盐神庙。

"盐神"是谁？大名鼎鼎的管仲。

管仲，春秋时期著名政治家。当年他靠开征盐铁税，为齐国成为战国霸主立下举世之功。

盐神庙中自然有管仲塑像，其两侧对联云："匹马释黄忠，仁义公心垂宇宙；单刀惊鲁肃，英雄浩气壮山河"，寓意在盐业生产经营过程中应以仁义礼信为重。

如今的盐神庙，只有七十岁的胡道长一人看护。胡道长五十岁时拜师出道，青灯孤影中，一住就是二十年。

秋风潇潇，烟雨蒙蒙。罗泉镇五里古街，犹如一幅苍润悠远的写意画，到处是保存较完好的明清古建筑，屋檐上的玲珑翘角、木刻石雕，门匾窗花，无不显露出老镇建设者的精湛技术。

罗泉镇还有一个有趣的歇后语：罗泉井的锅巴盐——包咸（涵）。这说的是，"锅巴盐"是罗泉井独有的特产，是将盐井中的卤水加以黄豆磨成豆浆，放入盐锅里的盐卤熬炼分解，一直要熬七天七夜，使锅中的盐汁结成锅巴，越结越厚，最厚的可达一市尺，冷却后坚硬如铁，要用铁锤才能打成碎块，用麻绳吊着，按斤两售卖，价格是普通食盐的三倍。有些人不知道是什么东西，卖主就说这是锅巴盐。问：咸不咸哟？卖主就回答："包咸。"而"咸"字与"涵"字谐音，于是人们就借用来作为宽容谅解之词。

习武之乡的"保路"壮举

"镇上老辈子,大多会些拳脚。"在墙体斑驳的罗泉老茶馆,自称每天要来"泡"半天茶的居民钟四宝告诉我:目前中国武功约有五十八个派别,其中极负盛名的"盘破门"功夫就创源于罗泉镇。

原来,罗泉盐业自古繁荣一方,也引来土匪出没,一些富商或家族为保家护院,纷纷开办拳社训练子弟,如此便武风盛行。

清雍正年间,罗泉镇新桥村有个叫刘赣的袍哥大爷,他经营盐业,家道富有。刘赣二十七岁那年随一名道人去峨眉操习盘破门拳法,后又三下河南嵩山,学得少林寺拳法。他将峨眉武术、洪门武术、岳门脱化功等众多功法融于一体,独创了"齐步云脚高桩盘破"拳法,从而创立了名噪一时的盘破门。

传说这刘赣大半生浪迹江湖,晚年回到资中县武庙和罗泉镇后,细心教授武功。他根据教派祖训,令弟子只习武不做官,这样弟子们都与科考无缘,却热衷于打擂台比武功。每年农历五月十三日是武圣人关羽的生日,刘赣把这一天定为打擂比武的日子,四川各路袍哥习武之人都会慕名赶来参加并祭祀关公,互行"歪屁股礼"(即相互侧着身子歪着屁股打躬作揖,这是四川袍哥的特殊礼节),热闹非凡。

20世纪80年代中期,罗泉镇的盘破门武功,还多次代表四川省参加全国和世界级武术大赛,斩金获银上百次。

那天下午,我在子来桥附近看到,一位八十多岁的朱姓老人在练习盘破门。他身手矫捷,举手投足,风生水起,呵呼吐纳。半小时一口气儿练完,脸色平静如常。

朱大爷身边一男子给我讲了个故事:那年十一黄金周,镇上游人如织,有个外地男子正要偷拧一游客的相机镜头,被义务安全员朱大爷发现。大爷跨步上来紧紧捏住小偷的手。小偷的同伴朝老人瞪眼辱骂,还想扇他耳光,哪知手没挨着就被老人另一只手捏得梆紧。两人拼命挣扎,脸色苍白,挣到后来被老人反扭手臂。贼娃子知道遇到高人了,马上跪地求饶。

"我们这老镇,大伙儿来来往往就像一家人,从光屁股娃娃到老得杵拐杖,街坊邻居连架都不吵,哪里容得下偷鸡摸狗的下三烂事?"朱大爷笑着说。

罗泉会议遗址

好武之人，必秉忠义。

五里街有一座福音堂旧址，墙上有一面"罗泉井会议"字碑。这里，居然是酝酿辛亥革命"第一枪"的历史故地。

1911年6月中旬，为抵制清政府向列强出卖筑路权，四川保路运动同志会成立。是年8月4日，由同盟会会员（也是袍哥大爷）龙鸣剑、秦载赓发起，在福音堂召开"攒堂大会"，决定发动武装起义。

同年9月7日，川督赵尔丰在成都引发"成都血案"，龙鸣剑、秦载赓等人立即将消息书于木牌上趁夜分投江中，发出"水电报"。

一时间，四川各地纷纷起义，抗击清军。罗泉会议也成为四川保路运动中由和平请愿向武装斗争的转折点，并成为武昌起义推翻清廷的重要导火索。

不吃豆腐，不算来过罗泉

明清时候的罗泉古镇，原有九宫一寺八庙，但如今，一些遗迹因年久失修荡然无存，尚存盐神庙、城隍庙、万寿宫、东岳庙、罗泉会议会址、绣楼、四合大院以及许多古民居。

来到罗泉古镇，如果不品尝当地的豆腐，算是白来一趟。

四川民间有"罗泉豆腐甲天下""不吃豆腐，枉到罗泉"的说法。

镇文化站一位工作人员诉我，古往今来，茶马古道商人经过罗泉歇脚时，都喜欢品尝罗泉豆腐，离开后他们也逢人便讲罗泉豆腐独特的美味，这样一传十，十传百，罗泉豆腐的美名就香飘四方了。

"用石磨推出的豆腐，又细又嫩。"在镇上做了二十多年豆腐的王世敦老人说，他家祖祖辈辈都用石磨磨豆子，虽然如今有了电动磨豆腐机，但老王把家传手艺传给了女儿小王，一再叮嘱她依然使用石磨磨，说这样磨出的豆腐才细腻、鲜嫩、绵实。

前面提到的"豆腐包子"更是四川一绝。豆腐包子，是把肉馅夹在豆腐中间，进行各种烹饪，吃起来特别有味道。小王说，是球溪河清澈的水和盐业的发达，才造就了当地豆腐好吃的秘诀。

镇上的豆腐包子一般六毛钱一个，十元一斤，价格不贵，味道很美，不仅本场镇的人喜欢，成都、重庆、贵州等地也常有人开车来品尝。

罗泉街上，到处可见卖豆腐包子的摊点。居民们也不吆喝兜售，颇有点"好酒不怕巷子深"的怡然自得，而不像许多旅游区，老远就对着游客大声武气地鼓吹他们的东西如何好。

那天下午黄昏时，全镇的豆腐包子都被来那成都的几百多名驴友一购而光。动作慢点的，就垂涎着抱怨"咋不多准备一点嘛"。

经历上百年沧桑，罗泉镇就像一位无人打扰的迟暮美人，一街一巷、一砖一瓦、一树一草，都不紧不慢地保留着往昔风韵。

那天黄昏，春雨滋润街头，怀着布道式的神圣感，我默默走在罗泉镇的老屋和断壁残垣间，手头的相机轻轻释放快门。不远处的珠溪河汩汩滔滔，低吟浅唱，像是为这个曾经的"天下第一盐镇"唱着挽歌。

（本文原载于2020年5月25日《华西都市报》）

郪江：巴蜀古国的另一『高地』

如果把古代的巴蜀王国当作一片巍峨山岳，郪江镇就是这片山岳褶皱里凸现的缥缈高地。

郪江古镇，位于四川三台县城南四十七公里处，南临郪江，东滨锦江，建于两江汇合处，虎踞龙盘，向来为兵家必争之地。这个有两千多年历史的老镇，曾是春秋战国时期郪王国的恢宏都城，元代时还做过四川的省府。

据地方志介绍，郪江的"郪"原为"妻"字旁一个邑，简而言之就是女儿国的意思——连年征战，男丁们大都服役充军去了。地名儿缝隙，都勾连出一丝历史气息。

田园牧歌里的古国遗韵

我是在阳光明媚的初春去的郪江，下车后围着镇子慢悠悠徒步了两小时。杨柳依依，惠风和畅。小镇

郪江镇古戏台以前经常演出社戏和川剧

风情宛若胶片电影里的古旧场景，散发出油画般的色彩质地：碧绿的锦江与郪江（又名玉江）交汇拥抱，两岸芳草萋萋，田畴果园飘香，鸟雀叽叽喳喳飞来飞去。透过篱笆看过去，长满苔藓的青石板蜿蜒在深巷里，榕树掩映的九龙桥上，四五个孩子嬉戏玩耍，桥下钓鱼的大人不时朝他们会心一笑。矮树丛掩映的滩涂草地上，几只牛羊在低头食草，几只蜻蜓嗡嗡嘤嘤飞过它们的头顶，翅膀在阳光透射下闪现出绢帛般的华彩……

步入镇子，一股清凉的风从脚边拂过，久居都市的喧嚣和浮躁顿时安静下来。虽说眼前的郪江也被改造了一番，老房子多已破败，但仍掩不住青山绿水间的妩媚清新。玉江街是镇子的主街，两旁房子大多带着木柱支撑起来的宽敞走廊，街有多长廊就有多长，颇有江南小镇的余韵。我知道四川很多乡场如肖溪、罗城都有这样的连街走廊，那是老街遮风避雨的场景，平日街坊邻居在廊下吃饭、干活、喝茶、摆龙门阵；赶集的日子，廊下摆起小摊：菜市、肉市、小吃、杂货，吸引父老乡亲来赶集，它庇护着乡场百姓的市井生活。

自耕自足的劳作生活方式在这里依然存在，每一条纵横巷道，随处可见悠闲的人们或站或坐，或独自凝思，或侃侃而谈，人们的交往轻松而惬意。金灿灿的玉米棒子挂在楼廊的横梁上，整齐有序一字儿排开。木柱上精细的浮雕图案和横梁上的镂空雕刻，虽被灰尘覆盖或蛛网缠绕，但隐约可见，意趣盎然。铁匠铺依然生意红火，火箱在每天都拉得炉火熊熊，砧墩上砸出铿锵有节奏的叮当声。

随处可见上百年的老榕树，最有特点的是"波平浪静"庙子前的两棵大榕树，据说这两棵树是同时种下的，也最具郪江特色。老榕树的对面是雕刻着各种神兽的古戏台，以前常演些社戏和川剧，那是农耕时代小镇的狂欢盛宴。当年种树人为了美观，还用石头在树周围砌了一圈矮墙，经过近百年的生长，现在它们一棵是"树包石"，一棵却是"石包树"，让人不得不惊叹于大自然造物之神奇。玉江街东头，有一处名为"合欢树"的小景点，居然是两棵古树在时光的撮合下长成了一棵树。树下卖红薯的大爷说，树也是通人性的，它们也有感情。郪江有很多这种榕树相伴的场景，一如柳树常和河堤形影不离一般，人们在造房或修建桥梁时，都喜欢植上几株榕树，既保持水土，又提供阴凉，也在空间上圈就自然天成的公共乐园。

"远看罗盘翻转，近看棍棍棒棒；既会浇水上天，又能弹琴歌唱。"这是当地人描写田园筒车打的谜语，更是郪江汲水灌田的水利景观。其原理是，利用水的冲力推动筒车沿边竹编的片轮儿，片轮间的竹筒便可在濠里汲水，借转动的筒车把水送上三四十米高的"天船"，再用筒竿将水送到沟渠里，哗哗流入田间。可别小看这架筒车的力量，它可以灌田二十到三十亩。如今，沿江的鱼洞井、会仙桥、跳磴河、九龙桥、朱沙沟都还使用着这种古老的筒车。"筒车转动时，轴木磨在码头架上，发出高低疾徐的声音，好像在唱歌儿呢。"一个正挽起裤脚修理筒车的农民说。

诸葛亮置郡与军民狂欢

过桥往右，是一条古驿道，坑坑洼洼的石阶、参差的山石和茂盛的林木，宛若一本历史大书缓缓展开。之前我从《三台县志》看到资料说，这条道曾是巴蜀"古郪道"的一段，是连接川中、川东的咽喉之地。古郪道，主要指成都官道上的三台、中江这一段，而整个成都官道有一千三百六十公里，连接射洪、万县等地。山重水复间的石板铺成一条通衢大

郪江镇的古戏台

道，可过舆轿、驮马、走骡，也可承载大军过后的滚滚烟尘。

碧绿的郪江寂然流淌，被初春的风吹成一道道褶皱。我想，倘若它们能语，哗哗水声定是它们不舍昼夜的讲述。郪江地处旧驿道，古往今来热闹非凡：骑马坐轿、肩挑背驮、背包撑伞之人络绎不绝。当年商人车马劳顿之时，抬头看到街头飘着大大的"酒"字，就迫不及待跨入酒家，打个"单碗"一口喝下，顷刻四肢和软，精神大振，很有点古装片里跨进杏花村的清爽劲儿。这些酒家，大多设备简单，一张柜台，一个酒坛，三十来个酒碗，四种打酒的提子：一两、二两、八两（半斤），一斤（古制十六两），几张桌子，几条板凳，就足矣。

青山隐隐，阡陌纵横。古石板路除了通达南北，还连接着许多历史事件，老百姓最喜欢说道的就是三国故事。

东汉建安十九年（214），诸葛亮奉刘备之命前往蜀中各地分定州界，他从古郪道来到郪县即今日的郪江镇，当地人获悉后大为欣喜，宰牛烹羊，载歌载舞，举杯欢迎，青山绿水间展开了一幅军民共欢、官民同乐的欢腾画卷。诸葛亮后来在此设置东广汉郡，亦以郪江为治所。往事如风，酒香早已飘逝，却留在代代百姓的传闻中，那段历史也造就了现今仍在使用的一处地名——会军堂山（今中江县境内，古属郪国）。

郪江九龙桥，架了历史和现实的两头，让这里的人们从童年走向成年，从异乡回到故乡，从青葱变为苍黄……

九龙桥位于镇外郪江上，是一座古石桥，它横跨郪江两岸，连接三台、中江两县，据说此处也曾是当年诸葛亮大军浩荡渡河的地方。九龙桥桥面，由两块各一米宽的石板铺砌，桥长约四十米、宽两米，桥墩两头两边都是龙头，龙头鳞爪须眉飞舞，栩栩如生；龙尾则分别镶嵌在桥墩之中，整个石桥工艺显示出古人的不俗匠心。九龙桥还有个传说：郪江曾有水妖作怪，导致河水泛滥，百姓来往两岸很不方便，玉皇大帝知道后，派来九条祥龙降服了妖怪，从此郪河平静，百姓安居乐业。为了纪念这九条龙，官绅大户筹钱修建了这座桥，名曰九龙桥。

　　每年农历五月二十八日，周围十里八乡的善男信女都要走过这九龙桥，去郪江赶"城隍庙会"。当日牛头、马面、吴二爷、鸡脚神、阎王要纷纷扰扰出面"巡视"人间，惩恶扬善，教化信众；善男信女则打着招幡、彩旗、金龙、叶符、龙幡，抬着王爷虔诚祈雨。

　　郪江镇真是一个有魅力的地方，哪怕不经意间转回原处，它往往还是那样的有看头，我会发现人也莫名地变大了，人和建筑、街道、河流、古桥、老树的关系是如此和谐，手到擒来一幅照片，人都好像嵌在风景中。

一座古王城的前世今生

　　古人将城市描述为"聚之为村，易而为市，置镇于三江口岸，筑城于通衢要道……"历朝历代都重视对城市的修筑。郪江镇为虎踞龙盘之地，春秋战国时期此地曾为郪王国的都城。西汉高祖六年（前201）在今三台一带设郪县，县城所在地也在今郪江镇。虽经历朝历代官员培修、改建、扩建，其城隍设施、城市规模有所变化，但城池基址至今未变。《三台县志》收录的一首古诗，描绘了郪王城的昔日繁盛："天台鼓楼镇双龙，二狮抬头望金钟。九龙湖水朝金阙，王庙钟声送晚风。"

　　历史上的郪王国，掌控的疆域有多大呢？《太平寰宇记》载："汉旧郪县城在今县（三台县城）南九十里，临江，郪王城基址见（现）存，以郪江为县名。"清《三台县志》卷五载："郪江在今县南百里，汉之郪县，自以郪江水得名，其半有飞乌、射洪二县地，似《寰宇记》为得其实。"也就是说，古郪国地处巴国和蜀国之间，今天的中江、郪江以及涪江中游地区均属古郪国领土。

《资治通鉴》卷八十五载，很早以前，郪人先祖从云南迁徙来到巴国和蜀国之间，生长繁衍，在郪江河边建立了郪王国，虽不过是个"千乘之国"，但渔猎时代的郪国，有充足的鱼类、鸟兽，足以养活郪国人民；在农牧时代，郪王国又有充裕的粮食和畜产品养活郪国人民，境内拥有盐、铜这样的重要资源，经济能够独立，百姓活得滋润。《华阳国志》说："郪县有山原田，富国盐井。"《元和郡县志》记载，郪县有盐井二十六所；通泉有盐井一十三所，以赤车盐井最著名。

《三台县志》另载，商周时期，郪国人的祖先濮人曾参加周武王伐纣的战争；周武王伐商，当在公元前1066年左右，即周文王死后四年，武王姬发载着文王木主去伐纣，行军中前歌后舞，士气很旺盛，二月底攻入朝歌城灭商。濮人参加武王伐纣战争后得到封赏，势力和支系都有很大发展，大部分人留在今天的三台、中江县一带。

郪王生生息息传了几代？由于太过遥远史料缺乏，难以考定。学术界相对普遍的看法是：公元前316年秋，秦国大夫张仪、都尉司马错奉秦惠王之旨从石牛道南下伐蜀，途中"顺便"灭了郪国。然后，秦以蜀国土地建立蜀郡，以成都为郡治，郪为蜀郡所辖之地，不再是一个独立王国了。巴蜀古国嶙峋群山中，这座凸现的缥缈高地渐渐式微，最终坍塌，消隐在历史的烟云里。

"活"在山洞里的汉墓群

古郪国早已消失，但它的灵魂似乎不肯离去，依然活在郪江场镇一个个古老深邃的山洞里。这，就是名扬天下的郪江崖墓群。

郪江崖墓群，被称为中国四大汉墓群之一（另三座分别在河南、河北、广西境内），以金钟山、泉水坝、紫金湾墓群最为集中。墓崖产生年代早晚不一，以东汉墓为主。结构上，墓室大多建在中轴线上，一般分墓道、墓门、前室、中室、后室、侧室和耳室，墓内利用山岩凿有台阶、水沟、壁龛、灶案、柜、棺台、床等设施。由于"油水"丰厚，郪江汉墓也经常是鸡鸣狗盗之徒光顾之地。

郪江崖墓对外开放的共有六座，呈一字儿排开。墓中石雕形态丰富，有日月星辰，有石头水缸和石灶，也有存放粮食的石壁橱，有造型奇特石横梁和拱顶，还有石猴的浮雕，两室之间的过道门楣上刻了一些牛头面朝洞口。崖墓室洞，互为相通。

崖墓是古代日常生活的一面镜子。郪国人"面水而居，依山而葬"，在进入"天国"前都要为自己营造墓室，他们将日常生活用品用土陶复制后放在墓室里。墓室简陋与豪华，视主人身份而定。随葬用品，或鸡鸭猪狗牛羊，或车马青铜砖瓦，不一而足。这一随葬习俗，使今天的郪江流域留存了数千件汉墓成像，非常珍贵。

"狗咬耗子，多管闲事"是一句著名成语。有趣的是，在郪江镇金钟山上的崖墓群第一座古墓内，竟然真有这样一尊狗咬耗子的古代圆雕，可谓誉满全球。

为何古郪国人要在墓内雕绘出这一离奇景观呢？这幅出现在东汉晚期、极为罕见的"狗咬耗子"石壁刻图，显示的是一只"立耳、长吻"的狗蹲坐着，它嘴里叼着一只长尾老鼠，狗儿的眼神还带点俏皮味儿。其实，在古代社会，"狗咬耗子"并非多管闲事，比如秦汉时期，由于猫尚没有广泛被人们驯养，狗就担负起"驱鼠"的重要任务。考古资料证实，汉代才可能出现被人类驯养的猫，唐代以后猫才成为治鼠的主力军，这样一来，狗就不再"咬"耗子了，不再多管闲事了。

在郪江，从历史的斑驳岩层里飘散出这样一丝轻快的世俗气息，在青绿山水的映照下，活该惊煞世人。

（本文原载于2019年1月13日《华西都市报》）

太平：「四渡赤水」转战地

红军"四渡赤水"战役是中国战争史上以少胜多、变被动为主动的著名战例，古蔺县太平古镇以独具特色的历史魅力，成为巴山蜀水中最富传奇的"红色小镇"。

川南赤水河南岸，有个自古以来十分重要的水陆交通枢纽——太平古镇。

太平镇隶属四川古蔺县，与贵州习水市醒民乡一桥相通，成为古蔺出川入黔的东大门。这里，很早就是商贾聚散的古渡口，成就一方驿镇，群山环抱中，房屋依山傍水，层层叠叠，素有"小重庆"之美称。

古老镇子，与红军长征"四渡赤水"有着血脉深厚的关联：1935年春夏，中国工农红军在川滇黔三省边境进行了举世闻名的四渡赤水战役。战役历时七十二天，其中在古蔺县转战达五十四天，县属太平镇，就是红军长征二、四渡赤水的重要渡口和三次转战的地方。

红军渡河纪念碑

处处留存长征气息

群山环抱中的太平古镇，犹如一个经历沧桑人生的白发老人，身上承载了太多沉重往事。古蔺县地方志介绍，战国至先秦时期，太平古镇属古习国部落和夜郎国，该镇被人称为"落洪口"。蜀汉时诸葛亮南征，曾在这一带出兵布阵。明代以后，来自江西龙南县太平堡的商人朱复桐，为纪念先辈朱熹在白鹿洞书院讲学传道，将"落洪口"更名"鹿平场"。后来，朱氏后裔为了怀念家乡的"太平堡"，将其易名为"太平渡"，沿用至今。

我们是自驾从成自泸高速，经贵州习水来到太平古镇的。一路山路弯弯，还冒雨涉水走过一段丛林激流。到太平古镇时已是下午四点过，放下行李就跑去游览。太平镇依山而建，赤水河边有一处码头遗址，四周绿苔重重，树木繁茂，时有游客来参观。这个码头，就是川南有名的太平渡，也叫红军渡。

20世纪30年代中期，就是这样一个小小渡口，书写了几乎改变中国命运的宏大历史：1935年1月遵义会议后，毛泽东、周恩来、朱德等率领的中国工农红军，为摆脱国民党军队和黔川地方军的围追堵截，在川黔滇三省边界四渡赤

红三军团驻地旧址

水，艰难作战，灵活用兵，而红军第二、第四次渡赤水时，就是从太平渡过河的。

霏霏细雨中，我们沿着石阶攀上山腰，来到太平渡陈列馆。陈列室里，两百余件文物摆放得井井有条，红军用过的号谱、医书、手榴弹、宣传画、锅盆、苏维埃纸币、铜币等让人浮想联翩。

远离城市尘嚣的太平镇，处处洋溢着长征的气息。街头，红军渡口、长征街、长征大桥等以红军长征命名的建筑随处可见。当地人说，这里也创造了许多"之最"——"四渡赤水"之次数和渡口最多，收养救护红军伤员、失散人员最多，帮助红军渡河、当向导、筹军粮、搞宣传的人最多，红军留下的遗物最多，留下的故事最多……

这里的孩子们，因长期浸染在这片红色土地上，从小受到正能量教育，个个都很淳朴，他们见到外地人，总是热情打招呼，还主动跑来跑去当向导，讲解自己从老辈子那儿听来的红军故事。

"四渡赤水"胜利之地

我注意到，太平镇上，几乎家家户户的大门都是用乌黑色木板做成的。这些看上去格外厚实的门板，也承载着一段悲壮故事。

八十多年前那个春天，红军往来飞渡赤水河，每天要面对敌军飞机大炮的狂轰滥炸，一片狼藉，不断有红军将士倒在血泊中，鲜血染红碧水。危难之际，太平镇上的群众自发组织起来，他们冒着枪林弹雨将自家的门板拆掉，又凑了三十多只木船，在赤水河上搭成浮桥，输送红军战士渡过赤水河。当时，敌军炮火呼啸而来，狂炸近两个小时，河堤被砸塌数十米，掀起的水浪冲得比人还高，滚滚硝烟遮住了人们的视线，一时大部队艰难渡河，不断有人负伤后落在水中，又很快被百姓救起。大军顶着枪炮渡河，一到对岸，后卫部队和船工们就立马将绳子割断，撤离船只门板，切断了尾追敌人的去路。经过惨烈作战，红军最终取得太平镇阻击战的胜利。

镇上，居民杜树清老人还兴奋地向我们讲起"分果实会场"的故事：1934年农历腊月，红三军团一部首次进驻太平镇，镇上未及逃离的群众对红军心存疑虑，不知所措。红军打开地主朱蜚声家的粮仓，开仓分粮，杀了肥猪，抄出财物。那天，红军干部找来打更匠周国清，请他鸣锣通知群众来镇中心荣盛通盐号集合，群众先是怕来，直到周国清鸣第三遍锣，才犹豫着从四面八方赶来。红军做了个简单的讲话，立马将粮食、猪肉和财物分给群众。那天老周特别高兴，分肉的小战士说他辛苦了要奖赏他，别人一人一块猪肉，周国清一人得了两块。以后，荣盛通盐号前的院坝，就被太平古镇的人称为"分果实会场"。

红军四渡赤水之战，是中国战争史上以少胜多、变被动为主动的战例之一，太平古镇，也因此成为川南一带颇具悲壮色彩的地方。

为了传承发扬红军长征精神，1958年夏，太平镇建立起国内较早的红军长征革命纪念馆，镇子也成为我国以红军长征为主题的影视拍摄基地，《长征》《战地黄花》《四渡赤水》等电视剧和电影在此拍摄。

曾经的战火硝烟荡然无存，今天，赤水河边，那一座12.26米高的红军渡河纪念碑，仿佛默默向过往行人述说那场抢渡战役的故事……

太平古镇历史悠久，房屋多为清末和民国时期所建，因地势陡峭，多依山形走势。鳞次栉比的建筑中，有一种阁楼风格的房子很引人注目，那就是吊脚楼。红军总司令部旧址内的吊脚楼，就是这种建筑的代表作。

这座深宅大院地处半山腰，是当年朱德总司令设在太平镇的指挥所，房屋为穿斗式和混合式建筑，院内古朴传统、宽敞清净。附近，曾用作红军医院的刘宅、李宅，也是川南院落民居的代表建筑。

走在古意悠悠的石板街上，聆听小贩长长的吆喝，偶尔与坐在屋檐下卖草鞋的老人对话，或与那卖米粑的年轻媳妇聊天，就会觉得时光倒流，仿佛置身于沈从文先生笔下的《边城》。这里不仅有古老的街道、淳朴的街民，还有优美、动人的风物传说，"春燕衔泥""茶盐星火""九溪烟雨"……让人目不暇接。

因盐而兴民风浓郁

太平镇也是历史上因盐而兴的名镇之一。明末清初，因川盐入黔的交通需求，此地设立水路驿站，众多盐商涌入太平设号，商贾云集，贸易繁忙。太平渡口船只栉列，桅樯如林，号子起伏，物畅通流，古镇因此逐渐繁荣。到20世纪30年代初，太平已成为川黔滇地带极负盛名的商贸枢纽。

那天，我们在太平镇采访时，还在河边听到断断续续的号子声。"使劲拉过险滩哟……""喔着着——喔着着……"曾经担任过乡镇船舶管理员的镇民杜树清，还能哼起一段赤水河的船工号子。他说，赤水河号子是太平镇民俗文化的一部分，老辈子都会唱，那是陪伴着他们祖祖辈辈的劳作工具。另外，境内有古蔺扬琴、划龙船、耍花灯、牛灯、打连厢等多种传统文化。

镇上居民不多，民风浓郁。几位坐在屋檐下聊天的老人说，每到春节、端午节、中秋节，镇上是最热闹的。居民们用绳子将红彤彤的灯盏系于竹竿上，高悬于瓦檐、露台上，或用小灯砌成字形挂于家屋高处，大户官绅则喜欢将火力旺盛的燃灯，高挂在河边舟船的桅杆上。寒夜里，那些远方归来的游子，从几公里外的远处都可以看到家乡的灯盏，感受到故园温暖的召唤。

古蔺县文史资料还介绍，清乾隆年间中秋节，满镇灯火辉煌，不啻琉璃世界，一赵姓盐商大开府邸，所悬花灯高达八丈，十分醒目。赵家花灯与月影中赤水河的波光相映成趣，非常幽美。夜深人静时，赵家人还请来镇上文吏和教师爷，聚于灯下饮酒作诗，谈笑风生，几近通宵。

古蔺县太平镇位于赤水河中游西岸古蔺河与赤水河交汇处，古名"落洪"（也写作"乐共"），它与土城之间的赤水河中游这段水路战国秦汉时已通航，因此太平镇是古代由土城通往昆明和越南的必经之地，其路线经过地点是：土城、太平渡（永乐）、镇龙山、赤水河镇、毕节、赫章、宣威、昆明、文山、越南。中华人民共和国成立前后在土城出土一批明代和清代的越南钱币，证明了这条古代商路的存在。

三国时蜀汉大将马忠，就是沿着这条路线将庲降都督府从土城（平夷）迁往赫章可乐（味县）的。而太平镇右侧三华里处的九溪口（赤水河西岸），二十多年前曾在这里发现一座东汉墓葬。那里沿着赤水河西岸的两山脊间有一条南北向的小溪（九溪河），沿小溪有一条古通道，由其南端的土城乡炉缸嘴东渡赤水河后通往仁怀市合马镇，这是一条宋代就已开通的茶马丝绸古道，宋代播州西部地区出产的茶、马和丝绸等，其中一部分就是从这条路线运抵太平渡后顺着赤水河北出运往泸州的。

（本文原载于2015年2月15日《华西都市报》）

龙华镇的繁华旧梦

　　四川的古旧老镇，越来越多地被打造为"油漆古镇"，散发出千篇一律的雕琢气息，而那些保持完好原生态的古镇，已属凤毛麟角。前不久，我们在川南的深山里，发现了一个蕴藏着深厚历史的原汁原味古镇，这就是龙华镇。

　　龙华镇位于宜宾市屏山县境内，从成都自驾到沐川县，再转道龙华，大约花五个小时。

　　龙华被许多人称为四川最后的古镇，它之所以能保留得如此完整，与其地理位置有关：藏卧山坳，交通不便，远离城市喧嚣，独守宁静，加之这里的居民多是客家人，祖上由"湖广填四川"而来，有保持和传承自己文化的习俗。

诸葛亮南征孟获必经地

　　来到龙华镇，最先看到的就是一座廊桥。这座桥

龙华古镇

旧时名靖虹桥，修建于光绪辛丑年（1901），当地人称之为凉桥。桥长约四十米，宽约五米。这座横跨在小龙溪上的桥，貌似贵州侗乡式样，廊梁上悬挂着"虹贯霞蔚""物华天宝""赤虹贯日""清风明月"匾额，为这个著名的古驿站、古码头平添不少诗意。

据《屏山县志》载，龙华镇自古就是军事重镇，更是汉族与西南少数民族在川的争夺地。三国时诸葛亮南征孟获时，曾亲率大军由此必经之地开进凉山（这里离凉山雷波县、马边县很近），渡金沙江入云南。后来，诸葛亮又率大军南征孟获，在戎城一箭退南蛮于凉山。

镇上老人讲，龙华人的先祖，就是蜀汉降服孟获后一支留守或被遗弃的军队将士。

地方志载，明代朝廷在龙华设驿，为马湖府要冲。清初在龙华设守备（正五品武官），雍正年改为都司（正四品武官），咸丰元年（1851）在此设平安营，建都司衙门，屯驻军士，修建城墙和城门。至今，古镇尚保留有两座寨门。这些不断加强武装力量的举措，也将大量来自成都的官兵带至龙华镇，后来，他们甚至在语言上也慢慢成了这个地域的主导人群。我们发现，今天龙华镇居民的口音与周边川南人迥异，听起来竟有几分成都腔。

那天，我们在镇上看到，建于清代乾隆年间的禹王宫尚保存完好，主殿台基两侧的七幅高浮雕栩栩如生，"赵匡胤洗马救驾""三英战吕布""长坂坡"等，向世人讲述着那一段段金戈铁马的往事。

镇上退休老人赵国冬介绍，古时龙华镇是一个有名的驿站和老码头，千百年来，骑马坐轿、肩挑背驮和撑船装货之人络绎不绝，他们车马舟船劳顿之时，便能看到镇上飘扬着一个大大的"酒"字，大伙迫不及待步入酒家，打个"寡单碗"，一口喝下。少许，四肢和软，精神大振。

街角路旁的丁香树、杏树、李子树，芽苞鼓胀，把枝头撑破，张合着小嘴，俏皮地冒话。黑白花奶牛在田里漫步，一声接一声"哞哞"地叫着。一只在房檐上的小猫，突然蹦到窗台照镜子，留下几声轻描淡写的"喵喵喵"，掀翻一弯春夜。此时，龙华镇在我眼里是如此的灵动可爱。

缠头巾习俗源自"填川"

晨雾初起，缕缕洁白的雾霭从山谷里飘了过来，雾没有快速的散去，它们凝聚在河面上，像一团洁白的云。很多人把龙华称为四川最后的古镇，除了由于这里原汁原味的老旧建筑，还因居民多是客家人，祖上也不少是"湖广填四川"来的。

龙华镇是清初"填川"重要的上岸码头之一。明末，张献忠在四川杀人如麻，蜀人未遭屠戮的不到十分之一。清初，号称天府之国的四川尽化草莱，朝廷不得不下令移民入川。这场"奉旨"大移民带来的民族大融合最直接的结晶，就是川南美女如云。

赵国冬老人还介绍，他祖上是湖北潜山的，很多家族分支留在了长江沿线的巫山、云阳、丰都一带。他说，四川方言"解手"一词，就是从被移民的湖广落脚到他们龙华码头的。可能因为老百姓不大听话，因此要强迫，一个个都把手捆起来，被捆的移民途中内急，就请押送的兵丁"解手"，只有解了手，才能把便溺这件事办好。清代有竹枝词云："大姨嫁陕二姨苏，大嫂江西二嫂湖。戚友初逢问原籍，现无十世老成都。"

那时鄂人赴川，走的是一条延续了六百多年的悲壮乡情路：溯长江，穿三峡，踏蜀道，凄风苦雨，抛别故土，他乡繁衍。那辈辈相传的追亲寻祖之念，更是绵绵无竟期。千里鄂川道，望断不归路。瘴气、酷阳、冻馁、寒夜、伤痛、倒毙……浩浩移民潮，或三五成伴，攀缘于蚕丛山道，或官兵押解，跋涉于激流峡谷。可以想象，在当时早已是"湖广熟，天下足"闻名的富饶荆楚，谁又愿意背井离乡？

当地人爱缠头巾的习俗，镇上老人解释说，当年押解鄂人途中死人太多，经常头缠孝布，天长日久，逐步演变成多用途的头巾了。

世界第一立佛距今四百年

那天下午，天上飘着细雨。过了老码头和凉桥，沿着石梯往上走就到了老街，一间间木板老屋，还有被雨水打湿的石板路泛着亮光。由于岁月久远，一些石板上已明显留下路人经年踩踏的痕迹。

龙华镇的建筑多修建于清末民初，顺应地形随弯就弯，开合有致，屋面因街重叠错落，吊脚楼高高矮矮，颇有特色。三条青石小街蜿蜒贯穿全镇，古老的穿斗房鳞次栉比，错落有致。木屋，木门，木柱，木家具，古朴俊秀；石阶，石墙，石门，石雕，石城垣，气韵超凡。千年沿袭的楼台亭榭，青砖、木墙、石板街道、小青瓦房，相互毗邻的四合院和高高的峰火墙，独具特色的吊脚楼，雕刻着神鸟、奇兽的古檐，大小院落内的天井，不像传统的四川民居天井，面积不大，足以满足人们的居家需要，是家人和来客喜爱的室外空间。那天，我偶然看见一户居民的门没有关，悄然进入他们的小天井时，瓦檐下的雨水细细如丝，在静静的小院里增加了几许诗情画意。

镇民生活很悠闲，他们背着背篼三三两两远远地走来，爬坡上坎又慢慢消失了。有的坐在街上卖撮箕、背篼、簸箕、筛子、蓑衣，一些妇女也和男子坐在一起卖叶子烟。仿佛天生与这个镇子的宁静相融合，大伙都静静的，没人吆

龙华古镇老建筑

喝，连说话都轻声轻语。没事时，大伙三五围坐打牌下棋，摆摆龙门阵。

穿行于长街小巷、深庭大院中，不时会听到铁匠铺中叮叮当当的打铁声。打铁、绣花、溪边浣洗，远离繁华的大都市，镇上的居民依然过着淡然悠闲的生活。

值得一提的是，在古镇对面约四公里，有一座八仙山，山上保存有一尊现今世界上第一大的立佛——八仙山大佛。该立佛凿于主峰崖壁上，修建于明末，距今有四百余年。这座大佛高三十二米，《中国大百科全书》收录的世界十大佛像，八仙山大佛榜上有名。前不久，央视科教频道派人来这里采风，并制作播出了纪录片。

立佛附近十来米的山崖上，荆棘丛中，有一株上千年的古楠木，高约二十米，直冲云霄。有樵夫说，这楠木平时有香气，老远都闻得到，树木纹理直而结构细密，不易变形和开裂，材色一般为黄中带浅绿，俗称金丝楠，成为建筑、家具的最优良木材。传说中，金丝楠木水不能浸、蚁不能穴，用这样的木材做棺木方显出主人尊贵无比。《红楼梦》中，秦可卿死后的寿木便是楠木所制，众人皆道，"只怕一千两银子也无处买"。

黄昏中，徜徉在龙华镇，那些古旧的建筑和幸存的民风，跨越时空的阻隔来到我的跟前，那些久远的故事，也重新在我的视线里渐渐鲜活起来。

（本文原载于2014年12月28日《华西都市报》）

周子：文脉最盛的嘉陵江老码头

这里是西汉辞赋家司马相如的故里，是唐代画圣吴道子豪绘"锦绣嘉陵三百里"的地方，是北宋理学巨擘周敦颐《爱莲说》的诞生地……

四川蓬安县的周子古镇，被称为滔滔嘉陵江上最后的老码头。这里，也是"卓绝汉代"的大辞赋家司马相如的故里。

在周子镇的岁月长河中，司马相如这位大文豪，吸引了众多文人墨客来到他的故里瞻仰游历——唐代诗人元稹、画圣吴道子，宋代大文豪苏轼、理学家周敦颐、清代思想家姚莹……风流名士，携来风光绵绵，烟波浩渺的古老码头，留下一道绮丽的人文景致。

站在镇上远眺，嘉陵江滔滔北来，滚滚南去，阡陌纵横，树木挺拔，远处青山隐隐，云蒸霞蔚。

相如故里　嘉陵江上的世外桃源

蓬安县周子古镇，被誉为雄奇嘉陵江上最后的码头古镇，它兴于唐宋年间，至今雕刻在江畔青石墩上的"周子古渡"四个大字赫然醒目，铭刻着古码头往昔的繁华和岁月的无常。

依托嘉陵江，周子人以打渔为生计，并由此发展水产商贸物流业，使周子成为川北地区著名的大埠头。

前不久，我来到周子镇游玩，在老码头看到，一艘艘狭长的机动船泊在码头的青石脚边。江水腾起的波澜，不停地吻着船身。一名年轻的洗衣女子一边将衣服抛进江水，一边扯上石板揉搓，又再抛进水中漂洗。她的脸色现出劳作后的红润和满足。水中，微微翘起的船头下，用渔网罩起来的铝盆里，几条大大小小的鱼儿欢快地在小天地里嬉戏。

我们下榻的那家客栈紧靠江边，老板姓严，是个五十来岁的瘦削男子。他说，周子镇水码头，地方不大，"装"的事情可不少，它亲历了上千年商贸活动的繁盛，"往年，这里可以说百船云集，船工号子响遏行云，高亢激越，运输繁忙。听爷爷讲，每天清晨鸡鸣三声，江面上竹筏、船只穿梭往来，到处传来纤夫的阵阵吆喝；黄昏，码头上停靠的船只、竹筏相依成串，长达千米；入夜，街头巷尾灯笼高挂，来往客人川流不息；

周子古镇

贩夫贩妇，走街串巷，叫卖吆喝声此起彼伏……"

据南充地方志记载，嘉陵江蓬安段鱼类特别丰富，有一百八十多种鱼类，最著名的是特产是石梁沱江团。这种江团鱼，下颌有一点丹砂一般的红印迹，品尝起来肉质细嫩，味道鲜美，曾是历朝历代进贡朝廷的贡品，周边客商也纷纷赶来抢购。

关于周子镇最大的名人司马相如，周子镇少有记述。文史资料说他出生于此，小时喜欢读书练剑，因仰慕战国名相蔺相如而改名，传说司马相如人极聪明伶俐，他二十多岁时用钱换了个小官职，后来官越做越大，竟成了汉景帝的武骑常侍。在古今学界，司马相如是公认的汉赋代表作家和音律大师。

龙角山上　吴道子豪绘"嘉陵三百里"

那天下午，我从古镇的财神庙沿江边直行而上，来到龙角山。龙角山上，有一尊用红砂石塑成的约三十米高的古人头像，这便是一代画师吴道子的塑像。塑像神态刚毅，眼光凝眸远方，若有所思。

吴道子（680—759），唐朝著名画师，被后人尊称为"画圣"，后世将他的绘画风格概括为"吴带当风"。公元752年，吴道子受唐玄宗李隆基指示，曾在此描画嘉陵江，画出了《嘉陵江三百里旖旎风光图》。山顶还有楼一座，人称"吴道子画江楼"。画江楼因略凸出于江岸，确实是观赏嘉陵江胜景的绝佳位置。

眼下，我看到的嘉陵江，滔滔北来，滚滚南去。夕阳轻抚江面，浮光跃金，剪出船儿修长的身影。对岸，是一块半月状的大滩涂。远处青山隐隐，云蒸霞蔚，嘉陵江风光尽收眼底。

据说，当年吴道子奉唐玄宗之命画嘉陵江览胜图，但他从蜀地考察归去后，居然连一张草稿也没有。玄宗看他空手而归，有些生气。画圣淡定从容，他饮酒一盏，定定神，大笔一挥，在大同殿上豪画出气势磅礴的蜀山蜀水，画中怪石崩滩，惊涛拍岸，运笔如暴风骤雨，嘉陵山水一日而成。后来，成就于四川周子镇的正式画稿《嘉陵江三百里旖旎风光图》，也博得千古文人雅士的盛誉。

理学鼻祖　在此写下千古《爱莲说》

周子镇原名舟口镇，因敦颐曾在镇上濂溪祠讲学，为纪念他遂更名为周口镇、周子镇。

周敦颐（1017—1073），别称濂溪先生，北宋哲学家、文学家、理学鼻祖，被称"周子"。

宋仁宗嘉祐元年（1056）夏末，年已二十五岁的周敦颐在合州（今重庆市合川区）当判官时，他在朝中当龙图阁直学士的舅父郑向叫他去南部拜谒蒲宗孟。他乘舟而上，经果州（今四川省南充市）来到相如县舟口，也就是今天的周子古镇。

当时，镇上的好学之士打听到大名鼎鼎的周敦颐先生，要取道舟口去南部，数十人早早在舟口岸上翘首等候。接到周敦颐后，大伙兴冲冲将他请到镇上下河街的荷花池内休息。这荷花池紧靠江边，呈椭圆形，周围环建廊榭，栽植垂柳，塘中种植莲藕，时有白鹭飞过，池中有小亭，名叫"陶然亭"，亭上挂着"陶然亭"三字的匾额。周敦颐看到这亭上的匾额时，高兴地说："这亭的名字取得妙极了，想必取自唐代诗人白居易的'更待菊黄家酿熟，与君一醉乐陶然'诗句的'陶然'吧。"

大家会心一笑，将周敦颐引入池塘水榭中待茶。交谈中周敦颐说：一个人的爱好不尽一致，比如世上的花很多，晋朝的陶渊明偏偏爱菊花，李唐以来的世人又多爱牡丹。我朝诗人林逋以梅为妻，终身不仕不娶。而我最爱莲花，你看它出于淤泥而不被污染，濯于清涟而不显妖媚。中间通达，外部秀直，没有枝蔓，亭亭玉立香远溢清，可以远观，而不能随意把玩。这四种花，好比四种人：菊花是隐逸之士，牡丹是富贵之人，梅花是高雅纯洁之人，莲花是人中君子；然而，菊花虽好，却幽居独处，孤芳自赏；牡丹虽艳，似富贵荣华，正合世俗；梅花孤芳高洁，岁寒时只与松竹为友。唯有莲花，端庄正直，清高不凡，具有君子风范，生活在世俗而不为世俗所污。

周敦颐的这番讲演，就是后来他著《爱莲说》的基础。相传流芳千古的《爱莲说》就是周敦颐当夜写于幽绿荷花池边的。当然，这也是一家之言。

周子古镇老街

江畔石凳　多少痴情女凝望而坐

在周子镇下河街，有一排可供歇息的长条石凳，被当地人称为"美人靠"。

过去，镇上许多有姿色的年轻女子，常在"美人靠"上斜倚石杆，一坐就是大半天。她们微托粉腮，神情凝重，对过往客商或浅浅一笑或淡淡一瞥；而更多的痴情女子喜欢默默独坐石凳，望着烟波浩渺、船帆过往的江上，目光幽然，心潮涌动，思念着心仪的船夫情郎早日归来，风雨如磐，年年月月，未改初衷。

镇上，我还看到长约一公里的百年古街，除有首尾相连、错落有致的三百余套清代民居院落外，还有保存完好的濂溪祠、万寿宫、武圣宫、画江楼、沿仙观等古建筑遗址。

从码头右行，穿过财神楼，就是有名的下河街。下河街是过去工人搬运货物时上下码头的通道。"坡度平缓，偶有石阶"，这在往昔靠人力和畜力搬运货物的年代是很人性化的。

镇上至今保留着许多老街，如新华街、红军街、顺河街、上河街。这些街都不长不宽，两边清一色的青瓦平房。其中红军街因当年红军驻扎而得名，红军当时刻在石墙上的"维护中国共产党"的宣传标语，仍然清晰可辨。另外，新华街上打中药做药丸的传统手艺，生意兴隆；上河街孟家兄弟的手工"打铁"作坊，炉火旺盛……相如兔丁、麻花西施、河舒豆腐等特产小吃在古镇也都可逐一品尝。

鄰鄰波光，映现着嘉陵江两岸美景，微澜江水轻唱着渔家船歌。极目远眺，被阵阵寒风掀起的茫茫波涛，对岸一望无垠的萧瑟漫滩，以及逶迤起伏的古街青石板路，让我的思维穿越岁月长河。周子的历史，就像她们的背影，我看不清她们的面貌。一些陈旧的建筑，沿着街道的两旁，簇拥过来，却让我看到了屋檐下的蛛网，那蛛网上的灰尘，也许是几百年前的某个正午，船工匆忙路过这里，号子声里飞扬起来的尘埃，从地面上升起来之后，就再也没有回到距离那低矮的屋檐仅有几米的路上。如今，石板路面早已换成了水泥地，并且，就连那水泥地也被小镇上的人们踩得斑痕累累，但是，几百年前的尘埃，还在蛛网上面，保持着悬空的姿势。

（本文原载于2018年6月7日《华西都市报》）

高庙：深山里飘零的人间烟火

四川的古镇，已越来越多被赶鸭子上架般打造成"油漆古镇"，留存下来的原汁原味老镇已屈指可数。这当中，隐藏于四川洪雅县的高庙镇，就是保留着原始古朴风貌的老镇。

在方兴未艾的四川古镇旅游热里，高庙镇几乎名不见经传，很多资深的成都玩家都没听说过它的名字，更不知道它的去处。千百年来，如同深山林泉在崇山峻岭里潺潺流过，高庙古镇在漫漫时光里无声渡过了一个个晨昏昼夜，日升月落。

南宋将军的归隐宝地

高庙古镇，位于四川洪雅县西南，距县城五十六公里，东临峨眉山，西连玉屏山，南倚瓦屋山，北望川西平原，因老街最高处古有土地庙而得名。自古以来，这里是峨眉山、乐山大佛、瓦屋山交通要道上的重要驿站。

高庙镇的来历，地方志只是简单记载说，这里秦汉时为严道县所辖，严道是古县名，即现在的荥经县，位于四川盆地西缘，是古代南丝绸之路的重要驿站。唐宋属嘉州洪雅，明初洪武四年（1371）始有"高庙"之称。倒是当地人祖祖辈辈的口碑历史如嚼橄榄般颇有余味。

相传，高庙李姓初祖叫李清，是南宋时一个从湖北入川任职的将军。李清戎马一生，立下许多军功也吃了不少苦头，他解甲后决定觅地归隐，带了一个姓张的伙夫和一个姓余的书童，一路翻山越岭，天快黑时来到一处山坡，正要埋锅造饭，听得坡底山溪声传来，李清便唤书童前往。不多时书童回禀李清：此地山溪丰沛，鱼儿像柳叶一样多，且四周山石峥嵘，茂林修竹，雀鸟欢唱，牛羊徜徉。远处山峦的凤尾竹里，飘出几缕淡淡的炊烟。李清想：这是个好地头呀。他决定不再寻求了，就在这荒山野岭安了家。

以后，经主仆三人一代代繁衍生息，人丁兴旺，便有了这座藏卧于群山缓坡上的高庙古镇。李家和张家、余家在高庙是大姓，大有各承祖业的意味。

深山里的高庙镇，长年云雾缭绕，雨量充沛，湿气较重。我几次去高庙都遇到"雨季"，很有些吃惊。记得头一回来高庙是个春雨绵绵的下午，我独自驾车经洪雅县柳江古镇，翻山越岭来到高庙，找到那几条共七八百米长的老街。沿着青石板台阶往下走，只见积水湿滑，木板老屋的墙根布满青绿苔痕。雨中，古色门窗、雕花刻案、遮天瓦檐，还有古朴的老街、悠闲的老人、挂在檐下的老玉米，都一一投射在如镜般的青石板上，显得格外幽静、神秘。

路上，几个背着背篼儿的农民提醒我说，高庙古镇本来多雨，遍布青苔，整天湿漉漉的，一下雨很容易让人滑到，有的人甚至连骨头都摔断了；当地人出门大多穿着草鞋或"解放鞋"。我有些紧张了，只好小心翼翼地沿着屋檐下的干处走。

全镇屋宇自半坡往下，呈梯级循坡建造，至坡底水岸止。缓缓往下看，古镇状如铧梨，又有说若龙头吸水，称古镇为"下山龙"。街上建筑物以江西会馆为中心，由三条长一百余米，宽三至六米的老街组成。这三条街名为上街、下街、横街。横街为典型的青石街面，滴檐紧靠，仅容一线天光泄入，更添古朴幽深。每条街巷之间有石梯相连。

高庙古镇经常成为影视拍摄场地

高庙古镇

据地方志介绍，高庙镇迄今保存完好的古建筑尚有一百二十五座，其中绝大部分建于明末清初，全是穿斗结构。其房檐、斗拱、照壁、神龛、门窗等物件，除了造型逼真外，其构思更显奇特。门窗上的浮雕更如行云流水，圆雕显滑润丰满，透雕则玲珑剔透，你可以想象，当年这里云集了多少手艺精湛的好工匠。

曾经繁华的"溪山行旅图"

高庙古镇，犹如千年古树身上湿气很重的青绿苔藓，在四季的日升月落中自生自灭。当地的小孩和老人平时很难得出门，看到我们这些游客都很兴奋，有个穿红色的小女孩还一路追着看我们拍摄。小女孩的妈妈说，这里的老街老房老庙老桥都保留得很好，经常有外面的人扛着机器来镇上拍摄电视剧。常常，古朴淳厚的镇民还客串一把，被剧组套上长衫马褂，充任群众演员，他们几乎承包了贩夫走卒、当铺掌柜、兵痞吏员、私塾学究等角儿，那模样，那步态，那方言，都是响当当的本色出演。无论男女老少，谁都不在乎每天四五十元的"出场费"和五块钱的盒饭，乡亲们套上戏服，裹上头巾，戴上毡帽，操起家伙，像模像样地听导演安排，大过戏瘾，就图个热闹。

镇上河边，或沟沟坎坎之地，也有许多吊脚楼。但这里的吊脚楼似乎做工粗糙，毫无章法，很多是临时修修补补，看上去并不美观。但正是如此，才体现出高庙居民的粗犷豪放。

镇内有江西会馆、五圣公戏楼、花溪源石刻、烈士桥亭、极乐寺石雕、二峨山造像等文物保护单位。江西会馆是当地世俗生活的聚光镜，折射出纷繁的时代氛围。会馆每年要进行祭祀活动，之后同乡们一起举行宴饮，共通商情，互相交流。通常，还要请戏班子来唱戏，称作是演戏酬神。平时，江西会馆还要承担接待同乡商旅，为其提供食宿，对确有困难者，提供一定经济支助，使其不至于流落异乡。

戏楼前有近五百平方米青石海漫的坝子，供人赏戏娱乐。灵官楼、江西会馆和多处独具特色的过街楼下，是商贩摆摊设点、从事经贸活动的好场所。特别是高大宽敞的五圣宫内外的集贸市场，因有广阔的建筑遮盖，风雨无阻，照常营业。

古镇下方，走过重重叠叠的瓦房，一道蜿蜒曲折的河谷映入眼帘，河谷间，上游的李河、中游的张河穿过山林，激流奔来。滋养着高庙的居民，灌溉着田畴庄稼。河上有一座约四米宽、五十米长的廊桥，俗称风雨桥。因桥有两层，桥面距桥顶十多米高，当地人称桥楼子，异常气派。此地为花溪河之源，故又称花溪源。花溪河一到春天山花烂漫，桃红柳绿，鸟雀欢唱，流水一路几十里时缓时急，泉水清澈，南入青衣江。

昔日的青衣江常年行船，人们信奉龙神。青衣江很多河段虽历经整治，仍然滩险水急、乱石穿空，时常有商船触碰，造成船工、纤夫伤亡。江上的船号子是这样唱的："只为活命把船拉，抛了妻儿离了家……病了听天命，死了喂鱼虾。"正是行船风险大，早些年人们在高庙镇建起了龙王庙，以祈求神灵保佑行船安全。

世间所有的繁华，都敌不过岁月的沧桑。高庙古镇自古繁华，在清末和民国时期，更是八方客商云集的场镇和埠头。单从镇上尚存的江西会馆、五圣公戏楼即可见一斑。江西会馆，自然是清朝客居高庙的江西商人所建，五圣宫并非纪念某五位先古圣贤的宫观，乃是由五省客商合建的会馆，还有万寿宫、禹王宫，里面供奉着儒释道各路神仙，不同来历不同宗教的诸神们，只要能给乡民们以心灵依托，人们便把他们高高在上安置一室，和睦共处，同享人间香火。

离开镇上时，雨下得更大，很快激起一层薄雾。我沿着湿漉漉的石梯一步步攀爬，仿佛走进一部用胶片格子连缀的老旧电影里。从高庙镇至今遗留的会馆和古道遗址上，通过镇上老人绘声绘色的讲述，眼前的流云走雾在我脑子里幻化出一幅活色生香的"溪山行旅图"——崇山峻岭中，嗒嗒的马蹄声和货船的号子声，撵着云雀儿回响在茂林修竹的河谷间。白天，街上的商号会馆随时人头攒动，来自山外的各路商号船夫，将大包小包山货搬下船扛上岸，整整齐齐堆码在库房的地上。接着，买卖两方斜靠在柜台上，面带微笑看着掌柜的双手飞舞，在算盘上哗哗啦啦一阵拨算，犹如在欣赏木偶戏幕后演员那熟练的拉线、拨棍功夫。一袋烟时分不到就结算完毕。然后，大把的汇票银两在双方手中流进流出。到了晚上，层层叠叠栉比鳞次的楼堂华屋灯火通明，红灯高挂，南腔北调的社戏在锣鼓声中热热闹闹登场开演。夜深之时，官绅大户笑吟吟地搂着艺妓的细腰儿迈进烟馆，懒洋洋躺在软包里吞云吐雾。他们枕着涛声，望着窗外银月，不知今夕何夕……

直"烧"心头的草根酒

来到高庙古镇，不得不提到远近有名的高庙白酒。

得益于峨眉、瓦屋二山的山谷青泉、温润土质，孕育了风味不二的高庙白酒，并赢得"花溪源水酿玉浆，东坡豪饮酹千觞；瓦山春酒宴归客，醉煞玉屏万木香"的美誉。几次来高庙镇上我都注意到，这里的人家平时除了打牌闲聊，大多临街开有副食店，店里主要卖高庙白酒。人人成坐贾，家家有酒卖，我就有些好奇：平时这里游人稀少，又不是什么交通口岸，他们卖给谁呢？

镇上北出口，有一家青砖灰瓦老酒厂，游人来了可以进去参观，门前高挂着一个酒字，木制的窗户洞开，摆放着不同价格的酒。里面，堆满了大大小小的酒缸酒罐。最有意味的是店里还播放着琴弦类的音乐。

守门的大爷乐颠颠地带我们几个进厂转了一圈，他大讲酒厂的历史和酿酒原理。他说，这里的大储酒间里，有两三百个酒瓮，盖着密封美酒的红布，平时深埋地下，只露出个头儿。这是依照古法，将白酒埋入地下，封印沉香，就连酒窖的窖泥，都以本地特殊粘土而制。窖封的白酒，待几年十几年后取出，便是绝佳陈酿。高庙白酒酒香浓郁、醇和回甜、回味悠长的口感，是千百年来寻常百姓、巷陌人家的最爱。

大爷还告诉我说，清末和民国时期，高庙白酒最初主要是供船工、纤夫等没钱的人喝，这些人一般不要下酒菜，进屋就打一碗酒，昂头咕咕一饮而尽，一股热辣的酒香从肠胃间嗖嗖上蹿，直"烧"喉头。由于每碗只有二两酒，也叫单碗酒。喝了这碗酒，精神更抖擞。翌日天亮，船老大站在码头喊出一声号子，货船起锚升帆，一路劈波斩浪，穿雾过霭，奔向远方……

（本文原载于2019年4月29日《华西都市报》）

元通有个「将军府邸」

崇州元通镇，地处川西文井江、味江、泊江的三江汇合处，素有"千年小成都，清明上河图"美誉。这座水意氤氲、古朴沧桑的小镇，历史上出过一位有名的人物，他就是鸦片战争中血战英军、殉国宁波的王国英将军。

三江之畔　深藏一百七十年"将军府邸"

跟如今许多"油漆古镇"不大一样，元通镇的许多老街如麒麟街、双凤街、长寿街、半边街，还保留着许多民国时期的老建筑，沿街的居民好多也是"土著人家"，从骨子里都散发着古意。

那天，我们在增福街四十八号看到一处青砖灰瓦飞檐雕甍的老房子。进门看，这里就是王国英的故居。之前我多次去元通镇游玩，也曾听说王国英是该镇历史上一个勇气爆棚的牛人，但对其具体事迹不很

元通古镇

清楚。

　　滔滔文井江，从川西的青绿群山中奔涌而出，从王国英故居旁汩汩流过。青绿河水和泛黄的旧居，形成色彩上的强烈对比。王国英故居虽被当地人名为"将军府第"，却没有那种让人敬而远之的官宅之气，弥散着平淡平易的亲切感。

　　走进看，整座建筑为川西平原常见的穿斗式结构，进深六七米，通高5.2米，当中立着雕花的柱头。其他厢房、大门、门厅、正厅均小巧玲珑。由于王国英当年是秀才出身，天井中花台雅立，月照西窗，袅绕着尚武人家所没有的一股书卷气。守门的老人说，这座故居建于清康熙年间，以后数次修缮，清末民国初重修，保留了很少的实物余韵，现为成都市文物保护单位。那些留在木制窗棂上精致隽永的花纹，细腻含蓄，耐人寻味。整个故居木梁厚重，石墙硬朗，院子周围，一株株古楠木、皂角、银杏、桉树、榕树，栉风沐雨，宛若卫士般默默陪伴着将军的亡灵。

　　故居里，清道光皇帝御题的"马革裹尸才算死，麟编载笔俨如生"匾牌，笔力遒劲，古朴厚重，算是为这位旧时代抗击入侵外敌的四川将领作了注脚。故居门柱上有对联曰："宁波义烈彪麟笔；文井清光耀鲤庭"，笔力浑厚，飞白处若有若无，暗蕴王国英坎坷人生的起起伏伏，这副楹联是清末民初川西经史学者罗元黼所题。罗元黼，崇州街子乡人，曾入成都尊经书院，后在谢无量主持的存古学堂任教习，20世纪20年代其纂修的《崇州县志》广受好评。

王国英，名福昌，1792年出生于崇州元通镇，他七岁入学，十九岁考中秀才，屡试不第投笔从戎，后考中武举。1842年春赴宁波同英军作战时壮烈牺牲。

镇上年过八旬的赵大爷说，他小时候听老辈子讲，王国英祖上在清康熙年间是当地有名的茶商，也做皮革、桐油生意，颇有声名。这座老房子也是那个时候开修的，名之"将军府邸"则是道光年间王国英殉国后的事。传说王国英年轻时勤奋苦读，虽为一介书生，却豪气耿介，爱打抱不平。有一次，从临邛（今邛崃）蹿来几个刁蛮的泼皮，他们拿着大刀、火枪在镇上连偷带抢，强取豪夺，掠走镇上几个大院的银钱绢帛，王国英当时正在阁楼读书，他知道后二话不说，跳出屋子，凭一双肉拳将贼人打得屁滚尿流，自己也被打断两根肋骨。

历史的日月光华中，"将军府邸"静卧于三江之畔瓦舍俨然的小镇中，低调地彰显一个弹丸之地的骨气。

川中勇士　宁波城下血战英国入侵军

我在王国英故居中看到资料介绍：1826年，张格尔在英国人煽动和支持下，发起南疆四城叛乱；王随杨遇春征讨，以前锋之任拿下叛将。因平乱卫国有功，道光皇帝嘉其壮勇，派他赴浙江军营协助守备。

王国英生命中最华丽的一章，还是在鸦片战争中悲壮书写的。

这里需要解释一下当时的历史背景。1794年，英国东印度公司开始对中国进行鸦片贸易，从此输入中国的鸦片日益增多。1839年6月，钦差大臣林则徐在虎门海滩将从英美鸦片商贩中缴获的两万多箱鸦片销毁。英国政府以"保护通商"为名，决定用武力打开中国的大门。

1840年6月，侵华英军总司令乔治·懿律率领4000名英军，到达中国广东海面，封锁珠江口，挑起侵略中国的鸦片战争。7月5日英军攻陷浙江定海。8月北上直逼天津海口。1841年8月逼迫清政府签订《南京条约》后，英政府不满足于已取得利益，进一步扩大对华战争。10月中旬英军再次攻陷浙江定海，定海总兵葛云飞、郑国鸿、王锡鹏率兵英勇抵抗，以身殉国，五千将士全部牺牲。1842年3月初，英军顺海北上，主攻舟山和宁波、镇海。主战场舟山是宁波府管辖的一个地区，开战后枪炮如雨，箭镞横飞，硝烟弥漫，打得十分惨烈，宁波军民在英军坚船利炮的攻击下纷纷倒下，尸体枕藉，鲜血将余姚江染得通红，但守城官兵无人退怯，慷慨赴死。不久，宁波再度落入英军之手。

宁波位于东南沿海，东有舟山群岛为天然屏障，北濒杭州湾，西接绍兴并与台州的三门、天台相连，战略位置十分重要。1842年3月底，清军统帅奕经下令，发起夺回宁波、镇海、定海的全线反攻。在浙西驻守的王国英立马上书出战，道光皇帝大喜过望，此时朝廷也急需一些有胆有识的战将挺身报国，改变"文官爱钱，武官怕死"的死气沉沉局面。皇帝欣闻五旬老将王国英主动请战，令他进京陛见。

朝廷上，王国英慷慨陈词："国难当头，微臣不敢爱身。"很快，王国英被擢升为参将，南下参加宁波攻防战。其间，六百多名藏羌族兵士在阿木穰将军的率领下，也紧急奉命赴浙，被提督段永福编入王国英属下。

1842年4月初王国英赶到宁波外围后，几次亲自组织敢死队冲杀在宁波府护城河前，几仗下来，毙敌一百余人。此时的宁波城早已打得稀烂，满目废墟，大部分街巷都还控制在英国人手里。王国英决定擒贼先擒王，干掉英军指挥系统，他亲率百余骑乘夜袭击英军统帅部，血战二三十分钟，王国英刀劈数名英军士兵，身受数伤，连人带马坠入英国人的陷阱，被敌所俘。王带的百多号人马也全部阵亡。

王国英被俘后被绑架到英军大营，誓不投降，更不透露宁波周边清军的兵力部署。残忍的英军对他挖眼、割舌、削指，极尽凌辱。但异常刚烈的王国英怒斥英军的种种盗侵行径，仰天大笑，为国捐躯。两年后，王国英的儿子王锡培也继承忠烈家风，后战死于安徽定远。

王国英捐躯宁波的消息传到北京，道光皇帝感其忠勇，颁旨追封王国英为"忠勇公"，谥号"巴图鲁"，赐世袭"云骑尉"，嘉奖其功，并赐银五百两

元通古镇

治丧。

第一次鸦片战争后，宁波人民为祭奠王国英，为他立庙塑像，并塑有阿木穰、哈克里二将陪祀。王国英的事迹传到四川崇州后，家乡民众奔走相告，为子弟兵的民族气节自豪。当地一名士慨然赋诗云："生不封侯悲李广，死犹骂贼似张巡。蜀中自古无降将，海内余今传令名。"读之让人感奋。

这里，不得不提到当年王国英的四川部属、同时在宁波城殉国的阿木穰将军。阿木穰（又名阿布穰），今阿坝州小金县人，世袭土司。1841年11月，阿木穰受清政府调遣，率六百名藏羌族土兵，紧急开赴浙江抗击英国侵略军。

当奕经下达夺回宁波等地的命令后，阿木穰与藏族土兵誓言："不战胜即战死。"1942年3月10日，王国英以阿木穰军为先锋，冒雨猛攻宁波西门。由于清军战前部署保密不严，英军事先侦知了清军进攻的时间，在城内预作埋伏。阿木穰率队攻入宁波城，左手执盾，右手握刀，肩插弓弩和竹竿灯，似猛虎下山，直赴鼓楼，不慎进入英军埋伏圈，触发地雷，排炮齐发。藏族土兵手中均系短兵器，无法接敌，完全暴露在英军炮火之下。阿木穰及其部属四卡松等两百余人，拼死于宁波城内，壮烈牺牲。

在今天阿坝州小金县猛固桥上，还塑有阿木穰将军的雕像。塑像上他双目炯炯，骑在马上，挥刀前倾，背后是一拨慷慨赴死的兵士。一如千回百转的金川河滔滔不息，一代代藏羌同胞，始终在心里祭奠这位保家卫国的英雄。

宁波、镇海、定海等地，在当时整个中国东部沿海处在十分重要的位置，尤其是经济商贸资源可谓得天独厚。后来很多军事历史学界研究认为，宁波战役的失败，很大程度暴露出清王朝的腐败无能和军事制度上的弊端。

尽管如此，王国英、阿木穰他们这些勇敢的川人是为国家而战，并非愚忠于封建王朝的某个人或某个家族。他们大义凛然，舍身为国，殉国后无论是在庙堂还是江湖，都得到广泛赞誉。

深宅大院　见证"小成都"往昔繁华

也许正是由于老百姓的这种感情寄托，一百多年过去了，"将军府邸"仍能够保存完好。每天，镇上的老人们喜欢来这里喝茶聊天。遇到外地人来参观，他们会主动讲起王国英的故事。

今天的元通镇已成了著名的景区，一到周末车水马龙，人头攒动，连个停车的地方都不好找。元通，旧有"小成都"之美称，自古就是川西有名的码头，大河奔流，携来滔滔商气，舟楫往来，号子悠远，货物丰富，一派盛景。清末民初，元通吸引了湖广、江西等省的商人来此经商并建造各式会馆，还在江边筑起了热闹的场镇。在王国英故居不远处，还有另几座庭院深深的大院，这些大院木板成房、青瓦房相连成片，散发着浓浓的古韵，我们每挪动一寸脚步，推开一扇窗棂，似乎都闯开了历史的大门。

王国英故居附近的黄家大院，是个上千平方米的三进大院落，是元通镇旧时大地主黄光辉的住宅。这是一个典型的两层吊脚楼布局结构的房屋，站在街道外面，可以隐约看到巍峨的房顶和挑梁，气派的斗门。

与黄氏故居一墙之隔的罗家大院建于清朝末年，两重院落都是一楼一底，罗氏故居木结构上的雕刻工艺是三座院落中最为繁富、最为精湛的，在其他川西小镇是难得一见的。在这栋木楼,曾经拍摄过《风月客栈》《梅花档案》等电影。

相邻的陈家大院也建于清末,院方墙高,门斗玲珑,很有大家族庄园的气派。现存的建筑为清咸丰十一年(1861),两进院落均为四合院布局,四周有风火墙。新中国成立后院子成了荣军院。

这些深宅大院,见证了明清时期主人家富足优裕的人生,而今依然居住在这里的老人,喜欢将院子的周围的花台上,种植上蔬菜、花草,给这些幽静的古建筑平添了几分生气。

那天下午,天气阴霾,雨雾蒙蒙中,我爬上镇供销社的楼顶,放眼看去,浸染在历史时光里的青瓦灰墙,层层叠叠逶迤而去,宛若一幅水墨画,沿着文井江延伸得很远很远,神秘而梦幻。

(本文原载于2013年10月20日《华西都市报》)

李庄：抗战后方的学术重镇

"同大迁川，李庄欢迎，一切需要，地方
供应。"

——1940年李庄人邀请国内十余所高等学府
入驻避难的电文

抗日战争初期，宜宾李庄镇以一纸电文"同大迁
川，李庄欢迎，一切需要，地方供应"，迎来了国立
同济大学、中央研究院、中央博物院、中国营造学
社、金陵大学、文科研究所等十余家高等学府、科研
机构的迁驻。

一下子，大批学子云集李庄，使这个不足三千人
的弹丸之地，新增人口一万一千余人。知名专家学者
李济、傅斯年、陶孟和、吴定良、梁思成、林徽因、
童第周等人，自此在李庄生活、工作达六年之久。

六年间，这个四川小镇为学者们安置了一张张平
静的书桌，给战时的中国人文科学的生存发展提供了
养分。李庄也由此与重庆、昆明、成都并列成为"抗

战后方中国四大文化中心"，更成为当时具有国际影响的学术重镇。

"镇首"罗南陔　成就弹丸小镇千古壮举

李庄抗战文化陈列馆档案资料透露，当时，成就"同大迁川"这一壮举的关键人物，是李庄的罗南陔先生。罗时任国民党李庄区党部书记，属国民党中的左派。罗家在李庄也是个很有威望的大族。当时，罗的大儿子、二儿子、三女儿和五儿媳妇，都是中共地下党员。

1938年前后，全国各个车站、码头挤满了拥向大后方逃难的人们，其中也包括许多学术、文化上的巨擘。逃难者开始是把昆明作为他们的栖身之所，然而，昆明并非一方净土，1940年，日军进攻长沙、宜昌，日军飞机同时对昆明也进行了持久的大轰炸。当时，中央研究院的总干事兼历史语言研究所所长傅斯年等人心急如焚，他们开始酝酿把史语所、社会所和中央博物院筹备处等机构，从昆明迁到四川的事宜。

1940年8月，四川宜宾中元造纸厂厂长钱子宁，意外地收到同济大学寄来的一封求助信函。和傅斯年一样，同济大学也在焦急地四处寻找新校址。

钱子宁曾就读于同济大学，他义不容辞地为母校奔忙。钱的行动引起罗南陔的注意。罗南陔马上约请代理区长张官周、镇长杨君惠及李庄的社会名流来共同商议。

商议会上，罗南陔说：虽然这些文化教育单位迁来，物价可能会上涨，但同时也会提供一些就业机会，最主要的是能够给李庄的青少年创造一个很好的学习、教育环境。凭着自己在地方上的威望和权力，罗终于说服了大家。

李庄人好客　"九宫十八庙"全被腾空

于是，李庄的士绅们公推罗南陔草拟了一份电文："同大迁川，李庄欢迎，一切需要，地方供应。"这十六字，掷地有声。一个仅有三千人的四川江边小镇，开始接纳一万多名外省籍的文化名流和学子们。

据档案资料记载，迎接搬迁队伍到达李庄的日期是1940年12月13日。那天上午，当这些远道而来的先生和学生们疲惫的脚步一踏上这个古镇的石板路，就立马感受到当地民众巨大的热情。

面积不到一平方公里的李庄，一夜之间陡增这么多外来人，在当时环境下，面临的困难可想而知。那时的李庄有"九宫十八庙"之说，为了待客，镇上把所有庙宇祠堂大院全部腾空，改建成大学学府和科研机构：神仙菩萨纷纷让位于学者教授；中央博物院连同数千箱珍贵文物搬进了张家祠，祖师殿成了同济大学医学院的课堂，东岳庙安置了同济大学工学院，面积最大的禹王宫成了同济大学的校本部……

李庄热闹了，人们开始习惯和"下江人"在一个镇上和睦相处。不少李庄人自己搬到乡下，把房子让出来免费给学生们住。农民为学者们送来最新鲜的蔬菜，而工学院日夜不停的发电机也让古镇的夜晚第一次见到了光明。

采访中，我在顺河街李庄抗战文化陈列馆看到这样的资料，当时，涌入李庄并生活在这里的知识分子中，有不少人找不到老婆。对此，李庄"一家之长"罗南陔毅然决定，将自己的两个女儿许配给下江人：一个嫁给了中央研究院的学者，另一个和同济大学的学生结了婚。很快，更多的女子开始效仿，有知识的学子光棍们陆续娶上了媳妇。

病中林徽因　帮梁思成完成建筑学巨著

当时内迁李庄的名人大师中，有我国著名建筑学家梁思成和他的夫人林徽因。

李庄抗战文化陈列馆档案资料介绍，梁思成夫妇在李庄生活了六年，居住旧址位于镇西一公里外上坝村的月亮田。

梁思成在李庄的日子，除了研究李庄的古建筑，还跑到重庆、乐山、宜宾、眉山……研究古墓、古塔、古民居。当时，梁思成脊背有伤，他穿着钢背心，走路不方便，下乡时，就由弟子搀扶。他的两个徒弟，一人负责绘图，一人协助走路。

在李庄，梁思成和夫人林徽因度过了一段极其艰苦的时光。林徽因的才华和美貌名倾一时，她曾在北京搞了个"太太客厅"，座中客常满，杯中茶不空，人们交流碰撞，探讨艺术与人生，时常是妙语连珠，笑声不绝。

不幸的是，林徽因到李庄不久，身体就越来越虚弱，她经常连续几周高烧四十度不退。上坝村无医无药，梁思成只好去李庄镇请来医生，自己还学会了打针。两人的工资大部分买了药品。实在没钱时，梁思成就到委托商行去典当衣物。衣服当完了，最后他将珍藏的派克金笔和手表也拿去典当，结果只在市场上买回两条草鱼。回家后他幽默地说："把这支派克笔清炖了吧，把这块金表拿去红烧了吧。"

林徽因的病情稍微好转，就躺在帆布床上为梁思成的《中国建筑史》做案头准备。1944年夏，《中国建筑史》终于完成，这部著作后来在美国出版，享誉世界。书中，林徽因没有署名，但全书融入了她的心血，所有文字都经她的加工润色，集科学家的谨严、史学家的清明、艺术家的诗情于一体。

大师也"打架" 弹丸之地的文化融合

四川文化学者岱峻在《发现李庄》一书，还透露了当年中国考古学开创人李济、著名历史学家傅斯年等人在李庄的矛盾，颇为有趣。

当时，国家最高学术科研机构迁在西南边陲一个小小的村庄，这种事恐怕是空前绝后的，其间遇到的困难，诸如环境的落差、贫病兵匪的威胁、科学与迷信的冲突、精英学术与乡邦文化的隔膜等，也是层出不穷，难以想象的。

于是，名人们"彼此误会"可以说司空见惯。当时，在外来者中，有德日学派（同济大学）和英美学派（史语所、社会所等）的学术分歧，在中研院内部，有陶孟和与傅斯年"鸡犬之声相闻，老死不相往来"的传言；有傅斯年与李济在板栗坳的拳脚相向，还有吴定良苦心孤诣筹备多年的体质人类学研究所终成泡影……但最终，这些显示人性丰富性的各种矛盾，统摄服从于全民抗战这个大背景。大家又彼此妥协、沟通、融合，朝着一个大的目标艰难前行。

岱峻说，李济后来还是很感激傅斯年的，他曾说："我是因受傅斯年之聘主持殷墟发掘而得以施展抱负的，如果没有傅斯年的帮助，自己在考古学方面的成绩肯定要小得多。"

李庄抗战文化遗迹主要集中在该镇的顺河街一带。这里，张家祠、东岳庙、梁林旧居文物保护单位内，主要陈列了抗战时期的书籍、照片、文章等。张家祠堂，是一座四合院式木结构建筑，现在是"中国李庄抗战文化陈列馆"。

1942年秋，李济、梁思成、林徽因和民族学创始人马长寿、东巴文学者李霖灿，以及夏鼐、向达、王世襄等学者，还在李庄举办过包括有"北京人"头盖骨化石在内的文物展览。

2006年，为纪念同济与李庄同生死、共存亡的友谊，同济大学与宜宾市在李庄建立了"李庄同济纪念广场"，竖起纪念碑。

有"万里长江第一古镇"美誉的李庄古镇，历史悠久，梁代大同六年（540）在李庄设六同郡，隋、唐、宋三代，李庄曾是戎州州治、南广、南溪县县治所在地。镇上的螺旋殿、奎星阁、九龙石碑和百鹤窗，被梁思成认为是李庄的"四绝"。

（本文原载于2014年7月13日《华西都市报》）

第二编

名流屐痕

白马关前哀庞统

　　徜徉在白马关下，你看到的或许不只是一座著名的古关隘，也不只是那位叫庞统的三国鬼才军师，而是一段阴差阳错拐入尴尬暗角的历史。

　　白马关位于罗江县城西五公里，横亘于成都平原东北，是古代由秦入蜀的最后一道关隘，素有"南临益州开千里沃野，北望秦岭锁八百连云，东观潼川层峦起伏，西眺岷山银甲皑皑"之气势。

　　放眼望去，山峦上，荆棘间，丛丛野草、杂花、果树蔓延到秋高气爽的天边，将关楼上苏轼所书"白马关"三字映衬得格外苍凉。阳光照射在关楼之顶的琉璃瓦上，流泻出淡淡的金黄色。眼前，我几乎感觉不到旷野上飘来的阵阵花香，鼻孔里吸进的都是两千多年前那段波谲云诡的杀伐硝烟味。

　　目光所及，忽略眼前修复一新的城垛外墙，直接品读内里的沧桑画卷。眼前的白马关是那么深邃，深邃得一如两千多年来它盛容的三国往事，以及关隘核心人物庞统那曾经深邃奇崛的"毒谋"。

品读庞统，当然是从参观庞统祠墓开始的。一溜赭红色矮墙，将现实和历史隔开。进去，庞统墓是一座半人高的圆形土墓，直径五六米长。微微拱起的墓顶遍植花草，周围古木参天，枝杈摇曳，时有雀鸟儿盘旋。庞统墓四周不远处，依稀可见古代的车辙、长满苔藓的驿道和玄妙莫测的八卦谷等遗址，以及诸葛亮长子诸葛瞻与魏军邓艾浴血奋战尽忠的将台旧地。青砖城墙，奇石沟壑，溶洞山泉，难得的蜀汉古战场遗址。

徜徉其间，我注意到，庞统祠墓的布局和命名，完全依据《三国演义》中"庞统身死落凤坡"的故事而建。祠堂三进四合布局，石木结构，肃穆庄重。

记得四年前的春天，我来过白马关。逶迤起伏暖意融融的草坡上，青草散发着被阳光晒暖的干燥清香。草丛中长着一种野槟榔。这野槟榔的小枝上遍布褐色茸毛，枝叶绿色透亮，上有覆瓦状鳞片。广西人曾谓野槟榔"入药，但有毒，人吃能致死"。而在川北民间有一个传说，凡三国蜀汉将士悲壮战亡的地方，就会生长这种野槟榔，而有毒的野槟榔，更令人想到"毒计迭出"的一代鬼才庞统。

故地重游，漫步在白马关下山峦上，春风拂面，四野沉寂，昔日的金戈铁马、杀气阵云却早已在心头驰骋开来，几欲撑破胸腔。

是的，庞统走来了，踩着有些阴鸷的脚步，他缓缓而来，面目由模糊而清晰。

庞统（179—214），字士元，号凤雏，汉时荆州襄阳（治今湖北襄阳）人。东汉末年刘备帐下重要谋士。史书记载，庞统在刘备身边时间虽然不长，却提出了很多石破天惊的战略高见。

纵观当时刘备的智囊团，除了诸葛亮就是如糜竺、孙乾之类忠心有余才能有限的人，治理一郡一县勉强胜任，但说到运筹帷幄图谋大业，也就诸葛亮堪为大才，但他诸葛亮也没有三头六臂呀，于是庞统的加盟，对刘备集团来说无疑雪中送炭。

进取川西益州，是庞统作为刘备帐下二号军师最精彩的一笔。对这个建议，刘备起初有些犹豫，他认为将"失信于天下"。庞统认为"权变之时，固非一道所能定也"，也就是说当今是讲权变的时代，守住一条原则解决不了任何问题，于是提出"逆取顺守"的思想，就是用不合常理的手段取得，之后按

白马关庞统墓

照常理常规坚守。

白马关上，我脑子里总在想象着一道场景：两千多年前那个将决定蜀军未来命运的晚上，道袍竹冠、皂绦素履的庞统不慌不忙走进刘备的大寨，他娓娓劝说主公进军西川的种种必要。望着这个浓眉掀鼻、黑面短髯、形容古怪的男人，刘备喝退了歌姬的舞乐，定定地端详着他。刘备回想着之前的赤壁之战中，庞统就显露出过人的才智和胆识，他献的连环计毒巧之极，让曹操大吃哑巴亏，损兵折将，全军北退，孙刘威胁立解。刘备决定听从庞统的西进计谋。

建安十九年（214），庞统随刘备主力从湖北荆州入蜀，沿长江上溯至巴郡（重庆），北上走嘉陵江，转涪江轻取涪城（今四川绵阳），这是庞统的第一大功。以后，一路攻无不克，刘备大军已将雒城（今四川广汉）重重围住。雒城是成都最后的一道屏障，也是最坚固最重要的一座城池。此时雒城已被围一年，只要将它攻克，成都便近在咫尺。

是年五月底，刘备组织了一次攻城行动。这是一场杀气凝云的硬仗，守的死守，攻的死攻，互不相让，拳头大的是哥哥。箭雨炮火中，双方阵地都撂下大片大片的尸首，活着的断臂断腿喊爹喊娘暂且退下。战事打到节骨眼儿闪失不得，军师庞统亲自出马了，他率领士兵攻城，喊哑了喉咙，几番未能拿下。不幸，火势熊熊的阵前，庞统身边的卫士突然纷纷倒地，他自己也被蝗虫般的飞矢射中了左胸。庞统一声未叫，跌马而死，鲜血浸染绿草，山风灌满了他的袖口。时年三十六岁。

作为军师，一般最忌讳亲赴前线领兵打仗，但庞统犯了这个严重错误。而死前他又临时换乘刘备的卢马被对方误认为是"贼王"。就这样，庞统死掉了，阴差阳错地死掉了。

胜利已近在咫尺，他却看不到了。

不知为什么，川人历来更愿意相信罗贯中小说《三国演义》里所描述的庞统中箭落马的地方，不是在罗江以南三十公里外的雒城，而是在罗江县城以西五公里的落凤坡，也就是白马关附近。

一代天才的坠马倒下，在葱茏的西川大地发出一声闷响。

庞统的死，某种意义上已改变了蜀汉的命运。所谓"士元不死，孔明不入川；孔明不入川，则荆襄不丢失"。接下来，张飞也不会被杀，刘备也就不会发动夷陵之战……庞统倒地的那一刻起，就注定了蜀汉政权会拐瘸着一条腿走得磕磕碰碰了。

庞统的战死也让刘备非常伤心，以致后来一说到庞统他就泪流不止（刘备本来也是个动不动就爱哭的主儿）。他还追赐统为关内侯，谥曰靖侯。后人更是哀叹："三国纷纷多俊英，堪怜庞统善谈兵。谁知落凤坡前丧，独显南阳一孔明。"

"独显南阳一孔明"，成了庞统身后最尴尬的命运结局。庞统英年早逝，功亏一篑，导致本来高他一头的诸葛亮一枝独秀，大权在握，荣耀到底。

我一直觉得，庞统在雒城中箭坠马的那一刻，他心头应该是憋着多大的委屈呀。本来，庞统的战略思维和诸葛亮"跨有荆益"的想法大为迥异——他竭力主张放弃荆州，收缩兵力西移，直接占领益州，以益州为根据地来发展壮大。

庞统的想法其实不无道理。赤壁大战后的荆州早已尴尬荒残，处在刘、曹、孙的夹缝中难以自存风雨飘摇，实际上已为三家瓜分。刘备就是有再硬朗的牙齿，再倍儿棒的胃口，也不可能吃独食了，要实现诸葛亮《隆中对》所描绘的北伐战略，实际上已是画饼充饥。

果然，不到两年半时间，被刘备过于倚重的关羽大意失荆州，败走麦城，丢掉了战略重地不说，还引来意气用事的刘备千里东征，为他的好兄弟报仇（军国大事竟等同于街头泼皮为个人恩怨打群架）。很快，刘备在湖北夷陵也落得个火烧连营七百里的巨殇，本不宽裕的兵力家底儿被挥霍近半，像群讨口子逃到奉节白帝城，喊来诸葛亮弄个赢弱"托孤"。

从这个角度看，庞统之战策比诸葛先生的布局，更务实、也更具有操作性。

尽管历史是不能做假设的，但我们还是从好奇的角度做个揣测：倘若刘备当初按庞统的设想，好生把他的蜀汉经营成一个"偏安一隅"的精悍之国，凭借沃野千里的天府之国养精蓄锐，休养生息，发展生产，强化疆土，安抚蛮夷，合适时重拳出击，能打就打，不能打就守，那么，无论曹魏还是东吴是很难占到便宜的，至少蜀汉政权也不会短命地只存活四十二年。

中国历史在浩浩荡荡、威武霸气和虚弱残喘的逶迤征途中，走过了浩茫数千年，这里面有辉煌，也有屈辱。俯观历史，并不是所有自我标榜"正统"的王朝都能一统天下，有的务实的王朝就理性收拳，干脆选择偏安一隅——"偏"得稳稳当当，"偏"得有粮不慌，"偏"得国泰民安，有何不可？

换句话说，是不是拳头大的就一定是哥哥，拳头小的只能抱着别人的大腿苟且偷生？

中国历史上的偏安一隅并不少见。春秋五霸、战国七雄长达五百多年的割据，造就了众多偏安一隅的王朝。齐国、晋国、秦国、宋国、楚国，全都好端端地"偏"在一隅。当时齐国、楚国政局相对稳定，百姓幸福指数并不见得差多少。

南宋可以说是中国历史上最著名的偏安王朝，这个享安一百五十三年的王朝共传五代九帝。那个时期，得益于江南的富庶和文臣武将的卖力，至少老百姓得到了百多年的安然喘息，没有天天被弄得鸡飞狗跳背井离乡的。

偏安小国养精蓄锐、巧妙斡旋而成功自救的例子，在欧洲历史上也不少见。19世纪初，欧洲战火连绵不断，颤颤巍巍处于法国、英国、普鲁士、沙俄等险恶周边夹缝里担心挨打的奥地利，运用奥国外交大臣梅特涅的"均势外交"策略，不仅维护了奥地利的国家安全和利益，还竭力怂恿拿破仑进攻沙俄，并在拿破仑倒台后积极参与列强之间的争持，甚至一度建立了奥地利在中欧的话语主导权，俨然一副带头大哥挥斥方遒的作派。你能说，小国就只有缩着脑袋瓜儿等挨揍的窝囊劲儿？

歌德说：历史给我们的最好的东西就是它所激起的热情。追寻历史真迹，宛若在汪洋大海中孤舟夜行，视线所及，只能是灯光照亮的起落浪花。历史更像一道深邃的迷宫，它幽微曲折，盘根错节，环环相扣，人走在里面磕磕碰碰，一时难辨方向；如果岩石间被人放着一小盏烛光，它映亮在周边的也只是某些表象或局部，光亮的背后则覆盖着很深的暗影，如果将那盏烛光拿在手上重新探寻，就会照亮一些意想不到的东西。

从这个角度讲，我想，如果凤雏先生庞统晚死几年，如果历史给这位鬼才军师长袖善舞的机会多一点，恐怕就不会有"独显南阳一孔明"的尴尬结局，也不会有蜀汉政权"乐不思蜀"的穷途末路。

（本文原载于2018年11月18日《华西都市报》）

谯周：将白旗举到底的蜀汉名臣

魏国大兵压境，作为蜀汉重臣，他力劝刘禅罢战降魏。这到底是出于保全国家、庇护国民的公心，还是缘于贪生怕死，苟全于世的私欲？

铁马云雕久绝尘，柳营高压汉营春。

天清杀气屯关右，夜半妖星照渭滨。

下国卧龙空寤主，中原逐鹿不由人。

象床锦帐无言语，从此谯周是老臣。

这首诗，是晚唐诗人温庭筠写的《过五丈原》。他路过五丈原时，缅怀病逝于此的诸葛孔明。诗中提到一个人：谯周。意谓诸葛孔明已故去，蜀汉再无栋梁，只有谯周这样的"老臣"，力劝主子投降，所以蜀汉必然灭亡。

小说《三国演义》中的谯周，一共出场九次。这九次，基本上只干了一件事，劝自己的领导投降。

《三国演义》中，谯周一出场就是刘备进军西川，兵临成都城下。谯周劝刘璋投降刘备，自己成为刘备政权的臣子。后来魏军灭蜀，又一次打到成都城下时，谯周又出来劝刘禅投降，简直就是个劝降专业户。

谯周每次都高举反战义旗，只不过每次反战都说源于"夜观乾象"。那么，谯周的眼里到底"观"到了什么？他的所作所为，是出于保全国家、庇护国民的公心，还是出于贪生怕死、苟全于世的私欲？

力排众议，劝刘禅罢战降魏

在四川，关于谯周的纪念故地主要有两处：一是南部县的谯周故居，二是南充西山的谯公祠。

从南部县东坝镇南行三公里，绕一席林地迂回而上，见一奇秀山峰，酷似凤凰。问当地人，此山名为定觉山。定觉山西有一山垭叫凤凰嘴，凤凰嘴下有一通大庙，名为上乘寺，始建于汉晋时代。

霏霏细雨中，踏上长长的石阶拾级而上，进入大雄宝殿。大雄宝殿外，陈放着十多块明清以来的石碑，记录着上乘寺的有关史事。有一块明嘉靖年间的残碑刻有"乃三国谯大人之业耳"的字样。从石碑上得知，上乘寺本为谯周家业，后为周尚澄买得后，扩建成寺庙。

另一处，是位于南充西山万卷楼的谯公祠，是纪念谯周的专祠。谯周任光禄大夫时曾长驻南充。谯公祠为汉魏建筑。今天的谯公祠，是2006年打造玉屏公园时，在景区内原五虎殿位置新建。

谯周祠后面，就是谯周的陵墓。谯周陵墓古已有之，20世纪60年代末被损毁，1988年修复。谯周墓为条石所砌圆形墓，上书"蜀汉光禄大夫谯周之墓"。

谯周故居逶迤起伏、暖意融融的缓坡上，令人想到敢作敢为、犀利写出《仇国论》的蜀汉一代名臣谯周。

谯周生活在一个波谲云诡的乱世。

公元263年冬，魏国大将邓艾挥师南下，拿下汉中。蜀汉后主刘禅因听从黄皓之言，认为敌兵来不了成都，不做城守调度。邓艾再入阴平，长驱直入，逼近成都。兵临城下，成都城才一片惶恐。

后主升堂，问计群臣，朝野如何去留？是投降东吴还是迁都南中？

此时，距刘备白帝城托孤已过去四十多年。这四十年里，诸葛亮尽心尽力辅佐刘禅，内则励精图治，强兵秣马，指导刘禅，以求安国兴邦；外则北伐中原，七出祁山，以了故主遗愿。

随着五丈原诸葛亮病逝，蒋琬、费祎轮流唱罢登场，姜维军

谯公祠

权在握，黄皓宦官乱政，此时的蜀汉跟诸葛亮时代相比，已是苟延残喘，脆弱不堪。所以，当邓艾大军到来，刘禅并不是问诸位是战是降的问题，而是很直接地讨论"该往哪里跑"的问题。

刘禅这么做，也确实无奈。当时的主战派姜维，率大军在剑阁，无法回朝。成都的朝中势力，经黄皓多年排除异己，大多是一群阿谀奉承的小人庸臣。邓艾都打到家门口来了，这群庸臣一心想的是为自己和家小留条后路。

这时，谯周出现了。

我们的脑子里可以想象这样一道场景：一千七百多年前那个将要决定蜀汉终极命运的晚上，帷幔重叠，昏黄的烛光影影绰绰，身着朝服、腰束革带的谯周不慌不忙走进大殿，他环视众人，默默听完大家的意见，然后略一沉吟，娓娓劝说刘禅投降魏国。

当时，谯周的矛头直指弄权的黄皓之流。他的意思很明显：蜀汉这几年遭诸葛亮、姜维等人"穷兵北伐"的折腾，已弄得民不聊生，粮草窘困，这个破样子了哪还有战斗力跟强悍的魏军玩命？

谯周之墓

谯周大堂之上言之凿凿，引导刘禅一步步顺着自己的思路，劝他归顺曹魏。

针对有人提出投降东吴的主张，谯周坚决反对："自古以来，无寄他国为天子者也。"意思是，自古以来，天子就没有寄人篱下的。

"魏能并吴，吴不能并魏明矣。等为小称臣，孰与为大，再辱之耻，何与一辱？"曹魏能吞并东吴，而东吴弱小，是不可能吞并曹魏的，最后胜利的也只能是曹魏。既然这样，何必投降东吴为一辱，东吴被并之后再投降曹魏为二辱呢？

面对另有大臣提出的往南迁都，谯周反驳道："且若欲奔南，则当早为之计，然后可果；今大敌以近，祸败将及，群小之心，无一可保？恐发足之日，其变不测，何至南之有乎！"

意思是说，南中可以投奔，但是要早点计划。现在都是一群只管自己性命的小人，他们都不知道会不会生变呢，怎么会跟你去南中呢？

更何况，"南方远夷之地，平常无所供为，犹数反叛。自丞相亮南征，兵势逼之，穷乃幸从。是后供出官赋，取以给兵，以为愁怨，此患国之人也"。

意思是，南中人乃是蛮夷，是诸葛亮发兵征讨、七擒七纵孟获之后，他们才臣服的。他们本来就不是自家人，咱这么多人去，吃饭、征税，他们肯定会因负担加重而反叛，万万去不得。

有人担心："今艾以不远，恐不受降，如之何？"邓艾要是不接受咱们的投降，怎么办呢？

谯周分析说，不必担忧，"方今东吴未宾，事势不得不受，〔受之〕之后，不得不礼。若陛下降魏，魏不裂土以封陛下者，周请身诣京都，以古义争之"。

意思是东吴还没有投降，曹魏为降服东吴人心，肯定会优待我们，以此为范例做给东吴人看，这样才有利于曹魏接下来对东吴的征服。

众人面面相觑，最后只得同意谯周的观点，开城降魏。

"仇国"宏论，劝后主体恤民众

谯周之所以主张投降，有着根深蒂固的原因。

当时，蜀汉统治下的益州从诸葛亮六出祁山开始，常年出征，兵员都是从益州补充，导致壮士牺牲沙场，老丁无力耕田，国民生活很苦。

据《三国志》记载，当时出使蜀汉的东吴官员薛珝回来后，对孙休说："入其朝，不闻正言。经其野，民皆菜色。"说蜀国老百姓的脸色蜡黄，营养不良，这样的蜀汉早晚会灭亡的。

谯周还认为，到了姜维时代，形势更为恶化。姜维是个比诸葛亮还奇葩的穷兵黩武之人，连年打战，从年初打到年末，打得蜀国国库空虚，兵力受损。

史书记载："军旅数出，百姓凋瘁。"战争太频繁了，百姓税负过重，人丁减少，自然就不乐观。

说到底，谯周是益州集团的话筒，他的所作所为，是代表益州士族政治利益和经济利益的。"乐不思蜀"的阿斗听从谯周主张投降魏国后，受尽侮辱嘲笑，生不如死，引起后人对谯周投降之策的诘难。

其实，从谯周的生前记录看，他并不是一个行为道德有问题的小人，相反，是个正直的人。

刘禅沉溺酒色，谯周站出来直言进谏，一点都不怕刘禅恼羞成怒。这在当时黄皓权倾朝野的情况下，是难能可贵的。谯周一生钻研儒学，以修身齐家治国平天下为己任，这是任何一个儒学家都遵循的终极理想。

如果沿着历史的缝隙，再将剖析的利刃往深里挑割一番，我们会发现，谯周的投降主张，在他之前的《仇国论》就埋下了理论上的种子。他是相信自己的判断的。

公元257年前后，谯周与尚书令陈祗展开了精彩骂战。蜀汉历史上，陈祗是个能言善辩的小人，宦官黄皓就是他一手捧起来的。可以说，陈祗跟黄皓是一丘之貉。谯周竟然跟他抬杠，还把与陈祗的对话写成文章，这就是著名的《仇国论》。

《仇国论》里，谯周苦口婆心地劝谏后主要体恤民众之艰苦，不能一味穷兵黩武。

他举例说，周文王养民得以为王，勾践与民生息得以灭吴，所谓"民疲劳则骚扰之兆生，上慢下暴则瓦解之形起"。再这么打下去，必然"土崩势生"。可以说，当时谯周已对蜀汉政权心生不满，是冒着被杀头的危险说这些话的。

导致谯周内心对蜀汉不满的原因还有两个：一是利益不均，一是民心叛逆。他认为蜀汉气运将尽，油枯灯灭。

当初诸葛亮把握朝政时，就看到了这些问题，认为这对蜀汉政权稳定来说，是一个隐藏的威胁。所以，他着手改善与益州士族之间的关系，让更多益州集团的人进入蜀汉政权，就是一个很好的办法。

只有更多的益州人当官，才能从体制上让他们有更多维护和谋取利益的手段。谯周就是这个时候借助这个机会，得到诸葛亮的赏识，进入蜀汉政治中心的。

时局果然如谯周所料。蜀入魏两年后，司马炎建立西晋。公元280年，晋灭吴。中国长达八十四年的分裂割据局面，至此结束。

保国有功，受降被封阳城亭侯

谯周（201—270），字允南，巴西西充国（今西充县槐树镇）人。三国时期蜀汉学者、官员，著名的儒学大师和史学家，史学名著《三国志》作者陈寿即出自他的门下。

谯周被称为"蜀中孔子"，为一代硕儒，生前撰写学术著作多种，计百余篇。之后，这些著作陆续散佚，到唐初作《隋书·经籍志》时，时人所见的书目只有《论语注》（十卷），《三巴记》（一卷），《谯子法训》（八卷），《古史考》（二十五卷），《五经然否论》（五卷）五种。《论语注》和《三巴记》两书，今已不存。能够见到的其他三种，都是后人的辑本。

难能可贵的是，谯周为人正直，敢作敢为，甚至公开跟领导"过不去"。

延熙元年（238），刘禅立刘璿为太子。谯周被调到太子府，后转为家令。时刘禅经常外出游玩，沉醉于声色中，谯周上疏刘禅，援引古义，劝谏刘禅应尊奉先帝刘备遗德，减少乐宫、后宫的增造。谯周因此被转任为中散大夫，仍侍奉太子。

延熙二十年（257），谯周因为看到蜀汉经常对魏国用兵，民不聊生。愤而书写《仇国论》。

刘禅投降魏国后，公元264年，司马昭被拜为相国，封晋王。司马昭认为谯周有保全国家之功，十分推崇他，封他为阳城亭侯。又下书召谯周前往洛阳任职。谯周行至汉中，因患病而停滞不前。

次年夏，旧蜀一好友从洛阳回蜀时路过汉中，去看望谯周。但谯周此时因病重出现语言障碍，就用笔给这位好友写出了"典午忽兮，月酉没兮"两句话。

典午是指司马，月酉是指八月，说司马到当年八月就没了。到了八月，司马昭果然去世。这也可以看出，谯周具有深邃的识人眼光。

五年后，也就是公元270年，谯周因病去世，回葬南充西山。

对谯周的降魏主张，在以忠义为本的封建时代，无疑是违背忠义之道的。他在当世和后世都遭到许多非议。

1939年，谢觉哉曾作"宋无秦桧谁下金牌；蜀有谯周惯修降表"一联，痛斥汪精卫卖国之流，也隐射了谯周的"卖国"。其实，从另一个角度来看，谯周与汪伪集团有本质不同。谯周的举动，可以说是为中国的统一和民族的大团结，立下了一大功劳。

对谯周多有责难的也不乏其人。王夫之在《读通鉴论》说："人知冯道之恶，而不知谯周之为尤恶也……国尚可存，君尚立乎其位，为异说以解散人心，而后终之以降，处心积虑，唯恐刘宗之不灭……周之罪通于天矣。服上刑者唯周，而冯道末减矣。"王夫之极度看不起谯周，认为"骑墙"的他是误国之徒。

谯周一族人才辈出。据《南充县志》统计，清代以前的谯氏名人有八十多位。谯周之子谯同，曾被举为孝廉，任锡县县令。晋代安西府参军谯纵，唐朝都察院御史谯德让，唐代都察院御史谯辉霖，明末南充驻军首领谯明瑞，明朝举人谯由龙、谯孟龙和庠生谯真龙三兄弟等，都是谯周的后裔。

（本文原载于2017年4月1日《华西都市报》）

李白来到了岷江流域

　　岷江流域，尤其是沿岸眉山、青神、乐山这一段是古代名胜荟萃地，比如战国秦孝文王时，蜀守李冰就在凌云山下开麻浩河、凿离堆；东汉时期境内青神、乐山建造有规模宏大的佛龛。唐代还设置了水上驿站，配备船只接送客货。从唐代李白、杜甫到宋代苏东坡、黄庭坚、陆游、范成大等一大批文化名人，先后在许多地方留下足迹，写下了不朽诗篇；其中，唐代诗仙李白更是对岷江流域情有独钟。

　　唐开元七年（719）到开元十三年（725），李白曾在四川彭山象耳山攻读，先后游历境内平羌三峡，登览峨眉山。唐开元十四年（726）他二十六岁时出蜀东去，留下了《峨眉山月歌》《登峨眉山》等著名诗篇，开创了"夜来月下卧醒……"二十一字摩崖题刻，经历了"铁杵磨针"奋进求学的故事等千古奇迹。

李白在蜀中写了二十一首诗

李白是在什么样的情况下来到四川的呢？他为什么对岷江流域兴趣盎然，诗兴大发？

李白（701—762），字太白，号青莲居士，唐代锦州昌隆（今四川江油）人，祖籍陇西成纪（今甘肃秦安）。天宝元年（742）因友人吴筠之荐，召入长安供奉翰林，唐玄宗度典令他填新词，后因侮弄宦官高力士，得罪杨贵妃，被迫离开长安，漫游江湖。

唐开元八年（720）春，二十岁的李白第一次离开江油，开始了自己的蜀中漫游之旅。他这次目的地是成都。这也是李白人生第一次"仗剑去国，辞亲远游"，离开青莲和匡山那种小地方，来到一方大都市。李白来成都的主要动因，是想尝试着走当时流行的上升之路："干谒"公卿。他干谒的目标，是被贬到成都做益州刺史的苏颋苏大人。

所谓干谒，就是拜访有名望的人请他们引荐自己做官。这在唐朝是一种求仕风尚。苏颋，是与张说齐名的赫赫有名的天下两大手笔之一，如果被他看上加以褒扬推荐，那么李白就有希望入仕做官，名动天下。

事与愿违，李白干谒苏颋未能成功，他心情一度有些郁闷，便离开成都去登峨眉山。此后约三年他又回到匡山读书，并与东严子隐于岷山之阳，数年"还迹城市"。开元十二年（724），他再游成都、峨眉，不久后离开，从而结束了蜀中生活。

李白当年在蜀中一路行走，经常诗兴勃发，那么他共写了多少作品呢？清人王琦《李太白年谱》、詹锳《李白诗文系年》认为共有十三首诗，即《访戴天山道士不遇》《登绵城散花楼》《白头吟》二首、《古风》其二、《酬宇文少府见赠桃竹书简》《登峨眉山》《峨眉山月歌》《巴女词》《早发白帝城》《宿夜郎于乌江留别宗十六璟》《宿巫山下》《自巴东舟行经瞿塘峡登巫山最高峰晚还题壁》。安旗、薛天纬《李白年谱》书中考证，又新增六诗四赋，即《初月》《雨后望月》《对雨》《晓晴》《赠江油尉》（又作《题江油尉厅》）《春感》《拟恨赋》《明堂赋》《大猎赋》《剑阁赋》。三者合计，诗二十一首，赋四篇。

李白当年经过的乐山平羌三峡

读书台和"铁杵磨针"典故

平羌三峡礁石

"铁杵磨针"的故事，在我们很小的时候就被写进课文里，耳熟能详，其真实性其实很难说清楚。但这个典故太有名了，于是，在今天的乐山地区流传着，还成为一个地理文化的标识。这也算名人效应。

李白青少年时代读书的象耳山，很多专家考证说，在今彭山江渎乡象耳村境内的象耳山中。象耳山离江口镇约七公里，那里山深林密，重峦叠翠。山下，有宝砚磨针二溪，景色秀丽，是唐宋以来著名的风景旅游胜地。

彭山，古名隆山，据清熹苕《彭山县志》载，"唐先天元年（712），因避唐玄宗李隆基讳，取境内彭女山名，改为彭山县至今"。

李白在彭山象耳山中读书，最早见于宋祝穆《方舆胜览》一书，至今山中仍留有李白读书台遗址。嘉庆《彭山县志》卷六有载："彭山县治北二十五里象耳山有李白读书台。"明曹学佺《蜀中名胜记》云："杨佑甫《彭山十事记》有……四日宝砚磨针二溪五日太白读书台，并刻李白石刻题诗。"

读书台前，原有晚唐诗人杜光庭的诗句："山中犹有读书台，风扫晴岚画幛开，华月冰壶依旧在，青莲居士几时来。"记颂了李白读书台石壁题诗的故事。山下，有太白湖畔宋人题刻十七幅中的第七幅："篮舆来自石仓路，喜得悠人陪杖履。想是山灵泽旱苗，不关居士隋轩雨"等摩崖题记，讲述了李白在山中读书的诗句，可见在公元720至725年间李白攻读于此。

如今，由于历史变迁，风雨剥蚀人为破坏，李白读书台、摩崖题诗早已湮没山中。近年，彭山民众将"夜来月下卧醒……"二十一字摩崖题诗重刻于山下磨针溪旁石壁。1984年12月彭山县人民政府刻"李白读书台碑记，恢复遗址，以示对诗人的怀念"。

读书台在我国历史上可谓司空见惯，也引出很多励志故事，比如"孙康映雪读书""孟母断机教子""铁杵磨针"的典故，鼓舞许多青少年勤奋攻读。

由李白读书台引出的"铁杵磨针"传说，就发生在岷江流域的彭山县磨针溪畔。《四川通志》载："县东北二十五里有磨针溪，在象耳山下。相传李白读书山中，学未成，弃去，适时其溪，逢老媪方磨铁杵，问何为，曰欲作针耳，李白感其言，遂还卒业。媪自言武姓，傍有'武氏岩'。"说的是公元720—725年间，李白在彭山象耳山读书时，因想外出遨游，辍学离开象耳山出走，到山下一溪旁，遇见一老妇举着一根铁杵在石上磨，老妇言说只要功夫深，铁杵能磨成针，使李白重返山中苦读。

后人将李白遇老妇磨针的溪流，改名磨针溪，并把老媪磨针的地方赠名武氏岩留刻铭记。

平羌三峡和《峨眉山月歌》

前面说了，李白在蜀中曾经写了二十一首诗。这二十一首诗里，李白的《峨眉山月歌》极为有名。诗中写道："峨眉山月半轮秋，影入平羌江水流。夜发清溪向三峡，思君不见下渝州。"大诗人的足迹，给岷江流域尤其是平羌三峡，赋予了滔滔不绝的文化底蕴。

《峨眉山月歌》，出自《李太白全集》卷八，是李白年轻时的作品。峨眉山是蜀中大山，也是蜀地的代称。李白是蜀人，因此峨眉山月也就是故园之月。此诗是李白初离蜀地时的作品，大约作于开元十三年（725）以前。

当时李白才二十五岁，他入川游历峨眉山，隐居青城之后，仗剑出国，辞亲远游，出蜀道时经嘉州途中所作。是时，李白从青城到成都，取道岷江水路，买船东下直达渝州（重庆）。他看到，青神县附近的平羌三峡，十里长峡，蜿蜒曲折，江流碧波似玉，宛如罗带，两岸山峦连绵起伏，苍翠欲滴。诗人诗情喷涌，提笔写就。

李白写《峨眉山月歌》的地方，就是今天青神与乐山接壤的平羌三峡。

王象之《嘉定府龙游县记胜》一书中，还引用杨天惠《水石墨记》说"李白之歌平羌，岑参之谣青衣，薛能之集江干，司空曙之赋凌云山，是皆摹写物色之形容，以夸诩于世多矣，用李白之歌平羌冠于首"，王象之对李白的诗有极高评价。王象之在他写的《舆地纪胜》中也云："成都路府喜府平羌镇有锦江禅寺，重云阁，太白亭，亭与峨眉相直，即太白题诗处。"

岷江流域具有三千多年历史文化传统，早在春秋时期就是蜀王开明部族故地。秦灭蜀后实行郡县制，辖区分别属犍为郡和蜀郡，到了唐代分别隶属嘉州和眉州，后经历史变迁现为乐山市和眉山市。

其中美丽的平羌三峡，成为追忆李白的重要名胜。苏东坡在《送张嘉州》一诗中引用李白诗前两节"峨眉山月半轮秋，影入平羌江水流"后，感慨地写了"谪仙此词谁解道，请君见月时登楼"诗句。

作为岷江航线的重要港口码头，李白笔下的平羌三峡，从唐代开始就设置了水上驿站，配备船只接送客货。唐代叫清溪驿，宋代改为平羌驿。此地积淀了这段历史文化底蕴，自然风光又如此绮丽，难怪大诗人对此津津乐道。

平羌三峡是古代从成都顺岷江而外出四川的水路通道，此地十里长峡间峰峦叠翠，猿声不绝，犹如置身诗画。峡区河道蜿蜒，江面急者如海啸，缓者如明镜，两壁水面下多岩壑。泛舟观景，"一崎处一停桡"，十八块突兀的大石围崖对峙，人称"十八罗汉抢观音"；一座近三十米长的巨型"石棺材"顺江平搁，令人惊叹；一尊尚未凿完的"平羌大佛"和彼岸的"鸡公石"，更是峡中引人入胜的奇景……古来今往，许多文人骚客坐船过此，饱览平羌秀丽的景色，写下了许多著名诗篇，比如南宋诗人陆游在《离嘉州宿平羌》中写道："淡烟疏雨平羌路，便恐从今梦入魂。"清代诗人赵熙在《板桥溪》诗中写道："落日载偏舟，平羌碧玉流，小寒山入定，新绿竹呈秋，草园明双莺，桑园式一舟，未嫌孤客宿，彼美出乌尤。"诗句描绘了平羌三峡艳丽秀雅、恬静妩媚的风姿。平羌三峡出口，有一著名小镇板桥溪，依山傍水，是个古老村镇，盛唐以来，就是进出三峡的驿口。

《乐山县志》还记载，当年李白出川东去乘舟过此曾夜宿清溪。由于峡口风光优美，景色迷人，历代诗人经过三峡时写下了不少赞美的诗句。

唐代诗人杜甫在《宿青溪驿奉怀张员外十五兄之绪》有诗曰："漾舟千山内，日入泊枉渚。我生本飘飘，今夏在何许。石根青枫株，猿鸟啸俦侣。月明游子静，畏虎不得语。中夜怀友朋，乾坤此深阻。浩荡前后间，佳期赴荆楚。"这首诗，生动描绘了清溪的美丽自然风光和动物的偶尔出没，以及和友人夜晚相聚小酌时的快乐心情。

顺着平羌流过清溪镇，下行不远，就是高崖耸立的锦江山，又名铁帽山。

《乐山县志》卷二有一段记载"锦江山板桥溪下流十里西岸"，乃李白题诗处，说锦江山山巅有太白亭，亭今记，土人（当地人）呼其处为太白田。其碑石尚竖田中，字迹残缺不可识。黄庭坚亲书"影入平羌"于亭上。太白亭，城北三十里锦江山之巅《方舆胜览》作锦江山之侧，或谓三峡山。概述了唐宋时期太白佳境的面貌。

据地方志记载，三峡山曾有李白题刻："夜来月下卧醒，花影零乱，满人襟袖，疑如濯魄冰壶也。"这一题诗石刻，是对平羌古道做出的重要贡献，为乐山古代文化建设起到承先启后的重要作用的肯定，因而在《全蜀艺文志》《蜀水经》等一大批古籍中均有记载，影响深远。

清代诗人张问陶《嘉定舟作》"平羌江水绿迢遥，梦冷峨眉雪未消。喜爱汉嘉山万叠，一山奇处一停桡"的诗句，描写下平羌峡，两岸山峰刀砍斧削，山势险峻，江水碧波，风光秀丽的峡江景色，附近不远一巨石突兀立江边，被张问陶认为是"李白钓鱼台"的位置。

李白真的在此地钓过鱼吗？相传，唐开元十四年（726），诗人李白离成都出川，乘船过平羌三峡，见到江中风景如画，于是停舟流连终日，下船来到巨石上垂钓。后人为了纪念他，就把这块巨石称"李白钓鱼台"。经历了一千多年时光，"李白钓鱼台"巨石至今仍留在江岸，太白钓鱼的故事也一直流传民间。

（本文原载于2019年1月24日《华西都市报》）

"不登大雅之堂"出自丹棱

四川丹棱县大雅堂，讲述了一个由杜甫、黄庭坚和杨素"三杰"隔代打造中国古代诗歌圣殿的感人故事……成语"不登大雅之堂"由是产生。

以成都为中心的"蜀"，既是一个特定的历史地理概念，同时又是一个内涵丰富的人文心理概念。值得一提的是，许多闻名中外的成语都生长于四川这片沃壤："乐不思蜀""蜀犬吠日""得陇望蜀""寄食巴蜀""少不入川老不入陕""蜀道之难难于上青天"……其中最有集体创作意味的，当属"不登大雅之堂"。

全国名为大雅堂的古迹绝无仅有，唯一"根红苗正"且出现最早、规模最大的大雅堂，位于四川眉山市丹棱县。有史学家称，丹棱大雅堂，是源远流长的中国古代诗歌的圣殿，丹棱也是中国大雅文化唯一的发祥地。

大雅堂外观

　　丹棱县大雅堂，始建于北宋元符三年（1100），由丹棱名士杨素出资在丹棱城南承建。这是一个集唐代诗圣杜甫诗、北宋书法大家黄庭坚书法艺术为一体的诗书堂，因黄庭坚题名"大雅堂"并作《大雅堂记》得名。

丹棱名士黔州拜会黄庭坚

　　春暖花开的日子，我和几个朋友驱车来到位于丹棱县龙鹄山下的大雅堂。眼前，复建的大雅堂是2015年1月底由当地政府重建竣工的，占地四十亩。

　　大雅堂主楼气势恢宏，进门处，就是杜甫、黄庭坚、杨素三人的塑像。陈列馆里，井然有序地摆放着黄庭坚手书杜甫两川夔峡的诗碑，以及古今名家咏大雅堂的诗词文赋等。

　　虽然是个周末，但大雅堂空旷清净，少有游人。院内曲径通幽，小桥流水。亭台楼阁处，遍植杨柳、紫金花、芍药、蔷薇、百合等。云雀从亭子飞到廊檐，在空中撒下清脆的鸣叫。大雅堂的格局颇有点苏州园林的味道，这过于的沉寂，多少暗合了"大雅之堂"曲高和寡的殿堂意味。

丹棱的大雅堂，系宋代四川丹棱名士杨素，为实现黄庭坚弘扬杜甫两川夔峡诗的心愿而修建的。

黄庭坚，苏门四学士之一，生前与苏轼齐名，曾客居四川眉山，对眉山素有情感。杨素，丹棱县才华出众的富绅，丹棱镇茶林村人，他平生十分仰慕杜甫、苏轼、黄庭坚等文坛领袖。

杨素和黄庭坚是怎么相识的？两人又是如何联手修建大雅堂的呢？

1094年，黄庭坚因编修《神宗实录》时不客气地贬斥了王安石新政，遭受新党罢黜出朝，被贬往黔州（今重庆彭水县）。

在黔州，置身于周遭幽林清簧的环境里，在官场屡屡失意的黄庭坚，有机会静心研读杜甫描写两川（西川治成都、东川治梓州即今三台县）和夔州（今重庆奉节）的大量诗作。天愁地暗的日子，黄庭坚从杜诗里看到了一缕自我救赎的阳光。他发现，两川夔峡杜诗是不可多得的诗坛佳作，颇具古代大雅诗的"宏远雅正"之风，而推行杜风又绝对绕不开杜甫的两川夔峡篇。感慨万千的黄庭坚于是"尽书子美两川、夔峡诗"，他亲笔书写了大量杜诗并刻成石碑，小心翼翼存放起来。

这一消息，为远在丹棱的杨素获悉，他大喜过望。宋哲宗元符元年（1098）春，杨素带上见面礼——眉山特有的竹书橱，从古岷江码头乘船赶往黔州，千里迢迢赴会黄庭坚。

见面后，两人相谈甚欢，一见如故。那几天，他们放歌月下，行游林泉，饮酒亭树，弄琴溪边，颇有相见恨晚之感。临走时，杨素恳请黄庭坚惠赐杜甫诗书，承诺自己出钱请工匠镂刻成碑，并修建高阁大厦永久珍藏这些杜甫诗碑。黄庭坚一听，喜出望外。

半年后，黄庭坚由黔州复贬宜宾。杨素听闻，急赴宜宾，再次见到黄庭坚。他兴冲冲地将黄庭坚精心书写的八百多首杜甫两川夔峡诗带回家乡丹棱，请来眉山一带数十名手艺最好的石匠制碑刻字。

然后，杨素在自家的院子右侧，修建了一座用来珍藏这些诗碑的宅院大堂，并用青石板铺筑了一条通往逶迤县城的石板路，植以树竹花草，固以篱笆栅栏，筑入曲水流觞，逗来雀鸟白鹭，营造出一种自然高洁、文脉清新的氛围，以便各方人士前来观瞻赏诗。

大雅堂三杰：（左起）黄庭坚、杜甫、杨素

大雅堂登上华夏文明史

经过六年的精心修建，大雅堂于宋元符三年（1100）九月在丹棱隆重竣工。接着，杨素又去宜宾请黄庭坚为它题名。黄兴致大发，挥笔写下"大雅堂"三字，并撰写《大雅堂记》。

清乾隆版《丹棱县志》记载了大雅堂的竣工情况："大雅堂，（丹棱）城南三里，邑人杨素翁请黄庭坚书杜甫蜀中诗，刻石。作堂荫之，并恳为记。"

历史的文明之光，透过阵阵阴霾，聚焦在丹棱县茶林村高庙沟附近的杨湾。这个被灰墙白瓦和茅舍竹林掩映的小山沟，打破了昔日的宁静，茂林修竹中，穿行着越来越多卓越文人的身影。

丹棱县文史资料显示，曾经的大雅堂为宋式庙堂，斗拱建筑，内外流金溢彩，围墙足有一公里长。最初内设六个大殿，殿堂为红墙碧瓦，三百多平方诗碑陈列其间。正殿门楣上，镌刻黄庭坚手书大字"大雅堂"，气势不凡。

大雅堂建成后，丹棱也因此登上华夏五千年文明史的"大雅之堂"，名声遐迩。诚如黄庭坚在《大雅堂记》中所说："自杜子美以来，四百余年，斯文季地、文章之士，随世所能，杰出时辈，未有升子美之堂者。使后之登大雅堂者，能以余说而求之，则思过半矣。"这段文字，镌刻在大雅堂广场那座"三杰"雕塑上。

杜甫的两川夔峡诗，到底有多少篇首？按清末学者仇兆鳌统计，杜甫的两川诗约470多首，夔州诗有467首。仇氏所编杜诗就有1439首，数量占杜甫全部诗作的三分之二。这不得不使人惊讶杜甫入蜀后创作力的旺盛。因为，杜甫在两川夔峡生活期间，正是他生平的一大转折时期，政治思想和诗歌理论与创作都进入一个新境界，这也难怪受到黄庭坚的大力推崇。

1497年（明弘治十年），一位叫荣华的巡按御史组织人力扩建了大雅堂，增修了一个大殿，并为杜甫、黄庭坚塑像贴金并刻碑纪念——凡乘轿过此者，都要下而步行，以示敬意。

宋史《周益公大全集》、明史《永乐大典》、明朝《四川通志》等，都把丹棱大雅堂放在很高的位置。清代以来各种版本的《丹棱县志》称，北宋丹棱大雅堂是中国唯一的大雅堂。

一代诗圣杜甫，倘若泉下有知，当应舒然欣慰，安然长眠。

苏轼诗赞，引来名流观赏

北宋大文豪、眉山人苏轼对丹棱大雅堂大加赞赏。苏轼在一首《次韵张安道读杜诗》（写于1092年）中赞曰："大雅初微缺，流风困暴豪。张为词客赋，变作楚臣骚。"

这首诗，在今天眉山青神县中岩寺的石壁上也隐约可见。

苏轼的意思是，他虽然喜欢晋代陶渊明清新淡远的诗风，但对于以杜甫为代表的大雅诗风也大力提倡，他对丹棱人修建大雅堂、弘扬大雅精神非常赞赏。

由于苏东坡的名人效应，北宋以及以后数百年间，许多书法家、评论家都慕名来到丹棱，对黄庭坚书杜甫两川夔峡诸诗，题名大雅堂的艺术成就，给予高度评价。

我在大雅堂看到这样的资料：宋代诗人陈师道在《观黄公书子美（杜甫）四首》中赞曰："山谷在戎州，尝大书子美两川夔峡诗，字径数寸，笔势飘动。"董央在《豫章先生传》中云："公（指黄庭坚）楷法妍媚，自成一家。游荆州，得古本《兰亭》爱玩之、不失手，因悟古人用笔意作小楷日进曰：他日当知我者。草书尤奇伟，公殁后，人争购之，一纸千金。"

历经南宋、元、明各代之后，大雅堂又收藏了名家咏大雅堂的诗、词、文、赋上百件，洋洋洒洒，蔚为诗、书艺术大观。明代名流沈周、文征明、祝枝山等都千里迢迢来丹棱游览大雅堂，钻研杜诗碑上的黄庭坚书法，由此可见其强大的艺术生命力。

可以说，大雅堂是集唐代诗圣杜甫诗和北宋书法大家黄庭坚书法艺术为一体的诗书殿堂，风采夺目。

大雅堂不幸毁于明末战火

遗憾的是，在古代连绵不断的战乱中，大雅堂最终被毁，诗碑尽皆散陷于山野泥土中。

风光无限的大雅堂具体毁于何时？史书上没有确凿记载。旧版《丹棱县志》上称"献逆后，堂毁，碑碣无存"，这说的是，明崇祯十七年（1644）八月，张献忠攻破成都，又很快控制了四川大部分地区的州县。这一年冬，战事不利的张献忠开始在四川尤其是成都进行惨绝人寰的烧杀破坏，大量诗书典籍也惨遭焚毁。清顺治三年（1646）十月，张献忠在北逃时与清军交战，中箭身亡。据此推测，大雅堂被毁的时间应该是在1645—1646年间。

原始的大雅堂虽然被毁，堂内的诗碑散陷于山野泥土中，遍寻不得，但大雅堂文化不因岁月流逝被历代丹棱人遗忘。

大雅堂陈列的文史资料显示：1756年，清乾隆年间，丹棱县令宋惠绥在城东枫落山创办"大雅书院"。1806年，清嘉庆年间，丹棱县令刘德铨，因苦于无财力重建大雅堂，就在县衙后院一草堂内新书杜诗数十首于壁，额曰："大雅堂"。

清同治十年（1871），丹棱县令庄定域在县城试院中，以试院中堂壁曰"大雅堂"抚今追昔。

民国十一年（1922），丹棱县县长杨万成在县衙旁的原试院旧址上重建大雅堂，书杜甫诗数首，装裱挂于堂。抗战时期县城巽崖小学校歌中有"沧澜泗水，大雅遗音"句。20世纪90年代初，丹棱当地根据专家学者的建议决定恢复大雅堂。复建工程于2015年春竣工。

（本文原载于2019年3月3日《华西都市报》）

岑参：做过嘉州刺史的唐代大诗人

成都与维扬，相去万里地。

沧江东流疾，帆去如鸟翅。

楚客过此桥，东看尽垂泪。

——唐·岑参《万里桥》

古往今来，各地文人墨客赶趟似来到成都，流连街市，纵情山水，写下锦绣华章。笔下无不流露出对成都的赞赏和歆羡。

唯独有一位诗人，最终孤零零地客死在成都客栈。他，就是极负盛名的唐代边塞诗人岑参。该客栈的具体位置，据闻一多先生《岑嘉州交游事辑》考证，很可能是在今天的青龙场一带。

一般人印象中，出生于中原的岑参，似乎主要活动于"平沙茫茫黄如天"的大西北，他怎会徜徉于"锦城丝管日纷纷"的成都，并将生命的句号划落在这片异乡呢？

从唐代宗永泰元年（765）十一月出任嘉州（今乐

山、峨眉）刺史，到大历四年（769）客死于成都，岑参共有四年的蜀中生活经历。其间，他与好友杜甫两次在四川失之交臂，未能见面，颇为遗憾。

嘉州刺史　任职两年

提到岑参，人们总是想到他那些意境新奇、气势磅礴、风格奇峭、词采瑰丽的边塞诗：火山云，天山雪，热海蒸腾，瀚海奇寒，狂风卷石，黄沙入天，边关苦寒，塞外冷月……无不融入其诗。

陆游曾称赞岑参的诗，"以为太白、子美之后一人而已"（《渭南文集·跋岑嘉州诗集》）。他把岑参放在与李白、杜甫比肩的重要位置。

岑参，开元三年（715）生于河南仙州（今河南许昌附近），他在《感旧赋》中曾自豪地称："国家六叶，吾门三相。"也就是说，他出生之前的近百年间，家族先后出过三位宰相，曾祖、伯祖、伯父都因文墨不凡而名动朝野，一门三相，堪称奇事，父亲也两任州刺史，家世显赫得很。

可惜，这样的家族声望未能惠及岑参本人。家道中衰，一落千丈，十多个长辈族人都被皇帝无情诛杀。父亲在他年幼时也撒手人寰。唯一遗传到他身上的家族优秀因子，便是读书求学的好风气。

岑参在中举出仕前的经历，大致为"五岁读书，九岁属文，十五隐于嵩阳，二十献书阙下"。后入长安、洛阳拜谒高官望族、献书给皇帝，以求闻达。

岑参中进士后担任了朝官，两次远赴边塞当幕僚，耗去六年时间。他在《初过陇山途中呈宇文判官》里写道："万里奉王事，一身无所求。也知塞垣苦，岂为妻子谋。"又说："侧身佐戎幕，敛任事边陲。自逐定远侯，亦着短后衣。近来能走马，不弱并逐儿。"（《北庭西郊候封大夫受降回军献上》）可见，他两次出塞都怀着凌云壮志，建功立业抱负甚高。

回朝后，岑参在长安城遇到了杜甫。两人很快成了好友。唐肃宗至德二年（757），杜甫被任为左拾遗，他与裴休等人推荐岑参，岑参当时任监察御史，被举荐后任命为右补阙。

这个时期，岑参和杜甫两个人都同是谏官，同是天子的近臣，主要工作就是负责记录皇帝和国家大事。后来，由于岑参"频上封章，指述权佞"，也就是经常仗义执言，在朝廷上公开指责佞臣权贵的不作为和贪赃枉法，得罪了不少同僚，而且他性情耿介，又不太注意说话方式，惹得皇帝不大高兴。

乾元二年（759）二月，岑参被降职改任起居舍人。永泰元年（765）十一月，岑参被任命为正四品下的嘉州（今四川乐山、峨眉）刺史。由于战乱，山路阻隔，岑参未能成行。

次年，岑参随剑南西川节度使杜鸿渐幕府入川。这也是他第五次入幕府。公元767年，杜鸿渐罢职回朝，幕府解散。岑参前往嘉州任刺史，前后任职两年多。他被时人称为"岑嘉州"。

隋唐时的刺史即太守，也就是一郡的最高行政长官，职责除了治民、进贤、决讼外还可以自行任免所属官吏。

《招北客文》 记述蜀地

岑参出任嘉州刺史，实际上是被降职使用。在出为嘉州刺史之前，岑参曾三度为郎——宝应元年（762）冬入为祠部员外郎，广德元年（763）改考功员外郎，广德二年（764）转虞部郎中。郎官为京官，而嘉州在边远蜀地，嘉州刺史又为外官。这就亏大了。按《唐会要》卷六八《刺史上》律法："京职之不称者，乃左为外任；大邑之负累者，乃降为小邑，近官之不能者，乃迁为远官。"

嘉州刺史不仅为外任，且是远官，出任嘉州刺史当然含有贬谪之意。唐代对降官赴任日期的规定十分严格，对贬谪之官的活动范围也进行了限制，他们不能擅离贬迁之地。

岑参欲哭无泪，才高八斗的诗人纵有飞天之志，无奈羽翅被朝纲牢牢束缚。

但岑参毕竟本质上是个诗人，压抑久了，他那颗孤傲的心落入世俗尘埃，在尘埃里逢着嘉州山水的雨露阳光，开出另一朵灿烂的花儿，那就是诗情、诗性。担任嘉州地方大员后，岑参写了不少山水诗，勾勒了许多景区胜概。如《上嘉州青衣山中峰》诗序"今者幽蹑胜概"，诗句"胜赏欲与俱，引领遥相望"。又如《过王判官西津居所》诗句"胜迹不在远，爱君池馆幽"等。

待在嘉州那段时间，岑参常常徜徉于三江之畔，望着南飞的大雁，怅惘满怀，他心里堆积着割舍不掉的长安城巍峨的城堞高墙，以及和故友们畅叙吟诗把酒言欢的情景。他还是很想回到长安去的，闷闷不乐中，岑参写下著名的《招北客文》，聊以自悼。

《招北客文》，是中国古典文学史上的辞赋名篇。北客者，作者之自谓也。文中，岑参模仿屈原《招魂》之体制，生动讲述了蜀地的历史、地理、民族、气候等。"大江沄沄，下绝地垠。百谷相吞，出于荆门。"他还特别描绘了长江三峡的险恶："三峡两壁，乱峰如戟。岈屹崒，颎洞画圻。高如天霓，云外水积。昼日无光，其下黑窄。瞿塘无底，浅处万尺。"表达了欲乘舟东下，沿杜甫走过的路线，经渝州出夔门的意愿。

东出夔门，岑参真是想去找他的老朋友杜甫。

岑参小杜甫三岁，他俩是在京都长安认识的。天宝十一年（752）秋，杜甫、岑参、高适、储光羲曾同登长安（今西安）慈恩寺塔，各有题咏。那段时间，他们放歌月下，行游林泉，饮酒亭榭，弄琴溪边，颇有相见恨晚之感。

两年后，也即天宝十三年（754），杜甫又与岑参再次聚首，同行的还有岑参的兄弟，他们同游了位于现陕西户县的渼陂。渼陂乃集终南山诸谷之水和胡公泉之水而成的一个湖泊，景色漂亮。

这以后，杜甫离开朝政，过了一段颠沛流离的生活，岑参也基本是在西北边塞度过。两人在这段时间里音讯杳然，疏于联系。

后来，杜甫漂泊剑南，杜、岑二人十余年各自飘零，互相未通消息。

在川四载　两"失"杜甫

永泰元年（765）五月，杜甫由水路离开成都，经眉山路过嘉州，而当时的嘉州刺史正是岑参。由于行路匆匆，杜甫并没有在嘉州登岸，也没有遇到故人岑参。也可能，杜甫不知道岑参就在嘉州为官。

然后，杜甫经过嘉州、戎州（宜宾）、泸州、渝州（重庆），九月到了云安，在该地养病。养病期间，杜甫意外得知岑参出任嘉州刺史，有诗寄之《寄岑嘉州》。诗的前两句是"不见故人十年余，不道故人无素书"。可见，两个人在离京去朝，多年失去联系。但他对故人的思念可见一斑。

不过，在岑参得到杜甫寄诗之后，两人又恢复了书信来往。岑参还经常把自己的新诗寄给寓居在夔州（今重庆奉节）的杜甫。

岑参在嘉州做了两年半的刺史，大历三年（768）他毅然离职去官，一心一意要当个宦游诗人。他打算乘舟东下，沿杜甫走过的路线，经戎州、渝州等地直出夔门。他一定是很想去找杜甫，与这位故友重叙友情。

可惜当时杜甫已不在夔门，岑参去官是在七月。有诗为证："七月江水大，沧波涨秋空。"（《东归发犍为至泥溪舟中作》）偏偏早岑参几个月时间，同年正月中旬，杜甫已出峡。最后，两位友人没能在四川境内见面。

这次不见面，以后也就没有机会了。岑参长叹一声，乘舟顺江而下，一路万里迢迢，关山险阻，在去夔门的途中又遇洪灾阻隔，他只好改道北上，一路辗转，去了天府之国成都。

途中，夏季的长江甚是震怒，正如杜甫所写，"风急天高猿啸哀"，地动山摇的浪淘声，连山崖间的猿鸟都惊恐得发出嗷嗷哀鸣。岑参乘坐的帆船一路都是惊涛咆哮，船下左前方岸上，几名纤夫前倾身子拼命拉船，他们咬紧牙关，脖子上青筋直暴，脚下草鞋嗒嗒踏踩在水中，鞋上不停滴水，纤绳将他们古铜色的肩背勒出一道血痕。一阵声嘶力竭的号子声，也在大江两岸久久回荡……

山高水长，岑参终于颠颠簸簸来到成都。在成都客居一年多，不幸因病孤独地死于客栈，终年五十五岁。

身在长沙的杜甫后来得知这个消息，十分悲痛。他在寄于高适的诗《追酬故高蜀州（适）人日见寄》的序文中说："今海内忘形故人，独汉王瑀与昭州敬使君超先在。"意思是昔日故人中，尚在人间的已经没有几个了。

大历五年（770）十一月，簌簌黄叶在长沙城漫天飘落，秋风悲凉，寒霜挂满屋顶。杜甫也在一个晚上撒手离开了人间。

云中谁寄锦书来，雁字回时，月满西楼。两位诗歌巨擘，两次在四川失之交臂，后来只靠鸿雁传书，令人扼腕。

沧江东流　诗咏成都

古往今来，成都的文化苍穹从来都高朗清爽，星光熠熠。无疑，作为唐代边塞诗人的翘楚，岑参的诗作也是极耀眼的一颗，横贯古今。

岑参的作品以边塞诗为主，而他在客居成都的那一年多时间，也写了不少清丽之作。你想，作为一个"善游"之人，他怎么可能耐得住寂寞，不去浣花溪、锦江、青羊宫、大慈寺、沙河、青龙场晒晒太阳、喝喝茶、听听戏、礼礼佛？不去找几个志趣相投的好友唱和唱和，让所有远宦哀愁、贬谪苦痛及人生失意，吞吐于自己的笔端呢？

岑参写成都的诗应该不少，但流传下来的不多。除了《招北客文》涉及成都，最著名的应该是《万里桥》《张仪楼》《酬成少尹骆谷行见呈》等几首。

万里桥，即今老南门大桥，是成都历史上著名的古桥。三国时，蜀汉丞相诸葛亮曾在此设宴送费祎出使东吴，费祎叹曰："万里之行，始于此桥。"该桥由此而得名。它既是古代成都水陆交通的一个重要起点站，又是一大名胜古迹，历史志籍记载颇多，为此，岑参赋诗《万里桥》：

> 成都与维扬，相去万里地。
>
> 沧江东流疾，帆去如鸟翅。
>
> 楚客过此桥，东看尽垂泪。

《张仪楼》，也是岑参写成都的一首较有名的诗作。秦相张仪，是战国时"秦兵灭蜀"的直接实施者。张仪楼与得贤楼、散花楼、西楼合称为成都四大名楼。随着世代的不断修缮，张仪楼后来竟"高百尺"。岑参当时看到这么巍峨的高楼，自然技痒难熬：

> 传是秦时楼，巍巍至今在。
>
> 楼面两江水，千古长不改。
>
> 曾闻昔时人，岁月不相待。

《酬成少尹骆谷行见呈》，可以说是另一首"蜀道难"。这首诗作于乾元二年（759）岑参从陕西终南山到蜀地任职的途中，主要写他与友人成贲结伴赴蜀时行走山道的艰难，以及到蓉后惊喜遇见美酒可用俸钱赊账的趣事。少尹，是成都府的副长官。骆谷，陕西终南山一山谷。岑参在诗中写道：

> 闻君行路难，惆怅临长衢。岂不惮险艰，王程剩相拘。
>
> 忆昨蓬莱宫，新授刺史符。明主仍赐衣，价值千万余。
>
> 何幸承命日，得与夫子俱。携手出华省，连镳赴长途。
>
> 五马当路嘶，按节投蜀都。千崖信萦折，一径何盘纡。
>
> 层冰滑征轮，密竹碍隼旟。深林迷昏旦，栈道凌空虚。
>
> 飞雪缩马毛，烈风擘我肤。峰攒望天小，亭午见日初。
>
> 夜宿月近人，朝行云满车……

唐代边塞诗人有个共同特点，就是写景状物讲究淋漓酣畅，气势如虹，而对事物声形色嗅的描摹也栩栩如生，如临其境。岑参自然也是这方面圣手。这首诗中，他把入川途中骑马涉险、冰雪滑蹄、高岭蔽日、月夜投宿的行旅之苦，写得何等地历历在目、惊心动魄。

每次读他这首诗，我脑子里总是浮现出一幅苍劲悲凉的画面：千里川陕道，望断不归路。绝壁万丈，层峦叠嶂，瘴气、酷阳、冻馁、野兽、泥石流等蝗虫般袭来……入川行人中伴有浩大的移民潮，他们或三五成伴，攀缘于蚕丛山道，或为官兵敲诈，或遭匪患拦截，或受虎豹袭击。激流山峦间，酷暑寒冬里，留下无尽辛酸的行旅足迹……

大江东去，浪淘尽，千古风流人物。

从唐代宗永泰元年（765年）十一月出任嘉州刺史，到大历四年（769年）客死成都旅舍，岑参共有四年的蜀中生活经历。诗人用他的苍凉之笔，书写了一段同样苍凉的生命之旅。

（本文原载于2017年5月6日《华西都市报》）

贾岛：
长眠安岳的苦吟诗人

二句三年得，一吟双泪流。

知音如不赏，归卧故山秋。

——贾岛

贾岛（779—843），字阆仙，人称诗奴，唐代大诗人。唐朝河北道幽州范阳县（今河北涿州）人。自号"碣石山人"。

贾岛与同时代的孟郊并称"郊寒岛瘦"，对后世影响甚大。贾岛唯喜作诗苦吟，在字句上狠下工夫。"二句三年得，一吟双泪流"，锤炼出许多精品。韩愈赠诗云："天恐文章浑断绝，故生贾岛著人间。"评价极高。

长眠安岳 一身六墓

说起贾岛，我们知道他是唐朝著名的"苦吟诗人"，也熟悉他的"鸟宿池边树，僧敲月下门"名句典故。但很多人也许不知，贾岛生命的归宿，竟然是在四川安岳县城以南的安泉山麓。

去年春天我来到安岳采风，在当地朋友的带领下去拜谒贾岛墓。那天刚下雨，已近黄昏，我们从一户农家房子后的小路穿过一片田畴，向那座并不高的安泉山走去，弯弯曲曲的山间小路上，到处是茂密的树木、竹林和野草，七弯八拐走到了一间青瓦木屋，这青瓦木屋很简陋，由七八个青砖柱头支撑，木屋边有几座青苔密布的石碑，木屋正上方的石阶用石条砌成，石条上生着一层潮湿青绿的腐殖地衣。我们从左侧迂回登上石阶，仅七八米就看到贾岛墓了。

此时清明节刚过，不远处几座私坟还挂着被雨水打湿的纸钱花圈，而眼前贾岛墓，杂草丛生，满目荒芜，四周沉寂。看来，平时也没多少人来祭拜这位古代诗人吧。

细看，贾岛墓呈半圆形，长十二米，宽、高各三米，砌石为垣。四周用石条垒砌，坟头和周围杂乱地生长着各种竹木，落叶满地，人踩上去有些松软。又返回到下面那木屋石碑，文字多已风化，模糊不清。此时暮色四合，光线很差，幸亏我带的单反相机可以把感光度调得很高，才把贾岛墓拍摄得很清楚。

我后来从安岳县志了解到，这青砖木屋还真的跟贾岛有关系，它修建于清朝，名曰瘦诗亭。曾几何时，瘦诗亭内陈列过不少历代文人吊唁贾岛的石刻诗文。

贾岛不是四川人，他生于河北涿州，六十岁（一说五十九岁）时迁来四川普州（今四川安岳），任司仓参军，六十四岁病故并葬于该地。贾岛死后，友人苏绛写了《贾司仓墓志铭》，墓志铭记述了贾岛的生平："贾岛于会昌癸亥岁七月二十八日终于郡官舍，春秋六十有四，葬于普南安泉山。"清乾隆年间，安岳县令徐观海在墓前建造"瘦诗亭"，晚清时，普州县令斐显忠又重建并立牌坊。这就是我们看到的贾岛墓全貌。瘦诗古亭现为安岳县文物保护单位。

一代诗人竟长眠在川南这片沉寂山林，这让我有些意外。也许是"名人效应"，贾岛竟有"一身而六墓"的说法。除了安岳县这个贾岛墓，据传还有几处：其一，北京房山有贾岛衣冠墓，乾隆帝《贾岛故里》诗云："闻说浪仙里，依然在范阳。"其二，河南洛阳，《洛阳府志》《洛阳县志》都说有"长江主簿贾岛墓在伊阙东山，墓碑见存"，也为衣冠墓。其三，安徽当涂，清代陈其元《庸闲斋笔记》卷四《贾岛墓》云："唐诗人贾岛墓在安徽太平府城外甘棠村。"现代学者李嘉言考证，此墓为贾嵩墓，非贾岛墓。其四，陕西《富平县志》载：贾岛墓在富平县皋里大贾村，村中有贾岛墓碑，碑文为柳公权手书，此为疑冢。其五，四川大英县，《方舆胜览》载："贾岛谪为长江簿，有墓在焉。"

史家考据，只有四川安岳县这座贾岛墓才是真冢，其他均属纪念性衣冠墓。

词句锤炼　刻意求工

贾岛（779—843），字浪仙，亦作阆仙，范阳（今北京房山）人。他出生于平民家庭，门第寒微。自小发奋苦读，尤擅诗歌。贾岛一生著述丰富，留有《长江集》十卷，录诗三百九十余首。另有小集三卷、《诗格》一卷传世。贾岛的诗，擅写荒凉枯寂之境，颇多寒苦之辞。以五言律诗见长，注重词句锤炼，刻意求工。我们耳熟能详的"推敲"典故，就是由贾岛诗句"僧敲（推）月下门"而来的。

出身贫寒的贾岛年轻时候祈望从政，实现人生价值，但屡屡失意，很不得志。他十九岁时在洛阳青龙寺出家当了和尚，取法名无本。

在青龙寺，那两年青灯孤影的禅房生活，养成贾岛了冷漠内向的性格，也养成了他殚精竭虑、耽于思索苦究的秉性。贾岛才思敏捷，酷爱吟诗，他常常为构思佳句而沉溺其中，其诗精于雕琢，喜写荒凉枯寂之境，多凄苦情味，自谓"两句三年得，一吟双泪流""虽行坐寝食，苦吟不辍"，很有点语不惊人死不休的执拗劲儿。

贾岛身在佛门，到底未能忘却尘世的烦恼。当时在寺院内，当局规定午后不得出寺。若换个出家人，不许出就不出。他觉得不能忍受，觉得太受束缚："不如牛与羊，犹得日暮归。"

贾岛秉性执着，一旦向前就不易回头。用我们今天的话说，可能有点偏执狂。这里，就不得不说到贾岛的"苦吟"。

"僧敲月下门"是个很有意思的故事。话说有一天，贾岛去长安城郊外拜访一个叫李凝的朋友。他沿着山路找了好久，才摸到李凝的家门。这时，夜深人静，月光皎洁，大地沉寂，他的敲门声惊醒了树上的小鸟。不巧这天李凝不在家，贾岛就把一首诗留了下来：

　　　　题李凝幽居
　　闲居少邻并，草径入荒园。
　　鸟宿池边树，僧推月下门。
　　过桥分野色，移石动云根。
　　暂去还来此，幽期不负言。

　　第二天，贾岛骑着毛驴返回长安。一路天光云影，山水迢遥，阡陌纵横，村落寂寥。不远处，有个牧童骑着牛儿悠闲地吹着短笛。半路上，有些无聊的贾岛想起昨夜即兴写成的那首小诗，心头纠结，他还在想，"鸟宿池边树，僧推月下门"中的"推"字用得是不是够妥帖呢？还有没有更好的词儿呢？或许改用"敲"更恰当些。贾岛就这样骑着毛驴，一边吟诵，一边做着敲门推门的动作，不知不觉进了长安城。大街上的人看到他这样子，都感到好笑。这时，正在京城做官的大诗人韩愈，在仪仗队的簇拥下乘轿而来。"肃静，肃静！"行人和车辆都纷纷避让，贾岛骑在毛驴上，昏昏然不理。差人大怒，把他带到韩愈面前。
　　韩愈也有些好奇，问贾岛怎么回事儿。贾岛这才清醒过来，忙把自己苦吟的那首诗念给韩愈听。韩愈听了，可能觉得挺有意思，他钻出轿子来，捋着胡须一本正经思索起来。整个马队也安安静静停下来，等待他们两个鼓捣出佳句。中国文学史的滔滔长河，汇流到这一刻也似乎寂然沉滞，像是笼罩在一片冰雪中旋转着、滞留着，并等待一个春暖花开的破冰时刻。过了一会，韩愈抬头对贾岛说："还是敲字好些吧。月夜访友，即使友人家没有闩，也不能鲁莽撞门呀。敲门代表你是一个有礼貌的人。且下一'敲'字，使夜静更深时多了几分清脆声，静中有动，岂不生动？"贾岛想了想，连连点头。
　　贾岛和韩愈交上了朋友，后来受韩愈关照不少。在韩愈的劝说下，当时还是僧人的贾岛又去参加科举考试，遗憾的是屡考不中。

唐元和中期，与贾岛同时代的诗人都很活跃，如元稹和白居易的诗崇尚轻浅通俗。贾岛不同，他独自追求诗的变化和冷僻，以矫正诗歌轻艳的风气。一天，贾岛骑着驴打着伞，横截在长安城的街道上。当时秋风劲吹，黄叶满地，一片萧索，贾岛灵感一来，突然吟出一句："落叶满长安。"因急切中想不出对应的另一句诗来，忘记回避，冲撞了大京兆尹刘栖楚的轿子和仪仗队。这刘栖楚可不是"文起八代之衰"的知音诗人韩愈，贾岛被抓起来关了一晚才出来。

更倒霉的还在后头。一次，贾岛在定水精舍碰到了武宗皇帝，贾岛对皇帝有些心不在焉，轻慢表情写在脸上。这还了得，皇帝生气了，后果很严重。很快，皇帝下旨将贾岛逐出京城，降职为遂州长江县（今四川大英，县治在回马镇）主簿，不久改任普州司仓。贾岛一路奔波，于公元843年七月死在任职地。

最后六年　在川度过

得罪了皇帝的贾岛离开了长安（今陕西西安）这个政治文化中心和诗友亲朋的贾岛，内心的孤寂只有他一个人品尝得出。

自京城出发，贾岛在途中写了首《寄令狐相公》（亦作《赴长江道中》）诗："策杖驰山驿，逢人问梓州。长江那日到？行客替生愁。"山塬浩茫，云水激荡，映衬出清瘦诗人的茕茕孑立，前途渺茫。

南下巴蜀，千里川陕道，漫漫不归路。绝壁万丈，层峦叠嶂，风沙、瘴气、酷阳、冻馁、野兽、泥石流等蝗虫般袭来……贾岛入川途中，常常遇到不少移民，此时，虽"安史之乱"已过去了七八十年，但仍有不少百姓源源不断拖家带口，奔向相对安宁富庶的天府之国。或三五成伴，攀缘于蚕丛山道，或为官兵敲诈，或遭匪患拦截，或受虎豹袭击。激流山峦间，酷暑寒冬里，留下无尽辛酸的行旅足迹……

贾岛一路颠簸、风尘仆仆来到四川，他先是在长江（今四川大英）县主簿任上，工作勤勉努力，深得百姓拥戴。

性格耿介的贾岛，依然在诗歌中发了不少牢骚，比如，他诗中一再称自己是"逐客""迁人"，"三年在任，卷不释手"。贾岛对长江县充满深深的感谢、怀念和眷恋之情，把一生用心血吟成的诗歌命名为《长江集》，后世也称他为"贾长江"。

据《贾岛年谱》记载，贾岛在任长江县主簿时，写了《赴长江道中》《观冬设上东川杨尚书》《谢令狐相公赐衣九事》《寄令狐相公》等共计十八首诗。但实际上，应该远不止这些。

贾岛为政之余或吟诗作赋，或诵读佛经，与一二知己开怀畅饮。长江县城附近的明月山上有座玩月亭，贾岛常到亭中读书，或登眺吟咏，诗有《明月山怀独孤崇鱼琢》《送独孤马二秀才居明月山读书》，表明贾岛对当地知友独孤崇（字鱼琢）秀才、马秀才等人的深厚感情以及对明月山的喜爱："明月长在目，明月长在心。在心复在目，何得稀去寻？"

开成五年（840），贾岛任期满后，升任普州（今四川安岳）司仓参军（掌管财政税收的官职），官阶由从九品升为正八品。

普州地处川中腹地，境内石刻"上承敦煌，下启大足"，素有"中国佛雕之都"美誉。贾岛到任后，很快入乡随俗。政务之余，他常去南门外的南楼读书作诗，写过不少诗，最有名的是《夏夜登南楼》，全诗如下："水岸寒楼带月跻，夏林初见岳阳溪。一点新萤报秋信，不知何处是菩提。"表达了身在异乡、前途迷茫的孤寂落寞。

会昌三年（843），贾岛再次期满，升任普州司户参军。遗憾的是，他还没来得及赴任就去世了，享年六十四岁。他在四川度过了人生中最后的六年。

贾岛一生贫困潦倒，官微职小，禄不养身。死之日，家无一钱，只有一头病驴和一张古琴，教人为之一叹。贾岛去世后，夫人刘氏按其遗愿，把他安葬在城南的安泉山麓，朋友苏绛为他写了《贾司仓墓志铭》。

"郊寒岛瘦" 诗家丰碑

作为声名卓著的唐代大诗人，贾岛生命天空中最舒朗的日子，是和孟郊、韩愈等诗友悠然待在一起的。那段时间他诗兴大发，创作了不少脍炙人口的佳作。

元和九年（814），贾岛的好友孟郊突发急病而死。长庆四年（824），贾岛恩人韩愈也倏然病逝。平时朋友本就不多的贾岛，一时郁闷之极。

中国古代文学史上，贾岛与孟郊并称"郊寒岛瘦"。"郊寒岛瘦"出自大文豪苏轼的《祭柳子玉文》，原话是"元轻白俗，郊寒岛瘦"。

苏东坡这人挺有意思，他说出的许多关于诗文的观点常常一鸣惊人，也留下不少佳句。

"郊寒岛瘦"指的是孟郊、贾岛的诗歌风格。苏东坡的意思是，孟郊、贾岛的诗风格清奇悲凄，幽峭枯寂，格局狭隘窄小，破碎急促，且讲究苦吟推敲，锤字炼句，往往给人以寒瘦窘迫之感。"大江东去"的苏东坡还是觉得，两人的诗太柔靡孤崛了，暗含揶揄之意。

持苏东坡看法的也大有人在。宋初欧阳修就曾诘难说："孟郊、贾岛之徒，得其悲愁郁埋之气。"（《书梅圣俞稿后》）后来的朱熹也批评："君诗高处古无诗，岛瘦郊寒讵足差。"（《次韵谢刘仲行惠笱》）均不乏贬义。

"慈母手中线，游子身上衣"，是孟郊的不朽名句。孟郊（751—814），字东野，湖州武康（今湖州德清武康县）人。少时隐居嵩山，称处士，近五十岁才中进士，任溧阳县尉，抑郁不得志，其《游子吟》为唐诗中之极品。

孟郊和贾岛长年生活在穷苦潦倒之中，虽都曾得到过当时韩愈的奖掖与资助，但并没使他们摆脱现实生活的困顿。他们诗中，像"泪""恨""死""愁""苦"这样的字眼，随处可见。

"飒飒秋风生，愁人怨离别。含情两相向，欲语气先咽。心曲千万端，悲来却难说。别后唯所思，天涯共明月。"（孟郊《古怨别》）"一日不作诗，心源如废井。笔砚为辘轳，吟咏作縻绠。朝来重汲引，依旧得清冷。书赠同怀人，词中多苦辛。"（贾岛《戏赠友人》）

贾岛也有不少慷慨激越之作，如《病鹘吟》："俊鸟还投高处栖，腾身戛戛下云梯。有时透露凌空去，无事随风入草迷。迅疾月边捎玉兔，迟回日里拂金鸡。不缘毛羽遭零落，焉肯雄心向尔低！"雄心不改，壮志难磨，仍幻想着有凌空搏击的机会。

《唐才子传》说贾岛"居京三十年，屡试不中连败文场，囊箧空甚，遂为浮屠"，虽然穷成这样，仍不掩贾岛其性情中人的一面。

因贾岛和孟郊与平时作诗，总爱搜肠刮肚遣词造句，诗作中具有"寒瘦窘迫"的风格，都堪称中国诗史上的"苦吟诗人"。不同的是在当时，孟郊乃"五古"大家，而贾岛为"五律"的领袖。

贾岛诗在晚唐形成流派，形成诗家丰碑，后世尊崇者众多。

（本文原载于2018年12月27日《华西都市报》）

李德裕：造福四川的唐代名相

平临云鸟八窗秋，壮压西川四十州。

诸将莫贪羌族马，最高层处见边头。

——唐·薛涛《筹边楼》

提到跟四川有关的历史名人，不得不说到一个"外来户"，他就是曾经造福四川的唐代名相李德裕。

李德裕（787—849），河北赞皇县人，与其父李吉甫为晚唐两代名相。李德裕两次出将入相，为了维护朝廷正义与社稷大局，他始终与朋党佞臣不懈斗争，以致遭受政敌诬陷迫害，四次被挤出京城，两度罢免宰相，最后被流放到三亚遐荒天涯，悲愤而死。

这位经历坎坷的唐代政治家，和四川曾有很大的渊源。在今天的成都新繁镇、阿坝理县的薛城、松潘古城等地，至今保留了不少李德裕"镇危疆，保境安民"并扶持茶马互市的好口碑。

开凿湖泊　名相造福成都百姓

　　李德裕的军政生涯主要在晚唐文宗、武宗时期。总的来说有这么个特点，李德裕卷入"牛李党争"，凡遇到他的恩师或好友同僚在朝廷上有了麻烦，他就受牵连被贬谪到外地去做官。比如，太和三年（829），李德裕被文宗任命为兵部侍郎，前任宰相裴度还打算推荐他为宰相。但吏部侍郎李宗闵因得宦官之助，抢先拜相。李宗闵担心李德裕威胁到自己的地位，想法将他外放到浙西任节度使。李德裕在浙西八年，虽远离朝廷仍常上疏议政，回朝不到十日，又被李宗闵排挤出京。幸得老臣郑覃常一再举荐李德裕，唐文宗才慢慢赏识李德裕，征召他回朝任职。

　　太和四年（830）秋，势力很大的李宗闵引荐牛僧孺为宰相，再次找李德裕的麻烦——凡与李德裕亲善的官员都被排挤出朝廷。同年十月，李德裕无奈离开长安，到四川任职。

　　李德裕出任的是检校兵部尚书兼成都尹充剑南西川节度使，兼任新繁县令。这，也是李德裕第一次来四川。

　　李德裕坐镇新繁不久，就命人开凿湖泊，引青白江之水入园，修建了一座大型园林。因园林选址在原县署之东，故称东湖。

　　那天上午，我在新繁镇东湖公园看到，园内瑞莲池塘旁，有一栋高大的主体建筑，被称为"怀李堂"。怀李堂，是新繁人对晚唐时曾在新繁任职的李德裕的一份深情回报。"怀李堂"始建于宋代，重建于清同治年间，平房青瓦，回廊拥挟，外朴内秀，深寓蜀人缅怀李德裕在川"镇危疆、保境安民"，维护国家统一的历史功绩。

　　远处，几名中学生蹲在"怀李堂"回廊的诗歌墙边，抄写李德裕、王安石等古代名人的诗作。那尊三米多高的李德裕塑像，游人往来参观，评说古今，好不热闹。

　　可能很少有人知道，李德裕在新繁修建的这座东湖园林，时间还早于大名鼎鼎的苏州园林。东湖园林面积三十五亩，水面就占了三分之一，经历代营建培修，现在凿湖垒成的山石，移步换景，气势幽然。园内，湖水如镜，时有鱼儿摆尾游弋，怡然自得。一排排虬枝盘结的小叶榕树的叶子，在阳光的照射下

李德裕当年在新繁主持修建的东湖

闪烁出金色光斑，回映在水中，煞是好看。

湖内现有纪念明末清初一门四世六乡贤的"四费祠"和纪念唐李德裕、宋王益（王安石之父）、宋邑人梅挚的"三贤堂"遗址。

李德裕在新繁期间，还大力整顿当地祠庙，保存供奉前代名臣贤后的祠庙，他甚至将眼光放开，将成都、汶川、松潘一带上千座"淫祠"全部拆毁，同时拆毁一千四百多座私邑山房，以肃清盗贼，整饬治安，让百姓过点安安稳稳的日子。

西拒吐蕃　力保川西相安无事

薛城"筹边楼"，是李德裕在川的另一杰作。

薛城，位于阿坝藏族羌族自治州理县境内，距理县县城二十四公里，古为氐羌之地，是历代兵家必争的边防重镇。唐贞观二年（628）置薛城县。薛城迄今尚有三国姜维城池、唐代筹边楼和20世纪30年代末红军石刻标语等历史遗迹。

筹边楼，始建于唐太和四年（830），为时任西川节度使李德裕所建。

也就是说，新繁县令只算是李德裕的"开胃菜"，他的主要"胃口"，还是整饬川西的军政事务。

薛城筹边楼，是川西平原难得保留的一处古代防务遗址。筹边楼为正方形二层重檐歇山式木结构建筑，通高十八米。底楼为正方形。楼外建石栏杆一周，石栏杆、桩、条栏均为方形，柱顶为须弥座上托莲花瓣石珠。二楼四周板壁及顶部望板，皆彩绘各种人物故事图案，内容多为李德裕筹边故事，如商讨军事、演练兵士、山川地形等。筹边楼四周，山峦起伏，沟壑纵横，巍峨壮观。

李德裕为什么要修建这个筹边楼呢？

晚唐时期，唐军与吐蕃军在边境战事频仍，弄得双方都不安宁。李德裕既然扛上了剑南西川节度使的重担，他为了加强战备、激励士气、筹措边事，就在当地修建了筹边楼。

李德裕跟前任边关大将不一样，他颇有战略眼光，他并没把筹边楼纯粹作为军事要塞，作为死扛敌军的"钢锯岭"，而是将此楼当成一个交际场所，相当于一个豪华会所。搞这个"会所",就是为了与少数民族首领联络感情。戍边期间,李德裕还不定期地请吐蕃头领来筹边楼"会盟",请他们喝喝酒,聊聊天,比比武,这样慢慢改变了唐蕃之间的剑拔弩张的紧张关系。

李德裕还积极改善汶川到理县一带的粮草供应方式,在保证车夫马帮安全的同时,还提高了他们的薪酬,并组建了军民一体的"雄关子弟"。这样,川西很快重新改变了边疆卫戍格局,成功做到西拒吐蕃,南拒南诏。

在李德裕的军政方略下,唐太和五年(831)五月,南诏主动放还了以前所掳掠的四千多名川人。是年九月,吐蕃维州守将悉怛谋还率部下到成都投降,李德裕大喜过望,一面立即上奏朝廷,同时派兵迅速入据其城,使沦丧四十年之久的维州城不费一兵一卒,又重新归还了大唐版图。

李德裕任剑南西川节度使的三年间,唐军与吐蕃等少数民族在川西相安无事,很少像以往那样隔三岔五你打我我打你,弄得鸡飞狗跳。这,在当时是很不容易的。

那天,我独自登上筹边楼的最高层,凭栏眺望,夕阳下,崇山峻岭,逶迤连绵。远处草地上,吃草的牛羊被阳光勾勒出一道金边。而筹边楼下面的博物馆里,墙上那首唐代女诗人薛涛的《筹边楼》,即刻引起了我的注意。诗作是这样的:

> 平临云鸟八窗秋,壮压西川四十州。
>
> 诸将莫贪羌族马,最高层处见边头。

"历事西川十一镇"的薛涛,为什么要写这样一首诗呢?她当时从李德裕身上想到了什么?

调离四川 一贬再贬魂断南溟

李德裕在四川的风光日子并不长久。

唐太和七年(833)夏,也就是李德裕在川任职三年后,他在极不情愿的

新繁镇李德裕塑像

情况下调离四川。李德裕当然没想到，此后边疆纠纷又起，薛涛诗中的"羌旅"，就是指吐蕃，这时又一大唐丞相继任兼西川节度使。但他比起李德裕来说，处理军政事物的能力差远了。

薛涛写《筹边楼》的时候，已是六十左右的老妪。黄昏中，残阳如血，这位愤世嫉俗的女诗人伫立在汩汩滔滔的杂谷脑河边，猎猎寒风呜呜吹来，吹拂着她的发髻。远处的战鼓牛角，隐隐透过山坳传来，预示着这里又可能再次卷入刀枪剑戟、斧钺钢叉的战火之中。女诗人似乎听到了远处的天穹在草原上塌陷的声音，她悲从中来，写下了《筹边楼》。

诗中，薛涛不客气地指出，李德裕离川后新来的节度使目光短浅，贪婪冒功，穷兵黩武，使得美丽川西边衅不断，狼烟冲天，百姓又陷入水深火热之中。

后来，离开西川的李德裕在唐宣宗时被连贬三次，仕途极为坎坷。史书记载，李德裕被贬，主要原因是他作为李党成员在"牛李党争"中失败了。公元846年五月，武宗时期被贬的牛僧孺、崔珙、杨嗣复、李珏皆同日提升。这些惯于结党的人，发挥他们的一贯的长项，既陷溺李德裕，又迎合宣宗。

公元847年，他们指使党人李咸污蔑李德裕辅政时的一些私事。于是该年秋，李德裕被改为以太子少保身份留守东都洛阳。不久再被南贬广东，任潮州司马。

可惜的是，因"牛李党争"延续四十年以及在"会昌中兴"中坚持中央集权并灭佛，争议太大，李德裕的声名也一度像他的命运一样，湮没在历史中。唐大中三年（850），一代名相李德裕卒于海南崖州，时年六十三。

李德裕功成北阙，却魂断南溟，令许多史家扼腕不平，感慨曰："呜呼烟阁，谁上丹青？"说他壮年得位，锐于布政，革弊泽民，胸次磊落，气象光明。用杜甫"伯仲之间见伊吕，指挥若定失萧曹"诗句形容他也不为过。

近代梁启超把李德裕与管仲、商鞅、诸葛亮、王安石、张居正并列，称他是中国古代六大政治家之一，这是不无道理的。

"遥控"松潘　大力扶持茶马互市

这里，我们还必须提到另一段史实：李德裕，应该是最早执行大唐茶马互市政令的在川官员。

今天的松潘古城北门，有两尊暗红色的塑像非常引人注目：一尊是门洞以北的文成公主和松赞干布塑像；另一尊，是门洞以南的李德裕将军塑像。

松赞干布塑像上，藏族强人松赞干布，右手揽着美人，左手指向前方，也许他是在告诉文成公主长安就在那方远处，也许是在说那边就是人间仙境九寨沟……

塑像向人们述说着千余年前在此发生的促使文成公主入蕃和亲的"唐蕃之战"：吐蕃首领松赞干布派使者前往长安求婚。路过松州，被州官徐齐扣押，松赞干布大怒，亲率大兵二十万入侵松州，都督韩威应战失败，太宗命吏部尚书侯君集统军抵达松州，川主寺一战，松赞干布兵败回藏。不久，他遣使臣送黄金以求通婚和好，太宗晓以大义，遂将太宗女文成公主嫁于松赞干布。松赞干布在位后期，他指定专人与大唐进行茶叶贸易。由于西藏茶叶需求量大增，西藏每年都以大量的优良马匹与内地互换茶叶。

也就是在那个时期，开创了中国历史上藏汉两族之间源远流长的茶马互市。作为呼应，唐朝这边也及时设立了互市监，专管茶马商业贸易。

这就涉及李德裕了。

我们先看看松潘北门李德裕的塑像。将军头戴介帻冠，腰系碧玉巡方带，脚穿长靿，身披铠甲，左手持文书，右手握剑鞘，双眼炯炯有神望着远方。他的身后，护卫甲械齐整，戈戟威武，旌旗猎猎……

当年，李德裕受命在川戍边。这位"壮压西川四十州"的剑南节度使，主政一方，经常往来成都、松潘等地巡视，并大力扶持康藏高原的茶马互市。唐太和六年（832）初，李德裕还斥资修缮了从松潘到丹巴一带的茶马互市石板路，率先在康藏高原实行"贡马折银"新制，规定每匹马折银八两，每户征银八分，对茶叶改征"茶封税"，提高了康藏马帮、背夫的劳作待遇。

李德裕离川前，还专门设立了商务机构——茶马司，并在与吐蕃交界的各州地设立"市马"场所，使吐蕃用马、牛等畜产品和土特产，来交换成都、雅安、邛崃、汶川的茶叶、丝绸、粮食、瓷器、皮革等物品。

"独上高楼望帝京，鸟飞犹是半年程。青山似欲留人住，百匝千遭绕郡城。"登上松潘城楼，李德裕这首表明他被贬后回京无望、着眼于人事的《登崖州城作》，如遥远古道上的马帮铃声，悠然回响在我的耳际……

（本文原载于2017年4月29日《华西都市报》）

中岩寺：苏东坡初恋地

　　苏东坡是北宋的大文豪，不过，他在成为文豪之前，也曾默默耕读于幽僻山林，也曾在"野渡无人舟自横"的地方踱步、题字、咏诗、交友。而苏东坡年少时求学交友的地方，就在他故乡眉山附近的青神县中岩寺。在那里，年轻的才子还顺带收获了他的初恋。

　　被誉为"西川林泉最佳处"的中岩寺，青峰冥壑，峻避回流，竹树朦胧，曲径通幽，常年气温温和，鸟语花香，是个清幽宁静的好地方。大文豪在这样一个好地方酝酿出一段生死难忘的爱情，也是顺理成章的。

苏轼慨然题写"唤鱼池"

　　中岩寺位于青神县城东南十公里处，傍岷江东岸，分上、中、下三寺，统称"中岩"，面积约五平方公里。岩间满布题刻，多出名家，为中岩文物的天然宝藏之一。即使是在四川，知道这个好去处的人也是不多的。

前不久，我们驱车由青神县城东出来，行约二十分钟，过一座大桥，拐上一条顺江延伸的乡村公路，路不宽，但还平整，水泥路面，略有起伏。夹道是一簇簇竹林，间中稀疏排列着的，是一幢幢新式农居，多是一楼一底的红砖房，间或是贴有瓷砖的四合院，有点"新农村"的意思。

这里的植被种类异常丰富。一座茂密的树林里，高大的樾树、楝树、椿树树梢上，筑满了朱鹮、鹭鸟的鸟巢。附近不到一平方公里的树林里，鸟巢达数百个。鸟儿在鸣唱，朱鹮在嬉戏，引得游客纷纷举起手机拍摄。

沿着中岩下寺右侧的石级小径行约半公里，入两山耸峙之峡溪，沿溪数折即至。悬崖峭壁下，花竹如绣，澄潭一泓，相传为慈姥夫人之窟宅，世称"龙湫"，古有"龙湫胜景"之誉；其上即慈姥岩。

进入山中不久，就可看到一方由山泉汇集而成的清池。表面上，除了池水较深较冷，并无任何独特之处。奇怪的是，我们临池拍手，池中游鱼居然真的循声游到岸边。此时再看池边石壁上的"唤鱼池"三个大字，才知道这个名字是如此贴切而富有灵性。而这三个字，正是大文豪苏轼亲手所题。

清幽山林里的佳人才子

据中岩寺档案资料和眉山地方志介绍，北宋初年，青神县进士王方召集苏东坡等乡贤名士在池边聚会，想为这个水池取名。那时苏东坡才十九岁，他心下琢磨，于是为它取名叫"唤鱼池"。

恰好此时，王方的爱女、十六岁的王弗姑娘也从家中遣使女送来荐名投笺，打开后，笺上竟赫然写着"唤鱼池"三字。王弗长得如花似玉，冰雪聪明，待人和善温婉，自幼受父熏陶，颇有诗书才华。

中岩寺门前是浩荡的岷江，江对岸是思蒙河入口。当时思蒙河入口处有一桥名瑞草，王弗家在左边，苏轼外婆家在右边，仅一河之隔。外婆家是每个人儿时的天堂。可以猜测，苏轼和王弗儿时或许是相识的，算是两小无猜青梅竹马。后来，因了他们的缘故，无数文人墨客曾到瑞草桥一游。陆游陆放翁就专门跑过来留恋一番，并以之为题赋诗一首：

柘叶飕飕雪意骄，檐头双兔遇归樵。

宿酲未解题诗懒，虚过风流瑞草桥。

遗憾的是千载岁月，瑞草桥今已不存。前段时间再去中岩寺，听说当地政府将重建瑞草桥，恢复此景。

话说在中岩寺，曼妙少女王弗与苏东坡心有灵犀，一见钟情。王方大喜，连称："妙，妙，妙！"即请苏东坡手书"唤鱼池"三大字，刻于崖壁之上。有美女助阵，苏东坡豪情大发，即席挥毫写下这三个潇洒的大字。从此，"龙湫"胜景，便添"唤鱼联姻"的千秋佳话，共成"龙湫唤鱼"的名胜景观。直到今天，这三字还生动清晰，呼之欲出。

苏轼的才华赢得了王方的喜爱，几经周折，王方决意将王弗嫁给苏轼。仙山清池，佳人才子，这个美丽的故事为本来就美丽的山川增色不少，让壁上的清泉至今每每低语不止。

这对年轻人开始了在那个年代极为难得的自由恋爱，中岩寺的瑞草桥上，留下两人缠绵相依的身影，两人常常聊到天黑。风花雪月，寒暑更迭，两人越来越难以分离。

苏东坡的故乡，就在距此仅几十公里的眉山市。王弗在她十七岁那年，嫁给了十九岁的苏东坡。新婚之夜，花容月貌在大红喜字映照下，更加显得娇艳美丽。苏东坡则站在一旁欣赏着爱妻，当花烛点下，一个女子的幸福是美好的。后来，在苏轼与访客交往的时候，王弗经常立在屏风后面倾听谈话，事后告诉苏轼她对某人性情为人的总结和看法，结果无不言中。每当苏轼读书的时候，王弗则在旁边终日不去。后来苏轼有遗忘的地方，她反倒给予提醒。好奇的苏轼问她别的书里的问题，她都能答上来，这让苏轼又惊又喜。

苏东坡三十岁那年，生活发生了戏剧性变化：王弗红颜薄命，因病离世，时年二十八岁。痛不欲生的苏东坡把爱妻葬在自己母亲程夫人的墓旁。

难忘"十年生死两茫茫"

十多年后，仕途多有沉浮的苏东坡竟然多次与爱妻王弗在梦中相会，惊人的一梦，梦中情景何为真切，怎不让人肝肠寸断，于是，他含泪写下那首著名的词篇《江城子》："十年生死两茫茫。不思量，自难忘。千里孤坟，无处话凄凉。纵使相逢应不识，尘满面，鬓如霜。　夜来幽梦忽还乡。小轩窗，正梳妆。相顾无言，唯有泪千行，料得年年断肠处，明月夜，短松岗。"

中岩寺是个人文底蕴很深的宝地，除了苏东坡和他爱妻王弗的故事，这里"千佛长廊"的尽头，还有一座玉泉岩。明人熊相《中岩记》称："岩覆如屋，泉出岩这东西，两石龙吞吐之。喷若溅珠，殊可爱。"《蜀中名胜记》（卷十二）称："岩之半，为流杯池，一曰太极池。"宋代大文学家黄庭坚当年客居青神三个月，曾屡被邀游中岩，每于玉泉岩赏景抒怀，并行吟《玉泉铭》，笔走刊石以纪胜。其间，陆游等历代文人雅士慕而效仿，相约来此煮茗行乐。

中岩寺的"平台伏虎"，也是苏东坡夫妇和黄庭坚、陆游等当年经常光顾题词的地方。那天，我在"平台伏虎"看到，这座岩石高八九米，石下有一小石桥横卧溪壑之上，名"虎桥"。据《四川通志》和《蜀中名胜记》载，在唐代，一日，夕阳西下，山中香火渐稀，游人纷纷下山之际，突然风撼丛林，周天阴霾乍起，幽壑中虎啸大作，夹带小孩呼救之声。中岩寺一著名禅师睁目而视，见石笋峰下，一只斑斓猛虎正追扑两名小童，状甚危急。那禅师急忙打动佛号，一声"阿弥陀佛"，他飞身直下，弹指飞起巨石，将老虎生生降伏，救出了小童。后人将这个故事刻写于岩石上，以资纪念。

（本文原载于2014年9月7日《华西都市报》）

第三编

蜀地沧桑

清幽川竹，「撑」起衣食住行

金庸《射雕英雄传》和《神雕侠侣》里，出现过一种很吊诡的兵器——打狗棒。"那竹棒儿有如一根极坚韧的细藤，缠住大树后，任那树粗大数十倍，不论如何横挺直长，也休想再能脱却束缚。"他写道。洪七公的打狗棒共有三十六路一十二招，为丐帮镇帮绝学。

一根竹棒儿舞得风生水起，几乎无敌于江湖，只有黄药师的竹制洞箫可以和洪七公晒晒风头。

这当然是小说，是成年人的童话。

但现实生活中，竹子的"厉害"却无所不在。

从四川眉山地区有一首古老的民歌《弹歌》："断竹、续竹、飞土、逐肉。"这是说，早在数千年前，祖先已用竹子制作了箭头、弓弩等武器，用于娱乐、捕猎或战争了。

四川走出去的宋代大文豪苏东坡感叹："食者竹笋、庇者竹瓦、载者竹筏、炊者竹薪、衣者竹皮、书者竹纸、履者竹鞋，真可谓不可一日无此君也。"也说的是，自古以来，竹与人类的文化生活结下了不解之缘，日常衣、食、住、行中到处都有竹的倩影。

制盐 竹笕古人输送盐卤的管道

大巴山南麓大宁河西侧，距河面三四米高的岩壁上，还遗存着许多方形石孔。这些相距约两米的石孔，由巫山县龙门峡溯河而上，延伸到巫溪县宁厂镇的后溪河，全长两百七十多里。20世纪90年代初，四川大学历史学教授任乃强等人考据发现，这是迄今国内发现的最长竹制输卤栈道。

东汉初年，官署大举开发大宁食盐，为了把巫溪宁厂镇的盐卤水引导到下游的巫山县大昌镇大规模熬制，先后征用了数万名民工在大宁河岩壁上凿建栈道，再上置竹笕，输送盐卤。这项工程耗时五十多年，到东汉永平七年（64）才完成，其规模之浩大、施工之艰难，使用之长久，堪称世界奇迹。

"笕"，也可以说是世界上最古老的用竹子制作的自来水管。任乃强《四川上古史新探》里说，大宁河沿岸，峭壁险峰，山势奇险，河水急湍似箭，猛浪若奔，靠人力根本无法将盐卤水运到下游，聪明的大巴山先民就用竹子制作的竹笕作为"管道"，运输盐卤。这样，既节约了人力物力成本，也避免了盐卤的流失。

任乃强还考证出，大宁河先民是用斑竹制作竹笕的。斑竹，又名湘妃竹，散生型，竿高直，挺拔，径大，质硬，竹面上有褐色斑点，传说是尧帝的两个女儿泪夫的眼泪洒在上而形成的，故名"斑竹"。这种竹多用于建筑材料，也可剖成篾条作编织用。当年的川江上，古代拉船的纤绳，也主要是用此竹篾编制而成的，特点是水不易浸蚀它，轻便，拉力强。

"架影高低筒络绎，车声辘轳井相连"，"脚踏圆刀二百斤，凿断千山万山脉"，"井深一丈千黄金，日落昏黄万灶烟"……素有"盐都"之称的乐山五通桥，当年井架林立，输卤笕竿蜘蛛网般交织，笕竿的尽头是浓烟弥漫的灶房，灶房外，上千船只和竹筏停泊在江面上。竹制品，也几乎撑起了这座古盐都的半壁江山。而在自贡燊海井，汉代时人们就习惯用竹缆绳打出深厚度达

清幽川竹，"撑"起衣食住行

一千六百米的盐井，这种竹缆绳打井技术，19世纪才传到欧洲。

公元前251年李冰修筑都江堰时，也使用了大量竹子，都江堰沿袭至今的"放水节"上使用的拦河杩槎，更少不了竹制品。杩槎，是用来挡水的三脚木架，应用时以多个排列成行，每个中设平台，台上置石块，在迎水面上加系横木及竖木，外置竹席，并加培粘土，即可起挡水作用。竹的作用显而易见。

居住　"可使食无肉，不可居无竹"

竹竿，更是在巴蜀地区建筑工程施工脚手架的主体材料，在近代的冶金技术未能向社会提供大量廉价的铁丝之前，捆绑脚手架一直采用竹篾或藤条。

我小时候经常跟当泥水匠的爷爷去建筑工地玩，看他如何搭建脚手架。爷爷手巧，会搭建插销式脚手架、圆盘式脚手架、方塔式脚手架、爬架等，这些脚手架上的脚踏板（俗称过桥板）全是用厚实的竹片串成的。有一次，一个挑

四川到处都有这样的的竹筏子

砖瓦的小工不小心掉下去，刚好落在富有弹性的竹制过桥板上，缓冲一下再落到地面，保住了性命。

苏东坡十分爱竹，他的"可使食无肉，不可居无竹，无肉令人瘦，无竹令人俗"成为千古名句，这也说明东坡对"竹屋"或有竹子居所的喜爱程度。邛崃是个盛产竹子的地方，竹溪湖四周全是绿幽幽一片。我在那里看到，碧湖之上，亭子、观景台、廊道、浮桥等全是用竹制作的，整个竹溪湖说不出的幽静与清凉。长宁县蜀南竹海的竹桥更是妙趣横生，那里的竹桥技术无处不在：有梁桥的平直、索桥的凌空、浮桥的韵味、拱桥的优美。竹海里的竹亭也花样百出，有单层也有双层，造型多样，有的和廊道结合，美观自然，不仅是供人憩息的场所，也是旅游景区独特的景观建筑。

眉山文化学者邵永义告诉笔者，汉阳镇作为竹子盛产之地，20世纪70年代，镇内上游村、向阳村、小三峡村的农民还大多住在竹楼内。那些竹建筑，是以竹为承重构架的穿斗式结构草房，村民用粗竹当作柱子和穿枋，形成房屋的大骨架，再以较细的竹竿当作檩和椽，形成竹屋的筋骨，再上铺稻草兼作屋顶的挡雨流水层和保暖层。房屋的围墙，则是板筑的土墙或竹篱为骨架内外糊泥的轻质墙。邵永义说，由于质量轻、弹性好，竹子的抗震功能非常突出。在青神县明清时遇到的几次地震中，老百姓的竹房屋大多保存完好，少有倒塌，其他木质建筑则没那么幸运。

这种以竹（或木）糊草顶和土墙的民用住房，在四川被称为"草房"或"茅草房"，由于竹、草、土等建筑材料廉价易得，草房建筑成为世世代代劳苦大众的栖身之所。不过，由于竹材的粗细有限，中空的竹筒又不能像木材那样开榫作卯来联结成大规模的、结构稳定的构架，所以在承重性能或耐久性方面，比起榫卯结构的木构架还是差了许多。

川南泸州、宜宾、内江等地过去的乡村竹房，主要采用重组竹构建。重组竹又称重竹，是一种将竹材重新组织并加以强化成型的竹质新材料，也就是将竹材碾成竹丝束，经历干燥、浸胶、再干燥的三重"历练"，就会摇身一变，成为一种竹质新材料——重组竹。重组竹与红木的材性相近，触感与红木相同，温暖可亲，滑爽宜人。

古人对竹子在居住方面有专门的字词介绍。《说文》里有"笮，迫也，在瓦之下栔上"，"竹/廉，堂廉也"，"筵，竹席也，小周礼曰：度堂以筵，筵一丈"，"箦，床栈也"，"第，床箦也"，"簟，竹席也"。筵为铺地用，簟为铺床用。《汉语大字典》说，汉字的"筑"字，繁体字为"築"，从部首的归类来看，築既从竹也从木，也说明在古代竹木材料是中国传统的房屋建筑重要材料。

生活 一网打尽的"全竹宴"

吃饭用筷子，这是中国传统文化，民俗民风的显著特色。筷子是"箸"的俗称，《说文》对箸的训释是："饭攲也。"对于"攲"字，《集韵·支韵》释："以箸取物。"这种传统的食具，不论雅称的箸字还是俗称的筷字，都带有竹字头。

从古至今，还有许多炊具也是用竹料制成，如笊篱、筲箕、笼屉及笼箅。吹火筒、篝等灶具燃具，甚至用竹作为燃料能源。直到现代，还沿用"篝火"这一词汇，当然意思有了改变。

我在邛崃天台山高河镇旅游时看到，当地的一些居民，用竹筒装上米水放入火堆内烧焖成饭，这里，竹筒又成了一次性的炊具，竹筒饭成为颇具民族风味的一种饭食。

当然，竹笋本身就是一种食物，像楠竹一类竹的笋，甚至被誉为山珍之一，在中国自古被当作"菜中珍品"。竹笋是中国传统佳肴，味香质脆，食用和栽培历史极为悠久。《诗经》中就有"加豆之实，笋菹鱼醢""其籁伊何，惟笋及蒲"等诗句，表明在中国食用竹笋有两千五百年以至三千年的历史。

全竹宴，是川南地区盛行的一种宴席。也是蜀南竹海一个"川菜品牌"。全竹宴是以竹笋、竹荪蛋、竹荪菜、竹菌、竹海腊肉、竹筒豆花、竹筒竹、竹荪酒、竹泡菜等"竹"菜汇成的，可谓满桌皆是竹，无竹不成席，令人大开眼界。"全竹宴"共计有十多个大类一百多个菜品，每一道菜都与"竹"有直接或间接的联系，从竹的根菌，到竹笋、竹竿，再到竹的枝叶每一部分都得到充分利用。

眉山青神县，是岷江中游古代水路出川的重要驿站。早在二千五百多年前的春秋战国时期，青神先民就食竹笋、住竹房、用竹狩猎，用竹编篓筑堰、提水灌溉农田、编织蚕具等农业生产、生活用具。到了宋代，青神人就广泛用竹，竹编工艺已发展到一定程度。清代，膳食盒、书箱、宫扇等已作为朝廷贡品，成为官宦人家收藏珍品。我在青神县国际竹编艺术博览馆看到资料介绍：过去在青神县，竹编几乎是每个农村男人的基本手艺。竹篾制成的生活用品如竹筷、筷笼、筲箕、刷把、漏勺、吹火筒、撮箕、箩筐、背篼、虾扒、鱼篓、连枷、簸箕、斗笠、梯子、竹椅、竹篮、竹筛、竹帘、竹席、晒席等，数不胜数。

交通　从纤夫篙竿到竹子自行车

四川产竹的地区很多，所以，竹还广泛用于修筑桥梁。我们的祖先既采用直接把竹作为杆件来组成桥梁结构这种方式，也用竹索来建造悬索式桥梁。闻名于世的都江堰，就有一座极为壮观的竹索悬桥，千百年来不但方便了都江堰的交通，还成为都江堰锦上添花的一大景观。

日常生活里的"行"指交通运输，但交通运输除了涉及日常生活之外，更主要的还属于生产劳动的范畴。中空的竹筒在水里有很大的浮力，用竹编成的筏，是一种简单而实用的水上交通工具。

竹筏的发明和使用历史，应该比独木舟还要早，因为竹筏的编排要比独木剡制成舟容易得多。但竹子不能像木头那样解成宽厚的板材，也不能开榫凿卯制作结构复杂的舟船，竹筏只能作为辅助性的水上交通工具。然而，在古代木质的舟船上，却少不了竹制的船具：篙竿，撑船的工具，甲骨文里就有"舟"字，像人手执篙竿立于舟上；篷，竹篾编成的风帆或苫舱物；纤（縴）缆，细篾条编辫而成的拖船用的缆绳，比棕绳或麻绳的水湿后强度高，水湿后耐腐蚀性也较高，因而至今川江上的木船还用竹作为纤缆。

我过去在故乡大宁河畔看到，船工修造木船时，对船板之间的缝隙，用的是竹箬丝裹夹着桐油石灰膏嵌塞到船缝里，这样船坞才不会开裂。一千多年前的《玉篇·竹部》释"笍"："竹笍，以塞舟。"足见竹笍是修造船的工艺技术里必不可少的工程材料。

前不久，两个叫任尧和冷连杰的四川小伙儿发明制作了竹子自行车，还准备卖到欧洲，引起很多人的兴趣。小伙子鼓捣出的竹子自行车，采用川南地区海拔一千米以上的天然竹子制作，接口处利用了天然麻绳与特殊固化物，并装饰以青花瓷纹饰。该车重量与碳纤维自行车相当，可以自由骑行，坚固耐用。

当然，选材是最大的问题。刚起步时，他们曾踏上"寻竹"之旅：去过成都三环路外的竹厂，拜访当地竹农；同时还成了望江楼公园竹园的常客。看外观、估外径、摸厚薄——经过对二十余种竹材的测试后，他们最终选择了兼具韧性和匀称度的广东厘竹，以三到五年生的厘竹为最佳。2016年，他们这个团队成员，还骑着竹子自行车从成都出发前往拉萨，很是拉风。

古代陆上的重要交通工具——车，也有不少竹质的零部件和车具，并通过汉字的字形保留了这方面的历史信息。"箱"，《说文》训释为"大车牝服也，从竹相声"，《汉语大字典》进一步考释为"车内可供人乘坐或装载物品的地方"。箧、笭两字也表示车箱，许公均释"车笭也"。

此外，轿在早期是一种便于翻山越岭的轻质竹舆，人力抬动的交通工具，至今在西南几省，比如峨眉山旅游区，还有竹制成的简易轿子——滑竿。

至今，川南地区的人力货运架子车和人力货运三轮车，都采用竹板弹簧做承载和减震系统。人力货运车受人体力的限制，载重量小于畜力车和机动车，钢板弹簧在小载重量下不易与车辆匹配，而柔度大一些的竹板弹簧，则在人力货运车上发挥了作用。另外，古代外出行路的遮阳或挡雨的伞具也多是竹子制成的。

（本文原载于2017年2月5日《华西都市报》）

清朝阆中大战：传奇「护考」之战

　　炮火声中，他一边催促吴三桂火速赶来助战，一边安抚惊慌失措的考生们安心考试……

　　清顺治九年（1652）八月底，四川保宁城（今四川阆中）突然响起急促的牛角声：五万名张献忠余部大军兵临城下，猛烈攻伐；城内贡院，来自三十个县的数百名乡试考生手拿考卷，眼神惊恐，心乱如麻。

　　这时，一名身形清癯的文官挺身而出，他一边镇定地安抚考生继续考试，一边登上城堞协调、指挥作战，并敦促吴三桂火速赶来参战。他身边箭镞横飞，火炮连天，尸横遍野……

　　这名官员，就是清代首任四川乡试监临郝浴。

　　这场战事，也事关大清入关后天下大势的微妙走向。

主考官郝浴"摊上大事"

今天的阆中古城学道街，有个远近有名的阆中贡院。阆中贡院建于何时无从稽考，但从中折射出中国科考与状元文化在这片土地上的植根深远。这里先后出现有唐代的尹氏兄弟状元、宋代的陈氏兄弟状元，为全国仅有。明代这里也是乡试所在地。清顺治年间，阆中作四川临时省会十几年间，贡院又举办了四次乡试，被称清代四川"第一考棚"。

乡试，是明清两代每三年在各省省城（包括京城）举行的一次考试，一般在八月举行，主考官由皇帝委派。乡试是中国科举史上竞争最激烈的一级考试。

阆中贡院，是一座三进四合庭式建筑，纯穿斗木结构，房舍整齐规矩，高出街坊民居一头。前院是考场，后院是斋舍，四周都是号房（考棚）。贡院西南角，一朵朵红艳艳的芍药开得正旺，为这座古色古香的建筑平添些许妩媚。

大门处，一组塑像引起我的注意：案牍前，一位头戴水晶石"顶戴花翎"、身着青色贡缎外褂、颈挂齐膝朝珠的官员，两手放在桌案的试卷上，这个人，就是大名鼎鼎的郝浴。郝浴背后，是一面雕饰着金黄色麒麟的楠木屏风。

从塑像表情看，郝浴当时正面临一件很棘手的事。他目光炯炯，神情安详，嘴唇紧抿。他沉着应对，有勇有谋，艰难协调，最终完成了一次刀尖上的舞蹈。

郝浴（1623—1683），字雪海，清直隶定州唐城（今河北定州市唐城村）人。少有异禀，生而机警，年十四五能通六籍百家言。清顺治六年（1649）中进士，授刑部主事。顺治八年（1651），改任负责考核吏治、审理大案、职权颇重的湖广道御史，后巡按四川（监察御史），坐镇四川临时首府保宁城（阆中）。

顺治九年（1652），历史的巨手将郝浴推到一个风口浪尖，一个关系到清朝科举考试命途的诡谲前台。

阆中贡院里的郝浴（左）塑像

刘文秀五万大军兵临城下

之前，1647年，大西统帅张献忠逃离成都后，在西充县凤凰山被清军突袭射杀，张四个义子之一的孙可望继承权位，并联合南明残军一起抗清。反清势力在西南地区攻势很猛。清廷十分惶恐，派平西王吴三桂、四川巡抚李国英、汉八旗将领李国翰等，率领川陕边区的清军南下，进川剿除孙可望等势力。清军很快攻占了四川大片地区，对云贵等地的反清武装也造成威胁。孙可望一怒之下，派抚南王刘文秀率五万大军向清军发起反攻，其中一重要任务，就是拿下阆中这个临时省府和军事重镇。

刘文秀，陕西延安人，曾是张献忠麾下虎将，张献忠建立大西政权以后，他和孙可望、李定国、艾能奇并称为四将军。刘文秀人如其名，虽武艺高强，作战勇猛，但性格偏软，缺乏主谋决断力和统帅力，是四将军中相对平庸的一个。

顺治九年（1652）八月中旬，刘文秀按孙可望的命令，带五万大军从川南出发，屡战屡胜，歼敌数万人，几乎收复了四川全境。此时吴三桂等多次战败，逃回到川北广元一带。刘文秀军直逼阆中。

阆中，旧称保宁府，地处嘉陵江中游，秦巴山南麓，山围四面，水绕三方，地理位置重要，历来为兵家必争之地，三国时期，蜀汉大将张飞在此镇守七年。

这里需要交代一个史实，放着两百多公里外那么大一个成都城，清廷为啥要将阆中作为四川的临时省会呢？

南充文史学者刘先澄先生指出，清顺治三年（1646），四川大闹饥荒，《蜀难叙略》称："山深处，升米价二三两，菽麦减半。荒残甚者，虽万金无所得食。"加之张献忠的空前烧杀屠城，使四十万人口的成都仅剩二十来户居民，昔日"扬一益二"的成都已无民可治，省衙不得不重新选设"左通荆襄，右出秦陇"的阆中作为临时省治。

清咸丰元年（1851）版《阆中县志》载：明末清初的阆中城，城池墙周12里，呈正方形，城高11.7米，上宽5米，下阔11.7米。开四门：东曰望瀛、南曰迎薰、西曰瞻岳、北曰拱极；外有宽十米、深五米的城壕。城墙石块是用糯米和桐油粘连的，坚固异常。

连发七信催促、警告吴三桂

刘文秀大军来袭，阆中城内又有多少兵马可抵挡呢？

当代历史学家顾城著《南明史》援引四川巡抚李国英《李勤襄公抚督秦蜀奏议》说，顺治九年（1652）八月中旬，被刘文秀打败的吴三桂等退至绵州，接着又退到广元。临时省会阆中，只有巡按御史郝浴和总兵严自明部下的两百多名士卒。

区区两百多人要对付五万来敌，无异于鸡蛋碰石头，就是十个猛张飞都只能干瞪眼。

1652年夏末，惊雷过后，一场绵绵细雨漫漶在川北大地，白茫茫雾岚浸润着城内的瓦舍灰墙，落叶纷飞，雀鸟唧啾。阆中贡院也越发不平静，此时，来自四川三十个县的数百名考生，正在伏案参加一场重要的乡试。

说这是重要乡试，有个历史背景。当时，刚在川北站稳脚跟的清政府，继续沿用中原王朝通过科举考试选拔官吏的制度，在阆中这个四川临时省治设立了贡院。这也是大清入关以来在四川的首次乡试，是安抚人心、稳定大局的重要举措。

作为四川的巡按大人，又是首任四川乡试监临，郝浴当时的主要使命就是为这次乡试保驾护航。扛着这么重的担子，他当然不想把事情搞砸了。

战马嘚嘚，旌旗猎猎，戈戟如林，烟尘漫天，沿途草木都被这雷霆之风裹挟得挺立森严。八月下旬，刘文秀大军攻克了阆中以外的四川全部地区。八月底，前锋直逼阆中城下。此时，持续二十来天的阆中乡试，也进入尾声。

刘文秀大军兵临城下，扎营磨刀。贡院内的考生们慌作一团。这些各地来的数百名学子，原本想通过科举考试来个鲤鱼跳龙门，没想到受困于插翅难飞的阆中城，弄不好还有性命之忧，一时方寸大乱，有的人披头散发捶胸顿足，有的人哭闹着要跳墙跳楼，有的人絮絮叨叨责骂家人、抱怨祖先。一时，贡院内斯文不再，人心惶惶。

为确保乡试的顺利进行，郝浴叫来川北道道台，令他严格维护考场秩序，战事再紧都不能中断考试。郝浴现在完全不再像个文弱的男人，他身上的怒火熊熊燃烧，于是不顾危险登上城楼，协助安排战事，稳定军心。开战后，身边箭镞横飞，火炮连天，城墙砖石不断被炸裂，攻守战打成一团糨糊，守城士兵一个个倒在他脚下。后来清大学士兼礼部尚书熊赐履所撰《郝浴墓志铭》称他"凭堞指挥，矢石过耳，屹不为动"，又"轻骑遍历行间，激发忠义"，使"将士踊跃，背城迎战，无不一当百"，盛赞郝浴临危不惧的大才风度。

郝浴深谙兵不厌诈之理，他吩咐四名官兵在城楼上大声喊话：大家别慌，稳住，驻陕清军驰援阆中的部队已行至半道，救兵要来了。守城官兵和贡院考生闻此消息，情绪才稍稍稳定。

郝浴当然知道，打仗这事儿不能光靠忽悠，得凭实力。他一天内发信七封，向驻守在绵阳、广元的吴三桂大军紧急求援。吴三桂明知保宁危急，却按兵不动，隔岸观火。郝浴晓之以大义，甚至明确警告："不死于贼，必死于法。"吴三桂权衡再三，不情愿地带兵驰援阆中。

这段史料在清咸丰《阆中县志·兵事》有记载："时吴三桂为刘文秀所败，文秀前锋抵城下，浴扬言秦兵（驻汉中之清军——编注）大至，众心少安。一昼夜七檄三桂赴援，责以大义。三桂至，浴面授方略，激发忠义，士卒用命，师遂克捷。"

当时刘文秀军号称六万，除了大将张先璧率领的八千多明军，其他部队都是根据张献忠大西军改编的。而城内清军，现在算上吴三桂、李国英等残部清军，也不过四万人。

大象不是来看热闹的

传奇的阆中保卫战打得很是血腥。

开打前，刘文秀手下的王复臣，是个头脑冷静的将军，他知晓己方兵马的缺陷，建议刘文秀从对方薄弱处发起进攻，即便不能全歼守军，也能迫使清军的残部主动逃走。之前把吴三桂撵得鸡飞狗跳的刘文秀，此时有些飘飘然了，他认为王复臣的建议是脱了裤子放屁，拒绝了。

据《清史稿·郝浴传》载，九月四日午后，刘文秀亲率一万主力在阆中城北发起了进攻，同时派出一哨人马去截断清军退往陕南的道路。这样一来，困守阆中的清军只能背水一战了。

阆中城下马奔人跑，潮水般排挞而来，杀声震天。攻北门时，刘文秀的军队使用了一种攻城设备"搭天车"，这种搭天车形如现在的高凳梯子，略高于城墙，下有四轮，士兵将车推到城墙下，一侧靠在城墙，士兵一手拿刀，一手扶梯往上冲。

刘文秀还在后阵排开了十多头黑乎乎的大象，这些大象不是来看热闹的，而是作为高大上的斗士准备出击的。明末战争里，战象的身影不仅出没在南方的五岭地区，且不断北上，在长江一线的四川、湖北、湖南等地出现。之前，刘文秀和他的好兄弟李定国在岭南、广西一带作战，就让战象大打出手。那是一种体量极不对称的逆差抗衡，是虎式坦克对中世纪骑兵式的蹂躏：群象冲来，黑压压一片，刀枪不入，势不可挡；它长长的鼻子轻轻一戳就将人卷到空中，再将人摔得粉身碎骨，巨大沉重的象蹄子踩到人身上，人儿立马成为肉饼。

但这次阆中大战中，爬墙夺城才是重头戏，刘文秀的战象英雄无用武之地，这些庞然大物寂寞得直跺脚，卷起长鼻儿在身上挠痒痒。

双方激战数日，打得难解难分，阴霾中的乌云徘徊不前，把玩着这场人世间的屠杀对决。攻城的兵士下饺子般从半空中跌落，守城兵士被射杀后东倒西歪，趴在城堞。惨叫声、叫骂声、砍杀声和札甲的撞挤声、兵器的碰击声，在火炮硝烟的氤氲里交织在一起。城下尸体越堆越高，血腥气越来越重，血水顺着壕沟流入滔滔嘉陵江，将青绿色江水染成一片赤红。

在郝浴的建议下，守城清军将所有军旗都换成八旗军主力部队的旗帜，以增添守军的士气，同时威慑进攻者。但刘文秀的部队根本不吃那一套，连续几次攀爬攻击，都差点得手。

九月九日前后，守军开始撑不住了，城内的考生越发狂躁，誊题的手不停地颤抖。

这个时候，站在城头指挥作战的吴三桂注意到，刘文秀的部队中，要数张先璧的八千人马战斗力最差。吴三桂决定放手一搏，他跟李国英等人商量，由李国英继续守城，吴亲率麾下骁勇的关宁铁骑开门出击，杀入张先璧的军中。

张先璧的部队被这突如其来的攻击杀懵了，狼狈逃窜，途中还冲乱友军的队形。刘文秀部一时陷入混乱，在清军的猛攻下全线溃退。王复臣的部队被乱军冲散，王不愿被俘受辱，自刎于江边。

混战中，刘文秀欲调战象出阵，踩退吴三桂军，但来不及了。刘文秀只好下令全军撤退。没想到，张先璧的弟弟张先轸在撤退时砍断了唯一的浮桥，让自己的部下先跑，导致大批友军无法过江，拥堵在江边，结果或被清军杀掉，或落水淹死。

刘文秀等人骑着剩下的几头战象，气喘吁吁渡江而逃。到了安全地带收容溃兵，这才发现，五六万人马中只有两万多人逃回来。他的爱将灭虏将军王复臣、总兵姚之贞、张先轸、王继业、杨春普等人在内的三万官兵，永远地躺在了阆中城下。刘文秀的部队还损失了两千多匹骡马和三头战象。九月中旬，刘文秀带着残兵败将翻山越岭逃回到贵州，被怒不可遏的孙可望解除军权。

阆中这边，清军也死亡上万人，城内几成废墟，一片狼藉，但乡试总算圆满结束。

阆中之战，事关天下大势

阆中保卫战之后，刚正不阿的郝浴上奏朝廷，对战前吴三桂骄纵不法、迟疑观望提出了批评。吴三桂有些心虚，他想送一套新冠服给郝浴拉拢他，被拒绝。

朝廷决定惩罚不作为的清将，查办了驻广元、绵阳的清军总兵。吴三桂因身份特殊，朝廷放他一马。

吴三桂对郝浴耿耿于怀，寻机报复。顺治十一年（1654）五月，吴三桂上奏说郝浴在《保宁奏捷疏》中自称"亲冒矢石"是欺上"冒功"。刑部没怎么调查，就武断地将郝浴定为死罪，被顺治皇帝改为免死流放奉天（沈阳）。

这一年六月，郝浴与怀有身孕的妻子王夫人辞别亲人，冒着酷暑，踏上迤逦古道。从此，郝浴流寓于奉天、铁岭，在大雪纷飞的苦寒之地度过了十九年流亡生活。

康熙十二年（1673），吴三桂反叛朝廷，郝浴奉诏复职，他对打赢平叛战

阆中古城

争提出了许多好的建议，并奏请严禁苛征，体恤民困。康熙十九年（1680），郝浴被擢升为左佥都御史，两年后升授广西巡抚。他任封疆大吏后，抚恤百姓，革除弊政，建树颇多。

康熙二十二年（1683），郝浴卒于巡抚任上。在送他灵枢回乡的路上，沿途数千里都有官吏和百姓哭泣送别。

嘉陵江宛若一条U型彩练，不舍昼夜地呵护着阆中古城，轻溅的浪花似乎在咏叹那段离奇往事。史家指出，发生在三百六十多年前的阆中保卫战，是决定当时天下大势的重要战役：要是吴三桂不援救阆中而退至汉中，阆中不保，四川尽失，且不说陕西、山西将危若累卵，清王朝难以挽回败局，至少对西南的开拓占领还要晚好多年；要是没有郝浴作为首任监临的挺身而出，也许那次乡试就会半途而废，清政府在四川开科取士还得推迟若干年。

（本文原载于2019年4月18日《华西都市报》）

故宫文物南迁入川往事

翻秦岭，陷泥泞，落激流，遇轰炸……

历时十余年，辗转上万公里，上百万件文物几乎无一损毁遗失……故宫博物院文物在抗日战争的炮火中被迫大迁移——13427箱故宫文物的精华运离北平，先至南京，后至西南，分南、中、北三路辗转入川。

文物南迁入川是在兵荒马乱的条件下进行的，途中遭遇大雪封山、汽车翻覆、船只遇难、敌机轰炸等种种险情，整个过程中文物几乎没有损伤毁坏，也没有遗失盗抢。

这场举世瞩目的文物大迁移征途中，四川人民尤其是峨眉、乐山民众做出了在当时艰难条件下无私的贡献和护佑。

民国二十年（1931）9月18日，日本关东军突袭沈阳北大营；翌年进攻热河，窥伺华北；1933年更攻陷山海关。形势告急，中国故宫博物院决定将馆藏精品转移，以避战火浩劫。此后十多年，故宫的大批珍品文物在南下、西迁的大转移途中，历经了上万公里的漫漫长途，遇到接踵而至难以想象的艰难险阻。

故宫南路"迁徙"负责人庄尚严的儿子庄灵先生的评价不无道理，说它是世界文物播迁史上的奇迹，绝不为过。

耗时一年　整理包装南迁文物

1932年秋，故宫人开始对转移文物的挑选，最终选定的珍品包括书画近9000幅，瓷器2.7万余件，铜器、铜镜、铜印2600余件，还有《四库全书》等各种文献。

以故宫转移为题材的回忆录《承载》的作者章剑华介绍说："当时，故宫人光打包就花了大半年时间，一共打出13427箱。每件文物的包装至少有4层：纸、棉花、稻草、木箱，有时候外面还套上个大铁箱。这一步骤保证了运输途中不论翻车、进水，损失微乎其微。"

章剑华说，如此精密的打包工程，主要出自故宫人自己的摸索和试验。"由于不放心，1.3万多箱文物，几乎都是由故宫里的文物专家、老职工，包括当时的领导亲自动手，每一件、每一箱都非常严密。"

待故宫人经过反复的空中落下试验，确认无误后，才在箱子外面打上当时政府和北平故宫博物院的封条，封条上记载着封存的年月。

就这样，从挑选"南迁品"到如此耗时地包装完成，故宫人共花了近一年时间。

沿途护卫　骑兵跟着火车猛跑

央视大型纪录片《故宫》还原了当时文物离京的情景：1933年2月5日晚间，北平全城戒严，故宫博物院的13427箱文物从神武门广场出发，由几十辆板车轮流运往火车站。军队全城护送，沿途军警林立，板车在熟悉的街道上行

集聚在午门前预备南迁的故宫文物

驶，街上空无一人，除了车子疾驰的辘辘声之外，听不到一点别的声音……

故宫博物院前院长郑欣淼在《故宫文物南迁及其意义》中介绍，这批浩大的故宫文物运出北平后，每节车厢都有军警，火车经过的每个分段，地方都会派出军力；一些路段还设有骑兵，沿路跟着火车跑。

随五批文物一同离开北平、走完全程"南迁"路的，还有三十位故宫人。包括马衡、庄严、那志良等近十位故宫专家，还有一大批工人、眷属。

1933年2月和3月，当文物通过铁路运至南方后，专家组临时决定，先把装书画的箱子运到上海保存。在上海，文物被放在相对安全的外国租界的两个库房里，每个库房都有法国或英国警察辅以中国便衣守卫。来自北平的三个博物馆——国立中央博物馆、历史博物馆、故宫博物院的官方书籍和文件，直接被送往国民政府的首都南京。

外展归来　形势险恶急需入川

1932年年末，正当故宫工作人员专注于文物南迁的时候，几位英国收藏家开始筹划在伦敦举办一次大型的中国艺术展览。1934年，中国教育部同意了在伦敦举办中国艺术国际展览的提议，并成立专门的审查委员会，挑出最好的艺术品供英方选用。

伦敦中国艺术品展是中国珍宝第一次在国外大规模的展出，这次展览在其他国家引起了很大的反响。

故宫博物院院长郑欣淼曾著文透露，1936年4月8日，出展的80箱文物从伦敦安全返回中国。这时，一场大灾难正在中华大地上蔓延，日军进逼上海，华东地区岌岌可危，这些珍宝不得不再次转移。于是，故宫管理委员会通过了一个方案，即分三路将文物（和政府一起）向西转移到重庆和四川地区。

三批南迁文物历险记

故宫文物南迁入川，是在兵荒马乱的条件下进行的，途中遭遇了大雪封山、汽车翻覆、船只遇难、敌机轰炸等种种险情，但整个过程中文物几乎没有损伤毁坏，也没有遗失盗抢，令人叹为观止。

第一批　在贵州安顺存放九年

1937年8月14日，曾经运往伦敦展出的那80只铁箱子，成了第一批被运出南京的文物中的一部分，这时还是在南京大屠杀发生之前，这批文物勉强逃过了被毁的命运。

第一批运出的文物沿长江水路到达汉口（武汉附近），然后用火车运到长沙。几个月内，长沙也危险了，这些箱子又经广西运至贵州——不久，长沙原来存放这些箱子的图书馆就被一颗炸弹夷为平地。

一年后，这批文物被运到了贵州安顺附近的一个隐蔽的山洞里。在这里，此批文物度过了1938年到1947年间的漫长岁月。

"每到一地都是千难万险。我还记得在去贵州的路上，乌江上有一座桥，下面是湍急的河流，中间是竹子与木板钉起来的桥，过桥时所有的人都要下车，让车慢慢开过去，我们跟在后面，小心翼翼走过去。"当年主持故宫文物南迁工作的庄严之子庄灵，在央视纪录片《故宫》里如是说。

第二批　装箱船被水冲到下游

同年11月初，第二批文物也在准备迁移。博物院的工作人员夜以继日地工作着：装箱、装车、把9331个箱子运至码头。这一大批文物在11月20日至12月8日之间离开南京，几天后，南京被攻陷。12月10日，9331箱文物通过轮船经长江被运至汉口；一天后，汉口的孔庙（文物箱件曾在这里存放）被炸毁了。箱件继续迁移，三月份到了宜昌。

文物不得不在宜昌停留几个月等待河水上涨。到了秋天，文物继续转移，穿过险恶的长江三峡到达战时首都重庆。随后重庆也陷入危机。1939年春，这些国宝箱件又被装上小木船再次迁移，部分船只由纤夫用缆绳拉着在急流中前进，目的地是四川乐山的安谷乡。

据乐山地方志记载，当时还发生了一个意外事故，有一根纤绳断了，船体失去控制，装满国宝箱件的船只连同船里的工作人员一直被水冲到下游，庆幸的是并没有太大的损失。这些文物箱件，是由搬运工扛着走完去往乐山的最后一段路程的。

第三批　刚到成都又奉命去峨眉

第三批文物从南京运出后，经陕西最后被运到四川，这是运送最艰难的一路。

这批文物共7287箱，于1937年12月10日日军攻陷南京前夕从南京出发，经陆路由火车运往徐州，接着在1938年1月到5月间又被装进300辆卡车运到陕西汉中。

这条线是沿着秦岭行进的，山间道路有时泥泞不堪，有时还会遭遇山崩。其间，一场大雪将整个运输队伍困在山间，没有食物也没有地方住，幸而后来救援队赶到。运宝大队在4月10日抵达四川，路上整整花了48天。

在去成都的路上，要经过许多交叉的渡口，满装古物箱件的船只逆流而上，只能靠人力拉。

文物在成都的储存地点是东门的大慈寺。没想到刚到成都，又一道命令下来了：要把国宝箱件再运到130多公里之外的峨眉山。

四川民众倾力护国宝

百万件文物、1.9万多箱文物、上万公里路程、长达十几年的时间跨度，所到之处，地方政府都在当地百姓的帮助下竭尽所能提供帮助，安排存放点。

故宫南迁文物，在四川乐山和峨眉两地的存放时间最长、存放数量最多——16618箱文物安全存放近8年（其中乐山安谷乡存放9331箱，峨眉县存放7287箱）。其间，主要是靠当地老百姓在专家指导下出人出力，全力护佑。

大迁移　三条线路主要落脚四川

当年故宫博物院乐山办事处主任欧阳道达的儿子欧阳定武曾著文介绍：1937年"七七"事件发生，抗日战争全面爆发，8月13日"淞沪战役"打响，南京也面临战火，国民政府决定将南迁文物紧急分为南、中、北三路向黔、湘、川、陕腹地疏散转移。具体线路是：

第一批走南路，共80箱。从南京到汉口，改用火车运到长沙，在湖南大学图书馆存了5个月，后到贵阳、安顺，最后疏散到四川。

第二批走中路，文物最多，9331箱。从南京到汉口，又从汉口到宜昌，再从宜昌到重庆。由于重庆轰炸得较厉害，以后又疏散到四川乐山的安谷乡。

第三批走北路，7287箱。从南京用火车运到徐州，从徐州经陇海线又到宝鸡、汉中。在汉中待了一段时间，又运到成都，运到峨眉县。

也就是说，这三条线路最后的归宿地主要是在四川。

从1939年到1946年，在保护故宫文物的过程中，四川峨眉和乐山民众做出了卓越贡献。

南迁亲历者、故宫博物院乐山办事处主任欧阳道达在《故宫文物避寇记》中，对文物的存放地选在四川峨眉、乐山等僻壤地做了表述，他说："（此地）乡多祠宇，且轩敞易修理，不与民居接邻而易消防。一再履勘，始择定一寺六祠，为存渝文物迁储仓库。仓库选定，一面兴工修缮，一面进行移运。"

国立中央博物院李庄旧址

护送文物入川的部队，是国民军精锐别动队改编二十九师某营，营长陶坚民。1940年陶奉调抗战前线，继任营长刘建国。1941年春，该营调走，接任部队为中央军委特别工作服务团（该团由蒋介石任名誉团长）第五连，连长冯昌运。两支部队军纪严明，装备精良，责任心强。这有力地保证了故宫文物顺利南迁入川。

峨眉：文物储藏在"一庙两寺"

央视纪录片《故宫》第四集介绍道：1937年11月20日起，北路文物由梁廷炜、吴玉璋率队，从南京起运，装火车分三批经徐州、郑州至宝鸡，1938年3月，改迁汉中，车队冒雪翻越秦岭，抵达汉中，文物存放于邻近机场的大庙里。1939年2月，开始向四川转移。

文物在成都的储存地点是东门的大慈寺，这是由故宫博物院马衡院长亲自选定的。不久日机轰炸成都，行政院电令："存成都文物，限在1939年5月底以前，全部运离成都。另选妥当地点储存。"

工作人员一声叹息，屁股都没坐热，又不得不带着7286件文物离开成都，他们历经山水迢要，经历千辛万苦，赶往成都西南方向170多公里外的峨眉。

未到峨眉之前，他们又面临一个如何选址的难题。峨眉山幅员辽阔，森林茂密，足以移储文物，原计划储于山上诸寺中，但搬运困难，且环境阴冷潮湿。

后经考察，他们选取了两处地方存放文物，其中一处为峨眉县东门附郭之大佛寺，后将5094箱故宫文物存放于大佛寺（现峨眉山市银杏苑小区）。

还有一处为峨眉县城西门的武庙，这是一座已经破败的四合院青瓦房。经过修缮后，2047箱文物存放于此。

1939年和1941年，日军飞机两次轰炸乐山，而峨眉距被轰炸地点仅十余公里。考虑到大佛寺殿宇威严，目标显著，容易招致敌机来袭。1942年，办事处在县政府的帮助下，大佛寺文物全数搬往土主祠和许祠堂。

故宫博物院前院长郑欣淼在《故宫文物南迁及其意义》中也这样写道：1939年7月，7286箱文物运抵峨眉，立即成立了北平故宫博物院峨眉办事处，那志良任主任，办事处设在武庙。1942年初，因考虑大佛寺目标较大，易被敌机发现，加之与民房毗连，容易失火，遂决将文物分储于武庙和南门外的土主祠、许祠三处。

峨眉县地方志介绍，1943年春，峨眉县城内一家鸦片烟馆引起火灾，旁及一家菜油商店，立时火势迅速蔓延，大火窜至西门外武庙库房，为避免文物被烧，故宫博物院峨眉办事处主任那志良急忙找当地保长，命令驻军士兵将西门外草房一律拆除，所拆房子由故宫博物院赔偿，同时守库员工用水枪、火钩等奋勇扑火，阻断了火源，保全了文物。

峨眉一带天气潮湿，白蚁滋生，为了解决这两个问题，管理"仓库"的故宫人平时要请治蚁专家，药物祛蚁；天气晴好、相对平安的时候，还要把文物定期拿出来整理、晾晒。按当时的故宫制度，每一次晾晒都要有专家在场，有卫兵把守，有几个人签字。

因存于峨眉的文物无一损坏，无一丢失，负责管理的那志良获得国民政府颁发的抗日"胜利勋章"。

如今，纵使故宫文物南迁已经成为历史，但是对于峨眉山，这一段城市记忆被保留在了峨眉山名人馆。

2016年9月，故宫博物院院长单霁翔与故宫博物院前任院长、故宫研究院院长郑欣淼，来到峨眉参观遗址。在武庙遗址，单霁翔饱含深情地详细了解当年故宫文物存放的分布和格局，询问有无保存下来的建筑。单霁翔期望在城市的建设过程中，能完整保存五十米左右的老街，保存好那段特殊的历史记忆。

乐山：老百姓用肩膀拉船逆行

1937年11月，中路文物由欧阳道达率队，租英国火轮溯长江西撤至汉口。中路文物共有9331箱，是三路牵涉中数量最大的一批。由于局势迅速恶化，南京沦陷，汉口遭到轰炸，于是文物继续西上，1938年5月分19批经宜昌全部运抵重庆。

文化学者郭明兴刊发于《乐山市志》的文章写道：文物储存重庆期间，遇日军空袭山城，轰炸不断，行政院令文物限期转移。马衡院长率队从重庆西出觅地，几经筛选，最终选中乐山县城西南十公里处安谷乡境内。

这里必须交代一下，故宫南迁文物为什么选择乐山的安谷乡呢?

理由有三：第一，安谷是近郊乡村，离乐山城区仅十公里；第二，安谷地处大渡河南岸，水上运输便捷，连通三江（大渡河、青衣江、岷江），下至宜宾、重庆；第三，安谷有祠堂、庙宇一百多座，可供文物存放的选择余地大。

1939年春，故宫博物院马衡院长等人在西移重庆文物将要受到敌机轰炸威胁时，就决定文物向岷江上游移运，亲自带领欧阳道达一行到乐山安谷，"勘定安谷有十几个祠堂可以借用"，并留下欧阳道达驻乐山，处理文物存放安谷的前期准备工作。而最后选中离大渡河内河两侧水路运输方便、陆路管理相对集中的乐山安谷六祠一寺。

1939年初，欧阳道达受命进驻乐山，负责文物运抵安谷的前期准备工作。4月22日，故宫博物院从重庆通过中国银行重庆分行汇款五千元给乐山县府街乐安旅社的欧阳道达，作为乐山办事处的工作经费。在安谷乡乡长刘钊的协助下，欧阳道达与文物存放库所在祠堂的族长、房长、执事及古佛寺僧人谈妥，将各祠堂供奉的祖宗牌位、神像隔离保护，以便文物迁返时还宗祠、寺庙以本来面目。

1939年7月10日至9月18日，重庆运抵宜宾的9331箱故宫文物和一百多箱南京中央博物院文物，由中国联运社、民生轮船公司经水路相继分27批运抵乐山冠英、杨卡渡（当时属犍为县管辖）、杜家场渡口，再搬上木船、竹筏，由小铜河、鹰嘴岩逆水上行，全靠人力拉纤，经张二湾、王落渡、魏落渡、新开渡、中渡坎、河湾儿、顺河场等渡口、码头，分别卸载，将文物搬入古佛寺、朱潘刘三氏宗祠、宋氏宗祠及易氏宗祠、陈氏宗祠、梁氏宗祠、赵氏宗祠七个库房。

至此，中路西迁文物全部存放于安谷。

北平故宫博物院乐山办事处随之成立，设驻宋祠，欧阳道达任乐山办事处主任，文物保护驻军由特务连连长冯昌运负责。

当时，故宫文物从宜宾沿江而上，是乐山人用肩膀拉着船逆流前行；故宫文物刚到乐山，遭遇日军轰炸，是乐山人紧急搬迁和转运，并腾出房屋、祖祠安放文物。到1945年底，故宫国宝在乐山县安谷乡设库安全存放了近八年，无一损坏。

感谢：国民政府两次发来信函

1945年，抗战胜利，国民政府准备还都南京，存放在峨眉、乐山的文物也奉命作迁返准备。文物东归线路是：先集中到重庆，再分批运回南京。

乐山市档案馆保存的档案资料显示：1946年4月，国民政府为旌表乐山安谷乡各宗祠设库存放文物的功绩，特题颁"功侔鲁壁"木匾六块，"功侔鲁壁"四个楷书大字为故宫博物院院长马衡手书，木匾上端加盖"中华民国国民政府印"，分别赠给朱潘刘三氏祠、宋氏祠、赵氏祠、陈氏祠、易氏祠、梁氏祠。

"鲁壁"的典故，是说秦始皇焚书坑儒时，孔子的九代孙将《礼记》《尚书》《论语》《春秋》《孝经》等儒家竹简，藏于曲阜孔府的一堵墙内，到汉武帝时，鲁恭王刘余扩建宫室，拆墙发现之，使儒家经典得以传世。"侔"在古汉语中是"比"的意思。"功侔鲁壁"，意为保藏故宫国宝的功劳，可以与鲁壁藏书相提并论。"功侔鲁壁"将乐山安谷乡人民护宝的行动，和史籍经典相媲美，成为故宫南迁历史中的一段佳话。

文物迁离乐山后，1947年2月5日，故宫博物院乐山办事处致乐山县政府函表示感谢："径启者：本院迁贮贵县辖境安谷乡文物，感荷贵县政府始终爱护，并于典守事宜，随时惠予指导，八载予兹，文物赖以安然无恙，而先后移运工作，复存热心协助，籍已利便进行。"

另有一函称："又查由贵县政府派驻马鞍山临时站外围警卫，自三十五年（1946）九月十日至三十六年（1947）二月六日止，服务勤劳，实纫公感。除已由本院按日赍送犒劳费五千元外，现因任务完毕，应请即饬撤回。相应一并函达，即希查照为荷。"以上两份函件的原件，均存放于乐山市档案馆。

2016年9月，故宫博物院院长单霁翔与故宫博物院前任院长、故宫研究院院长郑欣淼，来到安谷故宫文物南迁史料陈列馆参观。

故宫文物南迁路线图：

【南路】南京——汉口——长沙——贵阳——安顺——四川巴县

【中路】南京——汉口——宜昌——重庆——宜宾——乐山安谷乡

【北路】南京——徐州——郑州——西安——宝鸡——成都——峨嵋

（本文原载于2019年7月15日《华西都市报》）

巴塘关帝庙：汉藏交融『大庙会』

甘孜藏族自治州巴塘县，位于横断山脉芒康山–云岭东侧的川滇藏三省区结合部，历来为汉藏东西交通的重镇，滔滔南下的金沙江至此擦肩而过。

"上有天堂，下有苏杭；到了巴塘，忘了爹娘"，这句略带俏皮味的顺口溜，是人们对富庶巴塘的礼赞。

巴塘县城，三面环山，满目苍翠，海拔两千五百米左右，从内地来的人很少有高原反应。街头，头戴翘边牛皮毡帽、身穿宽袍大袖的楚巴（外衣）、右臂袒露的藏族汉子在街上走来走去，他们藏靴闪亮，佩剑华丽。

令我惊奇的是，在远离内地的巴塘县居然藏卧着一座关帝庙遗址。

"混搭"的汉式房屋结构

那天下午，我们在巴塘县文化馆工作人员益西拉

巴塘关帝庙位于夏邛镇孔打伙村

姆的带领下，来到城东夏邛镇孔打伙村，看到了这座始建于清乾隆时期的关帝庙遗址。

益西拉姆是个娇俏的藏族女孩，她2017年毕业于西南民族大学，被分配到县文化馆。高原炽烈的阳光，将她秀美的脸庞晒得红扑扑的，看上去格外可爱。

益西拉姆不无自豪地说，巴塘关帝庙遗址虽然看上去破败不堪，当年曾是整个康巴藏区首座汉式庙宇，连大名鼎鼎的拉萨关帝庙、日喀则关帝庙都算是"步其后尘"。

阳光明丽，白云遮不住高远的天空，露出奢华的蓝色锦缎。远处，那种极富层次感的藏寨伴着碧绿的树木，与蓝天、白云、青山等互为衬托，写意在这大自然的山水画卷中。

巴塘关帝庙，是为了供奉三国时期蜀国的大将关羽而兴建的。千百年来，关帝庙已成为中华传统文化的一个主要组成部分。一座关帝圣殿，就是那方水土的民俗民风的展示；一尊关公圣像，就是千万民众的道德楷模和精神寄托。

明亮得刺眼的初秋阳光，放大了我们参观关帝庙的热情，脚步也加快起来。这座藏卧于康藏高原的关帝庙，早已没有了完整的建筑物，或者说就是一座老房子废墟。一面风马旗在蓝天下顺着风儿的节奏摇动。从残留的屋檐、屋梁以及依然精致的雕花上，还可辨认出它曾经是一座气势不凡的精致庙宇。

巴塘关帝庙是典型的汉式房屋结构，外墙采用藏族传统的泥墙式建筑——因巴塘这里石头少，人们喜欢就地取材用泥巴造房子。房顶的一些木头是彩色的，大殿里堆放了很多拆下来的木头。在侧殿里，还依稀可见零星壁画的痕迹，颜色依然鲜艳，笔触依然灵动。如果外面不是街头立有"关帝庙"三字，我还以为来到了一座旧时土司人家的遗址呢。

巴塘关帝庙，深深融入当地的民族特色，造型上很有些汉藏"混搭"的意味。

据说，当年的关帝庙从主柱到横梁，都绘有琳琅满目的唐卡壁画，题材如《四大天王》《如意滕》《上乐》《吉祥天母》，以及《桃园三结义》《单刀赴会》《过五关斩六将》等，每幅画都表现了一个完整的故事和传说。

关帝庙遗址大门的两边有一副对联："心存大学明新内；志在春秋笔削中；"大学明新"应该出自《大学》："大学之道，在明明德，在亲民。""春秋笔削"是指孔子写《春秋》之事。对联大致表达出遇事通达、心性明朗、学以致用的意思。

关帝庙附近，一座座仿藏式的钢筋水泥大楼拔地而起、比肩接踵，传统的土墙民居正在消失。

清朝，川滇陕商帮筹资修庙

巴塘关帝庙，掩埋着一个怎样曲折的故事？

康熙年间清军入川后，外地商人也开始转战到川康茶马古道上来，寻找新的商机。最初是零星的川商来到巴塘，在夏邛镇人流较多的街巷摆摊，随即在较向阳的地方用草饼子、石块、木板等搭建起简易住所，经营起他们的小生意，生意做顺了，就在这里安营扎寨下来。最初的川商只有七八家，本钱也不大，卖一些茶、盐，再收些本地的中药材。后来又来了陕商、滇商，时间长了，这些外地商人迎娶了当地藏人女子，安下家来。他们拆除了简易的临时住所，建造起一间间木屋，前铺后居，铺面门窗上下都做成凹槽，闭市时卡上木板，关闭门窗。在修造这些木质房时，大家按汉地商街的模样而建，毗邻相连，两边是商铺，中间留街道，下有排水沟，用石板盖上，以沥雨水。

清雍正年间，来巴塘做生意的汉人越来越多，他们组织成立了汉商公会，又叫财神会，由会首管理事务。汉商公会成立的目的，是为了增加汉商的凝聚力，防止外力排斥。

在巴塘待久了，年年月月，日落云起，看着雪峰之上远飞的鹧鹰，远离故土的汉族商人把巴塘当作了第二故乡，也觉得有必要修个会馆之类的东西，这样，大伙有空来喝喝茶，吃吃饭，互通一下生意上的信息，商议一下祭祖拜宗的事情，逢年过节也有个热闹的场所，算是抱团取暖。加之，汉族商人中越来越多地与巴塘本地女子结婚生子，为了让子孙也入乡随俗，了解康藏文化，也觉得有必要修个关帝庙。

雍正五年（1727）夏，格桑花开得正旺，汉商公会联络当时清政府驻巴塘的汉族绿营官兵（清朝规定汉兵用绿色军旗），倡议修建关帝庙。消息传出，得到很多人响应。修建费用，除会员捐助外，还向巴塘内外的汉族官商募捐。建筑项目是购置庙基、建庙宇、立神像、设戏楼、修钟鼓楼。

为了对工程把好质量关，汉商公会还推选三人为会首主事，负责建庙事务，还从内地雇请了一批手艺好的泥工、石匠和制作砖瓦、石灰、雕塑的工人来巴塘参加工程。宁静的高原古城一下人头攒动，格外热闹了。

竣工后，商人们在关帝庙内兴办汉文私塾，欢迎藏族学生来就读，一律实行免费，教育经费由汉商公会出资，主要教《百家姓》《四书五经》《三字经》《资治通鉴》以及汉藏民族文化礼仪等。1748年底，汉商公会改名为川滇陕三省同乡会，同当地人的商贸、文化往来也更密切。

地方志记载，当年出力出资修建关帝庙的会员，除了在巴塘的八十名商界士绅（藏名"冲巴甲觉"），还有清廷派驻于此的绿营官兵八十三名。竣工前夕，这些人均将姓名铭铸在大铜钟上，以示纪念。可惜这口钟不复存在了。

乾隆二十九年（1764），经过三十七年施工，关帝庙终于建成。

当年的关帝庙算是巴塘的一个地标，占地上万平方米，建筑的触角四处延伸，看上去很有些气势。庙内，塑有财神、关羽、关平、周仓和轩辕黄帝、鲁班、嫘祖、孙膑等神像，庙后还修有观音殿。主楼之外建有魁星阁、戏台、钟鼓楼和大院坝。整体院落，错落有致，层层叠叠，煞是美观。

关帝庙东侧的钟鼓楼钟，有一口铜铸的大钟和一面大型皮鼓，每月初一、十五的白天中午和午夜十二点正时，鸣钟击鼓，以表示这两天为敬奉"关帝"的日子。

巴塘关帝庙的修建，影响了康藏地区的藏民，也兴起了崇敬关羽、朝拜关帝庙的习俗，也首开康巴藏区修建汉式庙宇之先河，各路人马争相来参观集会。袅袅香火，一如藏家门窗前的风马旗，带着祈福的翻卷声，飘荡在茫茫苍苍的康藏高原。

关公"助兴"汉藏大盛会

修好关帝庙后，巴塘的同乡会一分为二，分解成以商人为主的汉商公会和以军人为主的单刀圣会。

传说关羽当年管过兵马站，长于算数，且讲信用重义气，历来为商家所崇祀，关公也被视为招财进宝的财神爷爷。据《巴塘县志》载，每年农历三月十五日，汉族的商人都要举行隆重的财神会，大伙拿出香纸、供品、鞭炮，祭奠关羽，煨桑祈福。

最热闹的还是每年农历九月十三日。这一天是关帝庙一年中最喜庆的日子，巴塘的汉族商人，像内地一样举行关羽单刀赴会纪念活动，藏族居民也骑着马儿、牦牛从四面八方赶来助兴，寺院喇嘛还抬着两三米长的铜钦鼓腮吹响，浑厚的声音几公里外都听得到。铜钦，是藏传佛教特有的铜管乐器之一，主要用于盛大庆典或召集臣民。铜钦分别用红铜、铜、黄铜和银制作，吹奏时拉长，在固定场合吹奏时放在木制铜架上，依仗行进或临时场合吹奏扛在人肩上。

单刀赴会纪念日这一天，铜钦长号响毕，当地德高望重的僧人就左手捧香壶，右手端盛有青稞酒的酒杯，口诵经文，将酒洒向三界。随后，与今年属相相符的三个男人手中分别拿着"达达"（宗教用品）、羊腿以及装满糌粑和酥油的"塔罢"（铜质碟子），随着铜钦的奏鸣，东、南、西、北四个方向分别喊"恰古修……央古修……"意思是把好的运势、福分、财富都召唤回来，祝愿汉藏同胞吉祥安乐，事事如意。

经幡飘扬，鼓乐喧天，阳光宣泄着人们的热情。人们在财神和关帝塑像前，用猪牛羊三牲祭祀、膜拜，大办宴席。奶茶、酥油、奶渣、糌粑、青稞面和牛羊肉的香味四处飘荡。

太阳落山的时候，关帝庙的汉人和家属意犹未尽，大唱川剧、滇剧、秦腔等。身着长袖绸衫、无领坎肩的藏族女子，拉上小伙儿跳起巴塘弦子，银铃般的歌声连天上的云雀也跟着欢蹿。载歌载舞的巴塘弦子，风靡整个藏区，成为藏民族文化艺术宝库中的一朵奇葩。

那天下午，在关帝庙不远处的金弦子广场，六十七岁的康巴民俗文化研究者、巴塘弦子传承人扎西介绍道：巴塘关帝庙的早期社会角色，具有会馆的性质，是内地社会组织与文化习俗向巴塘移植的产物。自清代乾隆后期，随着"关帝信仰"在藏区的传播与本土化，关帝庙也成为当地藏汉民众社会生活的公共场所，并吸纳了部分藏族宗教元素，以此实现与当地社会的和睦衔接。另外，民风淳朴的甘孜藏区百年前就兴起了祭祀习俗，巴塘出现这座承载着汉人忠义情结的关帝庙，也是汉藏民间文化习俗相互认同、吸收的结果。

七十二岁的扎西格乃老人的说法很有意思：巴塘藏族人其实也崇拜关羽大将军，他们称关帝庙为格萨尔拉康，或者格萨拉康，意思是格萨尔王之神庙。关帝庙内的关公、关平、周仓三个三国历史人物，也曾被当地藏民看作格萨尔王三兄弟的化身。格萨尔是公元11世纪藏族传说中的大英雄，他一生戎马，扬善抑恶，成为藏族人民引以为自豪的旷世偶像。

据《巴塘县志》记载，关帝庙最热闹时，人们一边跳着弦子舞，一边唱着民谣追念赶马人走过的漫漫长途，烈日在他们身后拖下浓重的影子，各种好听的民谣从巴塘的驿站唱起，回荡在广袤雪域，春风化雨般传递到芒康、昌都，再西进林芝、工布江达、山南、拉萨……勇敢的汉藏马帮，携手合作，犹如生长在沙漠里的胡杨，行走于天地间的草莽，早已习惯了在恶劣环境下跋涉行走。

清同治九年（1870）3月10日，残雪未及消融，巴塘发生了大地震，立时大地震颤，山川变色，关帝庙建筑房屋与全城房屋被一起震塌。

巴塘关帝庙遗址

　　大灾面前，时任巴塘粮务委员会的吴福同，与总会首草玉林、刘铨、李连秀等召集汉商公会全体会员，共商修复关帝庙事宜，很快得到川、康、藏各地官府、商贾的资助，又得巴塘正、副土司及寺院、头人的资金赞助。众人拾柴火焰高，修复工程于1870年4月动工，四年后完工。重建的关帝庙规模更宏大，人气也更旺。

　　当时参加关帝庙重建的会员，主要是来自川、滇、陕三省的商人，也有一些来巴塘任职的汉族"流官"。因此，他们又将关帝庙定名为"三省会馆"。

崇尚忠义，藏地多有关帝庙

　　20世纪50年代初，巴塘的关帝庙曾用作学校、医院、幼儿园。1985年8月，巴塘县人民政府将关帝庙定为全县第一批重点文物保护对象，2007年6月关帝庙被四川省人民政府核定公布为第七批省级文物保护单位。

2017年夏，巴塘下了一场大暴雨，淅淅沥沥下了好几天，关帝庙的大殿轰然坍塌。加上之前经历了各种自然灾害和人为因素的破坏，关帝庙早已破损不堪，年久失修，只剩遗迹。那场大雨后，巴塘县政府在关帝庙遗迹之上搭建了钢棚，以防止残破庙宇再受损毁，等待进一步修复。

在康藏高原，关帝庙并不少见。

明清时期，西藏的日喀则扎什伦布寺，就有一块"关帝显圣碑"，记述了清乾隆五十七年（1792），关羽神灵助清军打退入侵西藏的廓尔喀军队一事。日喀则定日县关帝庙，红墙黄瓦，雕梁画栋，龙首凌空，藏汉合璧。拉萨关帝庙位于布达拉宫以西、药王山以北，经幡摇曳，香火不断，梵音缭绕。

黄昏，猩红色的夕阳被锯齿般的山峦托上了云空，大地沉静下来。关帝庙所在的夏邛镇街头，一到晚上格外热闹，身着短裙露出修长美腿的女郎，和穿着长袖大襟束腰长裙的藏族老人擦肩而过，熟识的相视一笑，点头招呼，其乐融融。

关帝庙不远处的央柯路是一条步行街。这里有不少汉族商店，品种繁多。卖时装的，做头发的，卖茶叶的，卖马鞍的，卖铜铃的，也有卖《三国演义》连环画和关羽塑像的……央柯路的面食，在整个甘孜藏区都很有名。当地人说三百多年前，有几个陕西人千里迢迢、翻山越岭来到巴塘做皮货生意，也带来了地道的面食做法，又入乡随俗增加了四川麻辣的味道。

从巴塘县城沿318国道往西藏方向走，沿路都是美丽的河谷风光：巴楚河缓缓往西汇入金沙江中，在两江会合处，巴楚河的碧绿色与金沙江的泥黄色形成鲜明对比，在江中心划出一道清晰的界线，泾渭分明……

（本文原载于2019年11月15日《华西都市报》）

德格印经院的雕琢时光

> 近三百年来，德格印经院的一代代工匠，将一行行经文从斑驳经版和泛黄纸张之间精准雕印出来，使最原始的雕版印刷技艺传承下来，跻身世界文化宝库之列……

前不久，我随北京大学中文系、《科学中国人》杂志社组织的"川藏线茶马古道考察"，来到地处川藏交界处的甘孜州德格县。

德格，意为"善地"。德格县东北部的阿须草原是格萨尔王的故里，英雄史诗《格萨尔王传》也诞生在阿须草原这片土地上并广为传唱。格萨尔，是公元11世纪藏族传说中莲花生大士的化身，史诗说他头上闪耀着先辈带来的光环，脚踩战马踏走在广阔土地；他一生戎马，扬善抑恶，成为藏族人民引以为自豪的旷世英雄。

德格印经院，始建于1729年，是国家级重点文物保护单位、人类非物质文化遗产，被称为"世界上门类最齐全、版式最独特、雕刻最精良、字体最精美、校对最严密、保护最完好的藏文传统雕版印刷馆"。

德格印经院始终延续着传统的印经方式。由于气候关系，每年印经时间只有半年，即从藏历三月十五日至九月二十日。在此期间，藏族同胞可到印经院朝拜书版，称为"巴尔恰东"。我们这次来到德格运气比较好，赶上了印经的季节。

近三百年的古老建筑

康藏高原，一场金秋的序曲正在彩排，五彩经幡随风飘扬。317国道逶迤崎岖，远看如一条带子系在雀儿山西部的山峦间，连接着德格和外面的世界。接近德格县城，大片田垄上青稞熟了，遍地金黄，三三两两的藏族牧民在忙着收割、打场和晾晒，确保成熟的青稞颗粒归仓。

那天上午，太阳出奇地亮丽，让人睁不开眼睛。阳光照拂着一座座拔地而起的山体，空旷的山野上疏落的植被，连同远处印经院的金顶都燃烧成金黄色。德格县城，几个穿皮袍的牧人，耳朵上挂着小绿松石，手里摇动转经筒。赶羊用的牛毛绳儿黑白相间，有皮袍的肌理、线缝和特有的皱褶。藏族女子的银腰带上镂刻着精美的花纹，神情妩媚可爱。

德格县城名更庆镇，面积不大，仅万余人。狭长寂静的山谷中，藏式建筑群罗列在色曲河谷的两岸。沿着那条有点斜度的文化街往上走，两旁的民居忽然间收缩起来向山边靠拢，白色的佛塔和巨大的转经筒代替了民居，让人感觉到强烈的宗教气息。

转过街角，山凹处，一座形似庙宇的褐红色建筑赫然而起。这就是驰名中外的德格印经院。

看上去，德格印经院还不如中等规模的寺庙大，它过去是一座寺院，名为更庆寺，从20世纪40年代起，逐渐由寺院演化成现在的样子。它和拉萨的布达拉宫一样，是青藏高原的一方文化圣地。

德格印经院，是藏地难得保存下来的一座寺院。这座古朴庄严的平顶土木

德格印经院经过四代土司费时三十年修成

结构建筑，占地面积1679平方米，建筑面积4103平方米。印经院分藏版库、晒经楼、洗版平台、佛殿等区域，为1729年德格第十二代土司却吉·丹巴泽仁创建。

　　陪同我们采访的是德格县文旅局副局长格西。格西不到四十岁，身高一米七左右，他英俊朴实，皮肤黝黑，说话时总是带着微笑。格西说，在今天看来，德格印经院就建筑规模来说算不上太大的工程，可是在近三百年前的茫茫雪域，要修此印经院并非易事。

　　据文献记载，德格土司却吉·丹巴泽仁，在过完自己五十二岁生日后，决定主持修建一座印经院时，他征集了上千藏民民，砍伐木料，平整地基，开山凿石。却吉·丹巴泽仁六十一岁去世后，他的儿子彭措登巴、索朗贡布、洛珠加措继承父志，接手扩建印经院。

　　我不知当年的却吉·丹巴泽仁在世时，是如何向后人交代的，也不知他立下了什么家规，就像家喻户晓的愚公移山，印经院的修建过程非常辛苦，上至土司僧侣，下到普通民工，一代一代，前赴后继，或以子换父，以弟换兄，从黑发到白头，从故乡到异乡，从日升到月落，从春阳融冰到大雪封山，经过四代土司费时三十年的劳作，终于建成了三楼一底的恢宏印经院。

珍藏二十九万块藏文印版

印经院是厚重的，我们造访的脚步是轻缓的。

印经院里的经版库房，占据了主殿二、三、四层的六七个房间，为整个建筑面积的一半，这里也是德格印经院的核心区域。经版库里光线暗淡，隐约看见靠墙一圈都是一层一层的木架子，上边插满带手柄的经版。此时，高原的阳光透过不大的窗户，在狭长的过道投下一道金灿灿的亮光。据说，这里保存着约二十九万块传世的藏文典籍印版，有些已是孤版，独此一家，可谓价值连城。

拾级而上，在环绕天井的走廊间，只见十多名工匠师傅正在紧张印经。他们两人一组，面对面坐着，其中一人负责取换经版、刷墨。刷墨的工具是自制的，看起来像厚厚叠起的粗布，用线缝在一起。由于日复一日翻来覆去的刷墨，边缘磨起毛了，更像是一把软刷。起毛的棉布吸墨、柔软又细腻，用来刷墨，墨能均匀沾在经版上，又不会淤积。另一人则负责放纸和印制——这个人看起来要有点力气，身体有节奏地前后摆动，他拿一张纸放在经版上，然后拿起放在腿上的一个木碾子，双手握着在纸上碾一个来回，这样一面经文就印好了。

印经过程，一气呵成，快捷流畅。我注意到，最快的一对，是两个穿红色无袖"堆嘎"（坎肩）的十六七岁少年，手法像机器般飞速运转，手中的纸张雪片儿般纷纷落下，印出来的字迹清晰之至。

其中一印经少年微笑着说，他们印出来的经总是干干净净清清爽爽的，这是对经文的尊重，是对古典文献的致敬。

印经场所很安静，仿佛一场肃穆的殿堂音乐会，声音从心灵流淌出来，传递到大堂，才有取放经版时木头轻微碰撞的声音。停下休息时，工匠们会聊两句天也是轻声的，没人在印经院里大声喧哗。印制好的经书在通风处晾干后会再次校对，确认无误后捆扎成册。

肃穆的工作氛围也感动着我们，大家用长久的安静表达自己的敬意。

据了解，印经院的工匠师傅每个组每天的量约为两千四百张，每天工作六个小时左右。所有的印工，没有一文钱报酬，全是尽义务。他们大多是住在附近的藏民。每次印制结束，印工都要仔细将印版上的墨泥或朱砂洗得干干净净，再涂上酥油，清爽入库，如此方能保证印版百年不腐。

工匠师傅扎西老人说，德格印经院院藏印版的历史，可以上溯到清康熙四十二年（1703年）以前，甚至早于建院时间二十六年。在德格印经院创建之前，由德格几位土司出资雕刻的印版数量约为一千五百余块。

以师带徒，工序秘而不宣

这里的雕刻工匠，向来以师带徒进行培养，薪火相传，所有工匠都要经过严格考核，以筛选出那些技术完全熟练、做事一丝不苟的人来从事这样的工作。

导游小姐告诉我们，通常情况下，技艺娴熟的工匠每天只能完成一块印版的单面刻制，而十天左右才能完成一幅画版的单面文字雕刻。比如，闻名全藏区的《甘珠尔》就是由一百名书法家花了三年时间书写、五百名工匠雕刻五年，才完成全书的印版刻制工作。如果没有这些精细的印版，或许藏民族文化史的许多重要内容将无处可寻。

"早先的德格印经院，不仅印经书，也聚集了一批研究藏学的学者。德格印经院的经书不仅印制精美，而且'德格版'也往往代表藏文佛教典籍中的善本。"格西这样说。

德格印经院，素有"藏文化大百科全书"的美誉，不仅和拉萨印经院、拉卜楞印经院并称三大藏族聚居区印经院，而且很大程度雄居各院之首。

这座古老工坊，为了防止火灾一直没安装电灯，藏经窟的能见度极差，看上去十分阴暗幽深；但僧人和印工如得神来之手相助，可以毫不费劲地在几十万块经版中找到自己所需那一块。这些经版，俨然成了他们身体的一部分。黑幽幽的寺院里，透过窗户看到外面的蓝天，也升腾起他们心中的光明，任日月轮换，任寒暑更迭，任容颜变幻。

在如今流行文化肆虐、互联网新潮文化不断更替的今天，德格印经院一如门前的千年菩提，吸取日月精华，静静生长，枝繁叶茂，支撑起对历史、文化

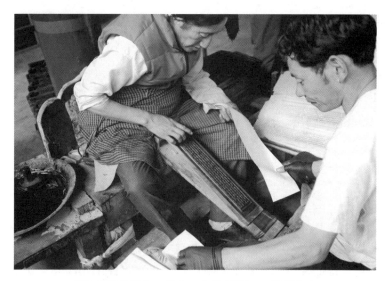

德格印经院的印工没有一文钱报酬，全是尽义务

和工匠精神的壮硕绿荫，庇护一方精神园地。

甘孜民俗文化专家噶玛降村曾撰文说，德格印经院的藏文印刷，两百九十年来一直沿用传统雕版印刷技术，很多独门程序是秘而不宣的。

我注意到，印经院制作的印版看上去十分漂亮，质地很好，据说规格有很多种，最大的长110多厘米，宽70厘米，厚约5厘米；最小的长约33厘米，宽仅约6厘米。全院有书版29万块，每块刻两面，字数总计约2.6亿字，规模宏大。在当今世界上，能够完整保存这29万余块印版，可以说是绝无仅有。

德格印经院存放的印版用料极为讲究，以红叶桦木为材料，每年秋后，藏民们上山伐木，选择顺直无结的树干，截成长10厘米×100厘米长宽、厚4厘米的木块，用微火熏烤后放进粪池沤制一个冬天。次年，将木块取出，用水煮、烘干、推光、刨平后制作成坯板。造纸原料，采用的是一种名为"阿胶如胶"（汉文学名叫"瑞香狼毒"）的草本植物。用阿胶如胶造出的德格纸，色呈微黄，质地较粗较厚，但纤维柔性好，不易碎，吸水性强，保存时间长。

1979年以后至今，德格印经院的印刷生产工艺流程，除使用成品墨汁不再手工兑墨，其他工序依旧。

那天上午，我在印经院工坊里待了差不多三个小时，又是问询，又是录音，又是拍摄（核心技术环节除外），大致了解到德格印经院雕版印刷的工艺流程：分为裁纸、颜料加工、印刷、装订四个流程；又可细分裁纸、泡纸、兑墨、研磨、兑制朱砂、取版、印刷、晾晒、洗版、归库、分页、核对、装订、打磨、刷色边、包装等十余道工序，既是流水作业又相互交叉。颜料加工方面主要是调兑烟墨、研磨、调兑朱砂等。

再现"世界雕版印刷术"

甘孜州文化学者向秋卓马说，德格印经院成立两百九十多年来，院藏书版基本完好。它不仅以兼容并蓄、版本良好、印刷考究闻名于世，且以收藏各类印版的数量丰富、内容完备在国内外享有盛誉，最多时藏有经版三十多万块，但遗憾的是出现过损毁。清末，德格土司家多古森格兄弟争权夺位。混乱中，有人偷走一部两万多块书版的《宝库》，卖给了噶举派的八邦寺。这是唯一的一次较大损失。

向秋卓马还记得，他小时候在村子里，僧人们使用的经书都是德格印经院的。对藏族同胞来说，德格印经院的经书不仅精美，还有加持的作用。有的人长途跋涉去印经院，并不是为了买经文，只是去转巴宫（作坊），观摩雕印工艺。这也算是对典藏文化的朴素致敬。

千百年来，德格县以东的藏民要取得经书，必须翻越"川藏第一险峰"雀儿山。雀儿山垭口海拔5050米，从马尼干戈开始翻山，跋涉好几天，路途艰难，冬季白雪茫茫，冰凌如刀，风厉雹烈，野兽出没，深深浅浅的沟壑被大雪填满，一不小心就会陷落其间。如今穿过雀儿山的隧道早已开通，翻越雀儿山的日子一去不复返了。

这次我们为了体验翻越雀儿山的真实旅程，故意不走隧道，而是沿317国道老路蜿蜒上山。四面高岭尖耸，参差嶙峋，跌宕起伏，山上几乎没有植被，途中好几次都遇到落石、塌方和冰雹，非常危险。在海拔5050米高的雀儿山垭口合照时，夹杂着雪花儿的冷风嗖嗖吹来，直如刀割，每个人的嘴唇都被冻得直哆嗦。

1980年，德格印经院被四川省人民政府列为省级重点文物保护单位；1996

年，被国务院公布为全国重点文物保护单位；2006年"德格印经院藏族雕版印刷技艺"被列为国家级首批非物质文化遗产代表作名录。

曾多次行走滇藏川"大三角"的茶马古道命名人之一、北京大学中文系教授陈保亚说：德格印经院的雕版内容，涉及宗教、历史、科技、医学、数学、文学、天文、地理、音乐、藏文文法等领域；印刷工艺保持着13世纪以来最传统技艺和生产方式，全部为纯手工制作，赫然再现早已消失的"世界雕版印刷术"记忆，这是极为罕见的。

有必要简单介绍一下雕版印刷。雕版印刷是在一定厚度的平滑的木板上，粘贴上抄写工整的书稿，薄而近乎透明的稿纸正面和木板相贴，字就成了反体，笔画清晰可辨。印刷时，在凸起的字体上涂上墨汁，然后把纸覆在它的上面，轻轻拂拭纸背，字迹就留在纸上了。

雕版印刷是中国古代劳动人民经过长期实践和研究才发明的。自从汉朝纸发明以后，书写材料比起过去用的甲骨、简牍、金石和缣帛要轻便、经济多了，但是抄写书籍非常费工，远远不能适应。唐朝发明了雕版印刷术，并在唐朝中后期普遍使用。宋代出现了活字印刷术，但普遍使用的仍然是雕版印刷术。

一千多年过去了，如今，印刷术已发展到了电脑照排和高速彩印时代；令人吃惊的是，在中国德格印经院，依然保存着古老的雕版印刷技艺，工匠们踏踏实实在几十道精微工序中，用纯粹的手工技艺制作出一本本经书，殊为不易。一如川藏高原的荒野沼泽上，芦苇、香蒲、梭梭、柽柳、白刺等植物，始终被光照亮，被露珠滋润，茁壮活出自己最舒坦的样子。

印经院所印刷的文献典籍，不仅在中国广大藏区得到传播，也被中国诸多博物馆和研究机构收藏，还远销印度、尼泊尔、不丹、锡金、日本及东南亚国家和地区，一些重要典籍还被亚、美、欧三大洲的图书馆收藏。

带着青稞的气息，秋风从滔滔色曲河缓缓吹来，淹没了我的眼睛，也把时光甩在了身后。黄昏时，高原上笼罩着一股苍凉的美，空气里弥散着悠悠梵音。猩红色夕阳映照在印经院的红墙上，泛现出一种圣洁之光。我触摸大墙外一块块图案各异的玛尼石，浮躁的内心沉静下来……

（本文原载于2020年2月27日《华西都市报》）

川江号子：
长江文化活化石

川江号子，是川渝地区川江流域船工们为统一动作和节奏，由号工领唱，众船工帮腔、合唱的一种一领众和式的传统民间歌唱形式。四川东部和重庆是川江号子的主要发源地和传承地。2006年5月20日，川江号子经批准列入第一批国家级非物质文化遗产名录。

大宁河上，我亲耳听到的船工号子

古往今来，千里川江，航道弯曲狭窄，明礁暗石林立，急流险滩无数，船只主要靠人力推挠或拉纤航行，少则数十人多则上百人的江上集体劳动，只有用号子来统一指挥。于是，峡江产生了许多歌咏船工生活的水上歌谣——川江号子。而崇山峻岭里大宁河谷，是川江号子最丰富的地方之一。

我从小生活在巫峡以北大宁河畔的巫溪县城，记得六七岁那年的腊月，我和弟弟跟母亲逆河乘船去宁

赤膊干活的川江船工（1911）

厂镇看望外公。大宁河沿岸峭壁林立，乱石穿空。这时，木船行至最湍急的剪刀峰下，剪刀峰是一座形似剪刀的山峰，虽然表皮锈迹斑驳，落满了时间的垢甲，刀刃却无比锋利。寒风骤起，疯狂拍打着船篷。船下惊涛咆哮，像是无数魔怪呲咧着白牙要吞噬木船。那次行船似乎特别艰难，剧烈颠簸中，连经常走水路的母亲也吓得不轻。船篷里，母亲抱紧我和弟弟浑身哆嗦，我似乎透过棉袄听到她咚咚心跳的声音。船下左前方，三名纤夫前倾身子埋头拉船，他们的脖子上青筋直暴，脚上的草鞋嗒嗒踏踩在水中，鞋上不停滴水，纤绳将他们古铜色的肩背勒出一道很深的血痕。每个人都咬紧牙关走得吃力，船底不时传来硌在鹅卵石上的摩擦声，眼看木船"卡"在险滩激流再也上不去……

这时，我听到一阵声嘶力竭的号子声从前头拉纤人的胸腔吼出来，众人随即应和。那号子声悠悠荡荡，顺着寒风在清幽峡谷间回荡开去。于是，木船像个平时被惯坏了给个糖果吃就不再胡闹的孩子，又磕磕碰碰、摇摇摆摆往前走。

旧时川渝一带的船工很艰辛

我依稀记得，那首号子响起时，一人高声领唱，众人高声唱和。领唱者声音很大，唱和者节奏感强。后来经母亲帮助回忆，又经当评书艺人的外公讲解，我才勉强弄清楚那些号子是这么唱的——

三尺白布四两麻，手趴石头脚蹬沙。

一步一拐一把汗，恨不得早点就回家……

（领）上坡打赤脚呀，（和）拉纤无奈何。

（领）这是为么子呀，（和）为了好生活呀。

待风平浪静，看到岸上站着个花衣裳姑娘，桡夫子也不忘来几句开心的——

（领）小河涨水大河清，（和）打渔船儿向上拼；

（领）打不到鱼儿不收网，（和）缠不上妹儿不收心。

那些年，我经常听外公讲，三峡地区的船工号子，多是根据江河水势和明滩暗礁，编创出不同的节奏和音调，比如船行下水或平水时，船工们唱"桡号子""二流摇橹号子""龙船号子"等，这类号子音调悠扬，适合扳桡的慢动作；闯滩时，他们唱"懒大桡号子""起复桡号子""鸡啄米号子"，这类号子音调雄壮激烈，以适应闯滩需要；上水拉纤时，唱的是"幺二三号子""抓抓号子"，这类号子旋律性强，为的是缓解紧张情绪，统一脚步。

节奏有差异，协调船工的劳作

更多的号子，绵绵不断地响彻在川江上，比大宁河的号子更为激越。

川江，一般是指从四川宜宾市至湖北省宜昌市之间的长江上游河段，因大部分流经四川盆地，故名"川江"。

川江号子主要流传于金沙江、长江及其支流岷江、沱江、嘉陵江、乌江和大宁河等流域。这一带航道曲折，山势险峻，水急滩多，全程水位落差较大，特别是经险要的三峡出渝，船工们举步维艰。川江号子正是在这种特殊的地理环境下应运而生的。

四川民俗学家刘孝昌先生介绍，曾几何时，川江船工生活艰苦，他们"脚蹬石头手扒沙，风里雨里走天涯"，坚硬的石头上留下了纤绳磨砺出来的一道道深深的纤痕。而粗犷的川江号子作为民歌的一种形式，是中国水系音乐的重要组成部分，曲牌丰富，旋律高亢，川江号子也被称为峡江的生命、纤夫的灵魂，它有着"长江文化活化石"之称。千百年来，川江号子在纤夫与险滩急流的搏斗中发挥了巨大的作用。形式上，川江号子往往是沿江而下，见景生情，随意填词，所唱均与民间传说和两岸风物有关，可以说是川渝风情的见证。

代代传唱的川江纤夫号子，就像一扇历史的窗户，透过它，可以看见古往今来长江之畔人们的生活。

川江号子的唱词非常丰富，往往以沿江的地名、物产、历史、人文景观为题进行编创，具有丰富的知识性，如"川江两岸有名堂"。号子头编唱号子时，把沿江的滩口尽收于唱词中，过去的老艄翁、号子头因长年行船于长江中，不管水涨水落，沿江的明礁、暗堡，水经流速，牢记于心，积累了丰富的行船知识，保证了行船安全。因此，过去民生轮船公司、强华轮船公司、招商局等，把一些年富力强、非常熟悉川江水性的艄翁、号子头请到公司培训一下轮船知识后，便送到船上担任水手、引水，然后提升到领江、船长要职。

川江上，顺水行舟可"千里江陵一日还"，但船老大不可能满载货物离开后空船回去。对载满货物逆流而上的货船来说，最主要的动力来源，就是船上的船工了。他们用慈竹、斑竹等搓成的长长纤绳，从船上甩下来，把绳子往腰上背上一缠一带，船工就成了纤夫。一般情况下，逆流而上的货船需要三五十名纤夫，小的船只需三至五人，上百吨的大船，上百名纤夫也不嫌多。

"那时的船全靠人力来拉，驾长如同汽车的方向盘，负责船只行走的方向；号子就像汽车的油门，控制船只的行驶速度。"

出生于长江畔的巫溪县档案局副局长吴健告诉我们，纤夫中，有一个拉头纤的。与其他的纤夫只顾弯腰埋头使劲不同，头纤是侧着身子的，他要看水路。由于川江地处山间，河底暗礁密，又因为河流落差大，上游来水湍急，多急流险滩。如遇两山对峙，陡然变窄的河道会使来水变成"槽槽水"，有时会遇上"勾勾水"，一股一股的水卷起一个个钩子一样的浪花，有时有漩、回水，大的直径几十丈，小的也有好几丈。如果一个不慎，行进的船和船员们就会陷入万劫不复的境地。

头纤侧身拉纤，一边拉纤，一边看水路，还要和一旁的"号子"互相交流，并用号子指挥和协调其余的纤夫，让大家劲往一处使。"'号子'是船主另外请的。"刘孝昌介绍。

"码头"不一样，韵律也不同

档案专家吴健告诉我们，旧时川江上船来船往，号子不停。河边岸上的农户在劳作时，也能听到从河里传过来的号子声，若是听得熟的，山坡上的人都会跟着吼两嗓子。当时的纤夫、船只只走河流的一段，从一个码头到另一个码头，长的纤夫一次要走十天半个月，短的路程，纤夫三五天就能回上一趟家，把以命相搏赚得的钱带给家中老小。河上有码头，有帮派，河上的船也是一样，船有船帮，各帮有各帮的行事规矩。重庆以上的长江，帮派统称"上河帮"，重庆以下，为"下河帮"，合江一带，嘉陵江上的统称"小河帮"，每个帮派内部，又根据地域有不同小帮派。每个帮派的号子也有区别，常听的人一听就能听出来。

跟着号子的吼声，纤夫们一起和唱，并跟着所唱号子的节奏用劲。过急流险滩时，"号子"和头纤看水路，会喊："过险滩了喂！号子嘛吼起来哦，哟喂！"纤夫口中的号子节奏就会跟着急促起来："嘿哟！嘿哟！"或者"嗨佐！嗨佐！"如果"号子"看到有哪根纤绳有些弯，纤夫估计没使上全力，也会在号子里"点名批评"，说哪根纤绳弯了，要纤夫使劲。被点到的纤夫不好意思，一把劲也就加上来了。

四川民俗学家刘孝昌也说，当年那些跑长短途的船帮，在有滩的地方，还有专门的滩帮，就是过险滩的时候，帮忙搭把手，被雇佣过来看水路。刘孝昌展示了一张拍摄于20世纪初的老照片，照片上，几艘船停靠在岸边，浅滩上，纤夫们正拉着纤，把最前面的那艘船往上游拉。他介绍，由于当时河上往来船只很多，遇到浅滩，几只船的纤夫互相协作帮忙，把一艘船拉过去之后再来拉另一艘船也是常有的事。遇到水流变化多端的浅滩，船主们也会把当地浅滩帮的人叫来一起帮忙。辛劳中，不同船只的纤夫还会互相"拉歌"，互喊号子。

"号子"们在船工中的地位有些特殊，刘孝昌认为，这与当时行船非常看重水路有关。川江上的船只后头比前头高些，前后都有一个舵手，前舵看水，后舵掌舵，加上桡桨的船工，互相之间的配合也要喊号子。上行的行程中，舵手、头桡、二桡的船工，多是不下船的，下船的纤夫，因为所行纤道坎坷崎岖，或在山腰仅容人弯腰通行的小道、或在乱石滩，为了行路方便，也是为了衣服不被纤绳磨过的石头弄破，加之纤道多在人迹罕至的区域，所以纤夫们的常见打扮就是赤身，在腰间搭一块白帕子，无论春夏秋冬。

我以前在老家也听说过，当时在船上讨生活的船工，多是十来岁就上船做工，从普通纤夫做起。机灵点的，学会看水路、看风向，慢慢当上头纤或"号子"、桡工舵手。但拉纤途中路险水急，每年都有纤夫不慎丢了性命。

号子消失了，文化"余音绕梁"

20世纪50年代开始，中国整治长江，炸毁了大批险滩、暗礁，机动船代替了木船，船工的劳动强度大大减轻，号子在川江上变得渐渐稀少了。随着20世纪90年代三峡工程的兴建，流传千百年的川江号子也渐渐走到尽头。那些激发出川江号子的急流险滩，那些川江号子吟唱的苦难与忧愁，都已经永沉江底。

不过，作为一种珍贵的民间音乐文化，川江号子的影响力始终在川渝一带"余音绕梁"。

早在1952年底，五位前辈音乐家郑律成、羊路由、许文、田寄明、朱中庆等一行人，从成都顺岷江而下，去聆听川江号子。当时，还是川江木船货运的黄金时期。在乐山，这五位音乐家随着木船，聆听并记录了号工李大成以及两位帮腔船工的岷江号子。朱中庆回成都后搜集整理的音乐，包括《小河号子》《岷江号子》《大河号子》及像《螃蟹歌》《闪悠闪》这样的四川民歌。朱中庆比较喜欢的石工号子唱词是："那石头见我微微笑，斜起眼睛把我瞧。咂，哟，叫石头你莫恼，请你下山修大桥。"

四川省音乐舞蹈研究所学者伍明实指出，川江号子源远流长，清代四川籍诗人张向安在其《桡歌行》中写道："……大船之桡三十六，小船之桡二十四……上峡歌起丰都旁，下峡声激穷荆湘。推舵声悠碛声力，千声如咽三声长，上滩牵船纷聚蚁，万声噪杀鸟噪水。"这不仅极为形象生动地记录了当时（清代）川江流域水路运输的繁荣景象，同时还清楚地记述了大、小木船船工的人数，并用"上峡歌起""下峡声激""推舵声悠"描述了船工们平水行船、闯滩、上水拉纤等劳作时歌唱的丰富多彩的川江号子。

伍明实说，每条江有自己的水文特征，比如金沙江、永宁河滩多水险、水位落差大，府河水流平缓，黄龙溪河面宽阔，水势平稳。故而每条江上的号子特征也不尽相同，黄龙溪上的号子，就来得更舒缓、平和。金沙江、永宁河、岷江上的号子会因为水势的不同而喊出不同节奏。

有"巴蜀民间艺术大师"之称的綦江人陈邦贵，十三岁开始当船工，师从久负盛名的彭绍清学习川江号子，唱了四十多年的川江号子。陈邦贵的演唱被同行誉为"川江号子正宗味"，他曾经说：唱号子其实很讲究嗓门亮、调子好、优美动听，因此，"川江号子也是一门艺术"。2012年2月，九十五岁高龄的陈邦贵与世长辞。令老人欣喜的是，川江号子后继有人，曹光裕就是他带出的弟子。曹光裕这些年搜集从四川宜宾到长江三峡的八百多首川江号子，他还经常在舞台上和社区为大家献唱。

巫溪县档案局副局长吴健说，川江号子内容丰富多彩，代表曲目有《十八扯》《八郎回营》《桂姐修书》《魁星楼》《拉纤号子》《捉缆号子》《橹号子》《招架号子》《大斑鸠》《小斑鸠》《懒龙号子》《立桡号子》《逆水数板号子》等。

这里，随便举几个长期在宜宾和重庆等地传唱的川江号子例子，就可以管中窥豹，了解到川江号子的艺术和民俗上的魅力。比如《懒龙号子》，一领众合，用于拉船上滩之时。这时，领喊者在船上撑篙喊唱，拉纤者在岸上齐声同和。领唱声亦即指挥令，以便众人齐心协力拉船上滩。其唱词随拉纤情况而变，曲亦随词而变，音乐文宛悠扬而富于感情力量。又如《出斑鸠》一领众合，用于所拉之船即将上完滩前的冲刺，直至船进入平水区，并靠岸休息之时。领者有腔无词，节奏短、快而有力。其与和者之间的对应几乎为"喊"与"吼"。气氛和情绪均达到顶点，可谓之惊心动魄，荡气回肠。还有《逆水数板号子》一领众合，用于船在主流中逆行时，统一纤夫的步伐与用力。大多是在拉"三脚纤"时。其喊号形式为大小号子轮流领喊，众人应尾声回答。其唱词一般都用戏曲中的原词。领喊人音词清脆沆长，众人回应声比较沉闷。

我读大学前从没走出过丛山中的故乡，倒是经常去古渡、埠头和水边集镇瞎玩乐，也听了不少船工号子（还有山里农人的五句子歌、薅草锣鼓）。那些民歌号子，是一代代桡夫子用血汗燃烧出的生命之火，它映照出大江东去、人在路上的倔强生命，也在雄奇山河的跋涉中碰擦出幽默俏皮的火花。峡江号子，更如阳光下的多棱镜，折射出波澜壮阔的历史画面和民俗卷帙。这如同岩溶地带大山峭壁之上的洞穴，外部看去并不大，一旦进入，却会发现溶洞宽阔，石笋奇诡，暗河幽深……

（本文原载于2018年3月15日《华西都市报》）

天宝寨：『吓』石达开的悬崖城堡

一百五十年前，太平天国翼王石达开全军覆灭于四川安顺场。这场兵败，很大程度是因之前石军在宜宾横江大战中折损四万多主力。

鲜为人知的是，在宜宾长宁县有一处古城堡也曾狠狠困扰过石达开。这，就是近千米高的"空中城堡"天宝寨。

天宝寨是一处令人绝望的古代要塞：它位于一千米高的绝壁上，一半伸向山体内，一半"外挂"危崖，战时机关重重，陷阱密布，连同附近的仙寓洞，最多可容三四千人。

一个周末，我们四名驴友从成都出发，自驾四百公里，翻山越岭，来到长宁县南侧的天宝寨山下，宿一晚，次日开始攀登这座云端里的古寨。

长宁县地处古代边州，史上遭受过多次毁灭性兵燹。宋代多次大规模的"汉夷"大战和宋末元初、元末明初长时间的战乱，可谓饱经沧桑。明景泰元年（1450），"高、珙、筠、戎（兴文）夷人，各攻本县，合兵共屠长宁"，县城焚毁殆尽。

千米高的悬崖城堡

那天上午九点过，一片昏黄的太阳在云雾中隐现，我们走进一片幽深竹林，来到仙女湖畔。

仙女湖宛若一面绿色的大镜子，清澈见底。湖中央，有一尊仙女半卧梳头的汉白玉雕像，她模样俊俏，眼神妩媚，身形窈窕。当地传说，古时有个仙女偷偷下凡来这里洗澡，湖水也变得更加清凉。

去天宝寨，得先渡过这仙女湖。乘竹筏摆渡，五元一位。船老大是个二十多岁的秀丽女子，她身材苗条，皮肤微黑，冲我们努努嘴儿，让我们自己拉着筏上拴挂的绳子渡河。碧水微漾，竹筏轻轻滑过，时有白鹭飞过，让人想起沈从文先生《边城》里悠然渡河的情景。

对驴友来说，仙女湖当然只是一道开胃菜，接下来才算品尝登崖大餐。

拾级而下，是一道窄仄的栈道。栈道一面红岩山壁，一面悬崖深谷。下望，绿树掩映，村舍俨然，炊烟袅袅，时而从竹林深处传来一阵汪汪的狗吠声。

因这几天刚下过雨，临崖栈道上泼油般光滑，同行驴友谭谭两次摔倒，手上还被树枝划伤。他发现自己穿的鞋子没对，鞋底胶质齿轮几乎磨平，吃不住湿路。

翻山爬坡，来到一座"三十六计"岩上壁画前。有石碑记载，1997年，当地人岩面凿了三十六计，每一计配有经典战例图画。

山路多呈"Z"字型，迤逦而上，好几处都陡峭笔直。路的尽头弯弯绕绕融入竹林，再隐隐约约融入茫茫天宇。

很多地段破损未修，泥草填垫，看上去平实，踩入后马上发现是个坑儿。这时，我们手头的登山杖起了作用，下脚前先用杖尖戳试一下，再过去。

汗流浃背走了两小时，进入一个十米高的洞穴。这里，一名以洞窟为店铺的漂亮姑娘，笑吟吟指着货摊上的竹笋、竹荪、长宁梨、大窝柚、魔芋、绿豆

天宝寨洞穴一个套一个

糕等推销。她还不时哼起当地的山歌儿，声音清亮好听。一只黑色的狗儿趴在她身边伸出舌头，点点头，好像在赞美自己的女主人。

姑娘跟我们闲聊说，为了把这些东西搬到这半山腰的石洞里，她请了四五个小伙子在羊肠小道攀爬了足足两天，才算把"店子"折腾好。这姑娘小麦色肤色，面容玲珑娇俏，腿长腰细，一双水汪汪的大眼里荡漾着川南女子的机灵热辣。我们不忍心拒绝这么温柔的姑娘，就在她那儿买了一大包土特产，虽然价钱不大温柔。

终于走到天宝寨下方约七八十米的地方。仰头看，雾岚流动中，古寨时隐时现，有点只在此山中云深不知处的飘逸。

不知是不是被山野云雾所染，这时，同行驴友谭谭忽然脸色苍白，真是个不争气的家伙。他斜坐在石梯里边，大口喘气，脸色发白，死活不再走了："我忽然恐高症。别说登顶，就连望一望古寨都眼睛发黑，晕晕乎乎像要栽下悬崖。"没法，只好让他搁在半途上，等我们先上去。

石达开当年的困惑

　　眼前，高天之上的天宝寨，原是一个天然岩腔。它长约一千五百米，高二十米，宽十米左右。上为悬空绝壁，下是千仞削壁。从西入寨要途经十三道坚固的石寨门，处处暗藏杀机。当地人说，连同附近的仙寓洞，最多可容纳三四千人，任何凶悍的入侵者都不敢乱来。

　　难怪当年，太平天国悍将石达开也不得不在这"天敌"面前低头。

　　这里，我们根据宜宾文史资料和地方志，还原一下当年石达开在这里受挫的情景。

　　1856年春，太平天国发生"杨韦之乱"，受天王洪秀全疑忌的翼王石达开愤然率十万精兵离开天京，南征北战，居无定所，六年来辗转大半个中国。1861年夏，石军由湖北利川进入四川石柱，8月兵指大西南。此时，清军四川提督唐友耕集结云、贵、川、陕等多地兵力二十万阻击石军。

　　唐友耕（1839—1882），字泽波，号帽顶，大关厅（云南省大关县翠华镇）人，多谋善断，武功高强，为人凶狠，晚清著名将领。光绪六年（1880）署理四川提督。光绪八年（1882），病死成都提督衙署（今文化宫）。唐是公认的对付石达开大军的克星。

　　1861年11月底，八万名石军穿过迷雾，杀气腾腾直指宜宾。之前，石达开已亲派斥候（侦察兵）打探川南一带的关隘，很快看中了长宁县境内的天宝寨。

　　早前，清咸丰年间，官府为防御石军已有准备，斥巨资修建了这处空中堡垒，完工时间大约在1860年春。

　　1862年3月底，石军前锋抵达长宁县，踞守天宝寨山下，他们仰望着天堑发呆。

　　时任长宁县知县的周于堃，在听闻石达开来犯之际，提前对城防进行了加固，并将原准备清缴土匪的三百名团勇由武生张占魁带领至县城外的金鸡山下驻守御敌，血战大半天，终因兵力悬殊，加之团勇军事素质低下，张占魁及三百团勇全军覆没。周于堃退无可退，只能固城死守，以期盼援军的救援。周将七八百名最后的守军转移到天宝寨上。后来周于堃被太平军俘虏，他大义凛然、拒不降敌，被杀害于城外宝屏山下。《长宁县志》（民国版）记载：
"于堃与贼遇被执不屈，遂遇害于宝屏山下，厥状至惨，弟子左妾刘氏皆同时
殉难。"

周于堃虽然殉职，但天宝寨还是帮了他大忙。1862年5月初，山风飕飕，
天气燥热。石达开选派探子收买了两名当地的药农，悄悄爬上天宝寨边侧侦查
过，打探到的情况令人沮丧：山上守寨官军约一千一百人，已提前在各洞穴藏
有军械、粮食、衣物，并建有畜禽场所，山泉水源充足。寨子中间筑两层哨
楼，还有小分队巡逻放哨，一旦发现敌情即鸣锣吹响牛角号，号声回荡在整个
山谷，兵士听到后，须臾可操起家伙投入战斗。

斥候回来禀报，近千米高的天宝寨，陷阱遍布，机关诡秘，洞内多有暗
道，这些暗道在茅草、草丛、树枝、藤蔓、荆棘、泥石的遮掩下曲曲弯弯，神
神秘秘，直通悬崖边。有不少工事更是开凿在山体里面，别说来犯之敌，就是
自己人不小心走错了道，也会晕乎乎落入布满铁蒺竹尖的陷坑，性命难保。由
于天宝寨地势高，荆棘密布，云遮雾罩，太过险峻，早先仅有一条曲折的山体
栈道相通，但已被长宁守军控制，要想攻占上去，几乎是不可能完成的任务。

石军攻袭　损兵折将

自诩能征善战、杀敌无数的石达开，当然不甘心轻易收手，他和部下商议
认为，一旦在四川境内拥踞这座天宝寨，便有了一处天然的制高点和给养储存
地，既可北扼长江，又能南守云贵，进退自如。

据清人王之春《清朝柔远记》记载，1862年5月底的一天，浓雾弥漫着巍
峨的川南群山，疾风将竹林树叶吹得哗哗作响。石达开亲选四百名精壮军士，
一一为他们饮酒壮行，令其带着绳子找到低矮山体处，穿过修竹密林，吊上半
崖，摸近灌丛中的天宝寨，突然向城垛里的守军发射弓箭。

防守天宝寨主洞的官军大约两百多人，他们很是沉得住气，先是藏在地洞
里，等石军攻到寨下搭云梯时马上出手，九节炮、冲天炮和弓弩箭镞等疾风暴
雨般招呼下来。爬城的一百名石军来不及惨叫，霎时被射成了刺猬，血染山

谷。另一队石军悄悄爬到仙寓洞侧后方，企图从山顶吊下来偷袭，但因山势过于陡峭湿滑，没能如愿，大多被官军的竹钩套进山洞，无声无息地被杀死了。

山下如蚁般的石军望洋兴叹，一点帮不上忙，纷纷转过身去，不忍看着袍泽兄弟就这样惨死在自己的眼皮子下。

十多天后一个晚上，三百名石军死士再次偷袭，他们背着数十捆沾了火油的干草，趁月色攀爬上岩。守军听到动静，忙居高猛放火箭。有的还倾倒了几大桶滚烫的开水。石军哀号滚地，被烧死的兵士的尸体堆满一小山谷，烫伤者也不计其数。三百多人中仅二十五人逃回来。

两次攻袭失利，活着跑回来的石军仅五十来名，个个遍体鳞伤，惨不忍睹。

次日早上，天色阴沉，乌云翻滚，很快下起大雨，淅淅沥沥。石达开披着斗篷站在山下，望着云岚缭绕的天宝寨和半山腰丢弃的横七竖八的尸体，凝神良久，长叹一声，下令不再进攻。

据《太平天国史译丛》记载，那段时间，在宜宾长宁县耽误了几周后，石达开失去了南下的最佳战机。

1862年6月底，石达开攻击长宁城，守城军民拼死抵抗，石军损失两千多人。石达开强力再攻，杀气震天，尸骨横陈。石得手后恼羞成怒，下令屠城。《长宁县志》（民国版）载："贼入城大杀，死万余人。积尸如阜，血流成渠。"惨不忍睹。

一个月后，清将唐友耕的援军刘昭狱率部由安宁桥、吴家春率部由杨柳坝两路大军进击长宁，排开阵势，夹攻石达开。石达开军打了几次，损兵上千，加之粮草不继，他决定弃城而逃，长宁城终被收复。

1862年11月中旬，石军长途奔袭，在金沙江之南以横江镇石城山为中心的川滇交界地区，与清军展开了血腥惨烈的横江大战。到1863年1月31日战事结束，石军丧师四万多人，精锐损失殆尽，粮草濒临断绝，北渡长江的计划再次流产。此时，唐友耕又调来更多的黔军、滇军协同作战，发誓要将石达开困死在四川境内。

1863年6月初，已成疲惫之师的石达开军无奈转战到雅安石棉县安顺场。安顺场位于大渡河畔，此时连日洪灾暴雨，河水浑黄，石达开亲选五千精锐，集结船筏，一声令下，横渡大渡河，眼看要渡过对岸，不料河水再次陡涨，浊浪排空，澎湃汹涌，为七十年不遇，可怜五千兵士进退维谷，尽葬滔天洪水。石达开一声叹息，直道："天亡我也！"

1863年6月下旬，石达开闭门思虑整日，反复权衡，他决定舍己全三军，带儿子和亲信投降。他们放下武器后，两千名将士均遭唐友耕军失信杀害。随即，石达开父子被押解到成都科甲巷大狱，不久受凌迟处死。

大西南要塞"活化石"

一百五十多年来，天险固堡，巍然屹立，无声和岁月抗衡。

这些年，我走访过西南境内几乎所有的古战场，很少见过这么险峻、奇崛的天然堡垒。《宜宾县志》说，天宝寨是迄今西南地区保存最完好、海拔位置最高的洞穴式壁垒，是一处珍贵的古代要塞活化石。

地方志还介绍，民国初年，地方豪绅为避匪患，曾多次搬入天宝寨避难，每次搬迁器物家什时都很"壮观"，远望犹如一条长蛇在山崖间蠕动。

1930年夏，土匪头子赵二麻子率众从江安县杀入长宁。这家伙平时嗜血如命，连老人和孩子都不放过。当时天宝寨收容了九百多名居民上山避难。赵二麻子几次派人爬崖攻袭，也试图从山顶上挂绳坠下入洞，但他们没有重武器，几乎一无所

天宝寨下面是千仞削壁

得，还在半山间丢下十几具尸体，跑了。

20世纪70年代末，当地山民在仙寓洞的岩石丛草间发现了一些刀、矛、钺、长枪、棕靴、箭镞、马镫等残骸。这也证明，百多年前天宝寨一带曾发生激战。

川南一带，近百年陆续发现有石达开的多处题壁。当年石达开先后在昭通、南广河源头腾达镇、合川、宜宾横江镇、贵州仁怀等地均有题壁之作，或诗或对联，不严格拘于平仄，笔锋沉雄豪气。

那天，我们离开天宝寨下山已是傍晚。夕阳追逐着我们的脚步。这一趟，竟爬了三个多小时，每个人腰酸背痛，但心头清爽。

回头望去，不远处，天宝寨周围的红色砂石，在绿色竹林的映衬下显得金碧辉煌。一会儿，天气陡变，乌云滚滚，群山中弥漫着浓浓雨雾，四野茫茫，开始飘雨了，古寨轮廓也越来越模糊，更显神秘诡异。

（本文原载于2018年11月25日《华西都市报》）

峡江船工沧桑往事

离开三峡老家来省城定居已二十多年，每天川流不息的汽车、火车、高铁、飞机、摩托，在城市乐章里撩拨着迷乱的音符。次声波爆棚的现代交通工具，蜘蛛网般"卡"住了我的灵魂，让我在精神前行的路上磕磕碰碰，于是常常回望其实早已回不去的故乡，寻觅那早已隐去的船过江河、船工拉纤的身影。

一直觉得，我是嗅着水的气息长大的。

以生命搏生存的桡夫子

前不久回川东老家，徜徉在大宁河畔的宁厂镇，遇到儿时伙伴的父亲陈伯龄大伯。陈家的吊脚楼是贴着山长在水里的，狭长的楼身在滔滔河水里被揉碎成歪斜的倒影，宛若一个喝醉酒的莽汉随时要被河水淹没。陈伯执意留我住一晚再走。老人年近八旬，脸上沟壑纵横，犹如被千年溪流冲蚀过的岩壁，但精神矍铄，目光深邃，古铜色脸庞仿佛打了桐油的木船泛着亮光。那晚，我和陈伯龄父子喝了不少酒，龙门阵像他嘴里的叶子烟般袅袅升腾，自然，也摆到了我感兴趣的峡江船工。

宁厂镇，是古代川渝地区著名的大宁盐场所在地。镇子依山傍水，吊脚楼、过街楼层层叠叠向峡谷深处延伸。挂在山崖边的青石板路早已人迹罕至，有一搭没一搭地在茅草中出没，宛若一段段被斩得七零八落的死蛇的遗骸。颓废坍塌的旧厂房、檐廊、索桥、祠堂将老镇在时间上定格。门前石栏上，佝偻着腰的退休盐工和船工坐在竹椅上晒太阳，守着脚下的粼粼波光挨过人生晚景。一只狗儿警惕地瞅瞅我这陌生人，又摇着尾巴跑到河边找吃的去了。

陈伯龄的家，就在宁厂镇大宁河边，他们祖上几代都是桡夫子。

全长三百多公里的大宁河，发源于陕西中南山，流经巫溪、巫山两县注入浩浩长江。昔日大宁河，乱石丛生，滩多水急，最险处有马连溪、马桑沱、水口、天坑湾、叫化洞、白水河、银窝子等。沿途有很多险滩，对往昔那些过往的船只来说，俨然一个个生命的黑洞。船行险滩，桡夫子总是站在风口浪尖承担千钧压力，船上的旅客货物也在他手头一拨一扳中跌宕起伏、死里逃生。

说到桡夫子，叶圣陶先生1946年7月刊发在《文汇报》的文章这样描述：桡夫子，是指木船上划船推桡的人，因川江和大宁河里的船只多半用桡子，桡子安在船头上，左一支右一支地间隔着。平水里推起来，桡子不见得怎么重。推桡子的人往往慢条斯理地推着，前面路长，犯不着他太上劲。到了逆势的急水里，桡子就重起来，有时竟要上百斤。过滩的时候，汹涌之水的力量全压在桡子上，推桡子的人脚蹬着船板，嘴里喊着"咋咋——呵呵呵"。待过了滩，推桡子的累了，他又慢条斯理地推了。

陈伯龄大伯的说法有些不同：在长江三峡地区，"桡夫子"是对所有船工纤夫的统称，不单指推桡子的人。

陈伯龄早年在巫溪、巫山一带是有名的桡夫子，他十四岁就跟父亲在大宁河走船拉纤，20世纪70年代初开始当船老大。陈伯在激流险滩里从未失手，他水性极好，仿佛身上流淌着鱼类的基因，我小时候有一天，曾亲眼见他从自家吊脚楼跳进河里，扑腾几下划到河心，将两个卡在礁石缝隙差点被淹死的娃娃救起。

陈大伯早年的木船就是他们的家，一个遮风避雨的港湾。船长二十来尺，宽四尺多，载重四五吨。船上配员三人：一驾长、二驾长、头纤。按水流方向不同，三人分工有异：上水时，一驾长站在船尾，负责掌舵，他要利用船尾悬挂的木桨和手中的篙杆调度行船方向；二驾长和头纤站在船头，一人一把长篙，手握篙身，脚蹬船头，乘船时一把一把使劲儿，利用后挫力来推动木船。如遇水的冲力过强或滩道较长，光靠长篙的力量不足以伸到滩头，立在船头的头纤和二驾长就要果断跳下水，套上纤绳一步一步往前拉船。拉船的纤绳，由十六七股浸过桐油的篾条儿编织成，长二十来米，拉大船时就换成三十多米的。

大巴山层峦叠嶂，连山如屏。千百年来，木船一直是驰骋于长江三峡的主要交通工具。20世纪70年代中期，陈伯龄这帮巫溪船工经常顺河南下到巫山，加入长江中游的大型货运队伍，走南闯北运输盐巴、药材、粮食、生漆、草纸和各类土特产。他们循着山形水势，在惊涛骇浪里闯荡生存之路。

过去桡夫子的地位很低，拉纤时又总是低头弯腰，故被蔑称为"船狗子"。桡夫子在激流中讨口饭吃很不容易，冬天最是辛苦，经常天麻麻亮就要起床，随便就着酸萝卜吃点苞谷饭或嚼点窝窝头，就吆喝一声起锚开船。全家老小累死累活折腾一天才挣三四块钱，买二十斤洋芋就没钱买草鞋了。如果赶上领薪水就去码头吃一顿"和渣"，再叫一盘红苕坨炒老腊肉和烧腊（凉拌猪肉），算是打回牙祭。和渣又名菜豆腐，是三峡地区船上人家的最爱，做法是把泡胀的黄豆磨成浆汁儿，滤去豆渣后倒进锅里烧开，再放入切碎的青菜叶子。有时候，一大家子和朋友都待在船上，有说有笑，扑通跳进河里抓点跳跳鱼，捞点虾米、螃蟹、泥鳅，烧一把柴火烤着吃，有酒的就拿出让大伙小酌几杯，倒也快活。

陈大伯说，过去拉船时桡夫子经常不穿衣服，春夏赤身上阵，腿脚总是赤露或浸在水里，用今天的话说叫"裸奔"。陈伯龄说这也是无奈，除了省布料更为了防病，桡夫子一会船上一会水里，一会此岸一会彼岸，犹如水上舞者，衣服干了湿湿了干，行动不便还容易得风湿病关节炎。不过，虽说是裸着身子，但纤夫心头纯正，途中遇到大姑娘或小媳妇赶船，他们总是背过身接上船送上岸，并无邪念。天长日久，船上船下的人都习以为常了。

骨子里烧着一把野火的陈伯龄说，他这辈子很有些遗憾，从没去海上开过船，他想知道，那远方大海上的连天波涛跟三峡的惊涛骇浪有着怎样的气息相通。陈伯龄的职业之舟，在他五十七岁那年因腰肌劳损和胃病搁浅在故乡的埠头，以后再没离开过大宁河。我也知道，在三峡许多桡夫子的内心深处，都始终有两种力量在他们身上激荡，一种推着他们向外走，一种拉着他们向内收，一种力量去远方，一种力量回原乡。最后的归宿，必然是在故乡的青山绿水中。

宋三姐的生死传奇

"青滩叶滩不算滩，崆岭才是鬼门关"，这句秭归民谚，道出了过去的西陵峡崆滩，是令桡夫子们谈虎色变的凶险之地。江流至此，山形突然一收变陡，水势也跟着险峻，两岸的山像被刀剑削成似的，直杠杠屹立江中，形成一道曲折狭窄的山门。

木船经过时，得小心伺候着从山门中间"挤"过去，即便稍碰礁石，也会鸡蛋碰石头般顷刻覆灭，酿成惨剧。

今天的巫峡、西陵峡沿岸，那些老得动不了的人提起宋三姐，无不啧啧称道，说她的船队了不起，每过崆岭滩都有惊无险，最多像娃娃家打光脚板儿踩走石滩，有些硌人但无性命之忧。

我20世纪80年代在老家编修县志时，常听巫山县地方志办公室原主任鲁良朝讲宋三姐。提到她，老鲁的眼光就月涌大江流般闪闪发光。宋三姐名字不详，祖籍湖北巴东，眉宇霸气凌厉，额间英气逼人，一头乌黑的头发总是盘结个螺丝髻儿，开口时总露出两排洁白整齐的牙齿。女人平时喜欢穿不同花色的旗袍，旗袍是在重庆找人定制的，但她上了船立马换了个人，气场十足，犹如大船哗哗碾过波浪。

喝江水、逐江涛长大的宋三姐，不到二十岁就当了船老大。每次过了骇人的激流险滩，她都要乐呵呵抱出酒坛子和桡夫子们庆祝一番。女人喝酒喜欢端起土碗仰头就灌，三五个男人莫想放倒她。酒高了就放开喉咙，将一口傩戏唱得有滋有味。有时她喜欢掏出盒子炮，朝天上的飞鸟开几枪，看着它们在噗噗惊飞中栽落或逃窜。

巫山埠头的老人说，当年宋三姐的船队走哪儿都很拉风。不同于别家的木船多是用松木、柏木、柚木、榆木打造，三姐的船儿都是用神龙架上好的杉木打制的。这种杉木材质结实，有韧性，造出的船吃水浅，浮力大，能载重，劈波斩浪一荡一滑就过去了。宋三姐最忙碌时搞了四条二十吨位上下的大船，每船有四十来个桡夫子。最大的一艘四十五尺长，七尺多宽，每船隔成六个分舱，即便有一两舱漏水也不致全船沉没。

鲁良朝讲，大约1934年夏天，他当时才十七八岁的姥爷从巫山随三姐的船队东去武汉，站在峡口远远望去，船队升起的多重风帆鼓荡着猎猎江风，仿佛刚打花骨朵儿的荷花，盛开在橙黄色的水面上。那天，他们过了西陵峡开到一㶉水（船家俗语：水深浪平）处，正喘气儿，忽然薄雾中钻出一艘当时很少见的机动船。船上，七八个蒙面男人挥刀弄棒朝他们大声嚷嚷。三姐瞅了一眼，晓得是遇上"棒老二"（水匪）了。她丝毫没慌，站在桅杆下双手抱拳，叫声大哥走船辛苦啦，呜呜的江风将她的声音传得很远。说罢，她朝对方扔过去几条"公班土"烟土。这种公班土是当时鸦片中的极品，江湖上很难买到。那烟土盒儿在空中划出个抛物线，似乎在空中就要溢出香气来，棒老二老远就翕着鼻子迎候着。宋三姐又请对方过来喝酒，貌似不小心露出衣裤间别的一把盒子炮。这把盒子炮，是德国毛瑟兵工厂制造的一种大肚匣子，配备二十发弹夹。棒老二看出这女人不是个省油的灯，又瞅她身边的桡夫子个个一副赤发鬼样儿，嘿嘿一笑抱拳道：哦噢，大水冲了龙王庙，误会误会！后来棒老二再没为难三姐的船队了。

三姐船队的桡夫子多是孤儿出身，这些长年行走江湖的彪悍男人，心甘情愿跟宋三姐上重庆、下武汉、走驿站、渡卒役、运军火。船行船停，闯滩斗水，从不"拉稀摆带"（重庆方言，指做事不靠谱或不讲信用）。桡夫子之间互称"连绳"，意思是上了船大伙就是一家人，命脉就藤萝缠树般纠结在一起了。

崆岭滩，位于西陵峡中段。西陵峡以滩多水急著称，这些险滩，有的是两岸山岩崩落而成，有的是上游砂石冲积所致，有的是岸边伸出的岩脉，有的是江底突起的礁石。滩险处，水流如沸，泡漩翻滚，汹涌激荡，惊险万状。很多船只被野蛮的风浪裹挟到崆岭滩，完全身不由己，一驾长二驾长稍不留神就会让船儿失控，不是被撞在嶙峋的礁石上，就是被桌子大的漩涡卷走。你想想电影里的绿巨人挥臂扔砸汽车是个啥情形，崆岭滩的飓风恶浪就是个啥情形。但宋三姐船队如有神力相助，一次次完成刀尖上的舞蹈。

"兄弟伙，使劲拖，拢到地头有酒喝……"宋三姐和她的船队唱着号子，披星戴月，有时赶不到歇脚的码头，他们就在船头把铺盖打开睡通铺，聊几句荤段子。夜深了，大伙的呼噜声和船边映着月光的波涛声合在一起，传得远远的。

由于时局动乱，加之受官绅恶霸的盘剥，有些心灰意冷的宋三姐把船队变卖了，在秭归开了家缫丝厂和面粉厂。后来，大约在1937年底，一名三姐最赏识、也是对自己曾有救命之恩的桡夫子，被秭归袍哥老大打伤致残，卧床不起。那袍哥老大平时刁蛮凶狠，欺行霸市，又有一帮成天揣着刀斧招摇过市的喽啰。宋三姐跑去找袍哥理论，却被对方施暴奸辱。女人抹干眼泪默默走了。次日，她提起盒子炮赶到烟馆找到仇人，抬手砰砰砰连扣扳机，当场干掉三四人，自己也在搏杀中被对方砍死。美丽女人的生命之舟，在她三十四岁这年倾覆于险恶世道的旋涡里。

当年目睹那场景的人说，当宋三姐圆睁杏眼、耗尽气力、满身是血倒地的瞬间，天地为之变色，数十只乌鸦嗷嗷叫着从岩壁间飞出，闪着绿光的黑羽毛擦过江面溅起水花儿。江涛映照着满山枫叶，燃烧起猩红色刀刃般的亮光，西天彤云也被突如其来的飓风吹得长脚了似的乱窜。这是聂政刺杀韩傀后陡现的白虹贯日的吊诡天象吗？抑或是特洛伊的赫克托耳在城邦下战死后，亚马孙国女王彭忒西勒亚赶来复仇的情景——"身材娉婷而装束得金光闪烁"的彭忒西勒亚，勇猛无畏，冲锋陷阵，美女的双刃斧劈毙了数名希腊名将，最后在阿喀琉斯和大埃阿斯的合击下身中数刀，血染阵前，香消玉殒……

大昌古镇的"美人凳"

峡江船工终日劳碌奔波，当然有歇店住宿的地方：河铺子。

河铺子不一定是在水码头上，也许是一处住着零星人家的河滩。河铺子，是用巴茅草和山竹子编成的小平房，有的做客栈，有的做茶馆，有的做小库房，有的卖吃食。出于乘凉考虑，沿岸河铺子四周被种植了许多榕树、山藤、桉树、苦竹、菖蒲、檵木（免视）。叶子呈暗红色的檵木很有个性，枝干龙爪般在山野间伸展出去，或者将根须抓伸进岩石的缝隙，虎虎生风。

当落日熔金，夜色四合，月出东山，大宁河携带着清凉风儿吹亮了河铺子的桐油灯盏，灯光从门口溢出，追到江面上。远远望去，一江灯火，蓬蓬勃勃。这时候，有人提着竹篮高声叫卖，有人走到船边拉客，茶铺子里有歌声，有笑声，有打情骂俏声，有猜拳行令声，也有评书人说得兴起时的嘶吼声。有道是："有沽酒处便为家，菱芡四时足。明日又乘风去，任江南江北。"（陆游《好事近》）。

我以前在重庆读大学时，经常从巫溪县城乘船去巫山，每过庙峡，就从船舷望到不远处那株黄葛树越来越大。我知道，龙溪镇又到了。

龙溪，这个静卧于大宁河中游的老镇，在历史的褶皱中凸现出花岗石般的质地——南宋时的天赐城，清嘉庆年间的禹王宫、寨子堡、擂鼓台，道光时期的堤道、法国教堂、乡绅碉堡乃至20世纪60、70年代的批斗台……沿河老屋，一扇扇用竹竿撑起的窗户，依旧半开半掩，是在听风、听雨、听梦，还是在等待另一次久别重逢？重重山峦间，一弯绿水忠实地呵护着老镇的记忆。

龙溪镇当年开有许多河铺子，铺子门面上大多挂着小酒幡。店主大多是桡夫子的女人。女人平时在镇上一边纳鞋垫儿一边卖点小杂货，她们生命的存在，仿佛就是为了等候男人来也匆匆去也匆匆。桡夫子管这些女人叫滩姐儿。滩姐儿心忧男人常年在外，出门如断线的风筝再无踪影。那些望穿秋水始终等不回情郎的滩姐儿，也乐于把一些萍水相逢的桡夫子当情郎对待。若对方想留下过夜，她一般不会拒绝。夜深了，女人的呻吟透过河铺的窗牖传得很远，在月色下搅动一河柔波，唤醒东天既白。若浓情时女人的旧相好不期而至，她会镇定地抹抹发髻儿瞥去一眼：着么子急？找个家伙打一架吧，哪个赢了我跟哪个好。

龙溪河畔那棵千年黄葛树，神奇得近乎天方夜谭。我听当地人讲，20世纪70年代末，它竟在短短一月内经历了由绿叶变黄、黄叶掉光、发出新芽、再重新恢复枝繁叶茂的"变脸"过程，浓缩了一年的四季更替。可怜大树或许是长久杵在荒僻岸边太寂寞了，才变着戏法儿自娱自乐。

龙溪以南十五公里处的大昌镇，曾发掘出新石器时代、商周时代的珍贵文物。早年，这里的建筑都是砖木结构，飞檐鳞瓦，有的墙体有了裂缝，有的墙脚长满苔藓。鸡舍、猪食槽和石磨散在路边。如今，这里已被商业的惊涛冲刷成"油漆古镇"。20世纪80年代初我在重庆读大学时，每次乘船经大昌都要上岸打尖，坐在河边的长条石凳上边吃东西边看船来舟往。石凳光滑冰凉，凳面油亮如镜，被当地人称为"美人凳"。

大昌自古是个出美女的地方。不知何时开始，镇上一些年轻女子喜欢来石凳上静坐，她们微托粉腮，对过往客商或浅浅一笑或淡淡一瞥；更多女子则久坐不走，窈窕的腰肢儿像是与石凳生生连在一起似的。原来，这些女子是在思念自己的情郎，盼着他早些归来。风雨如磐，年年月月，未改初衷。

我一直觉得，那些看似清凉的石凳其实是有温度的，它的温度如深藏在山体内核的岩浆，总在默默积蓄能量，或许它是在等待一个热切诉说的喷火口。朝云暮雨，寒暑更迭，石凳熨帖地感知着远去桡夫子的生死冷暖，也陪伴着女子们流水般逝去朱颜，更承载了眷属对男人风里来雨里去的担忧。九曲十八弯的大宁河，隐藏着太多噬人的暗礁，有着太多未卜的生死，有的桡夫子回来了，有的永远没有回来。这让我想起沈从文先生《边城》里那句话："到了冬天，那个圮坍了的白塔，又重新修好了。那个在月下唱歌，使翠翠在睡梦里为歌声把灵魂轻轻浮起的年轻人，还不曾回到茶峒来……"

峡江男人活着的使命，仿佛就是待他们稍稍长大就握着蒿杆、提着铁锚，和家人道个别便一脚踏进木船，从此把身影融进江涛河雾中。多少年来，许多船毁人亡的惨剧，是很久之后被过往客商当下酒菜聊出来的。"江天一色无纤尘，皎皎空中孤月轮"，无数个月圆之夜，大昌的年轻寡妇沿着茅草丛生的青石板路，走过半拱形石桥，来到河边洗衣浣纱，一搓一揉中，她们心头淤积的苦痛贯注在一双手上，动作越来越急速，最后用铆劲儿捣衣来砸跑失去亲人的悲痛和不安。秋风萧瑟的午夜，女人还坐在冰凉的石凳上望着银光闪闪的河面，盼着踏月而来的船影上捎来一丝男人的气息……

可惜，大昌镇那个长条石凳终因旧城改造不知去向。石头上的故事，也被凌冽峡风吹得无影无踪。它来不及诉说什么。

"不知远郡何时到，犹喜全家此去同。万里王程三峡外，百年生计一舟中。"（白居易《入峡次巴东》）一代代峡江船工，为了生计起早贪黑，流血淌汗，前赴后继，行走江河。而木舟、大船、驳子、划子，来来往往又不至于翻江倒海——这看似松散的船队、船帮背后，始终有根无形的绳子如铁锚系舟般将大家拴在一起。这根绳子，就是帮规。

对三峡地区民俗文化颇有研究的重庆市巫溪县档案局副局长吴健先生告诉我：晚清和民国时期，活跃在三峡一带的船队大致分为八大帮派。船帮是由船主们自发组建起来的民间协会组织，主要是协调船帮内外关系，维护船运秩序和船工利益。

吴健说，当时，从宜昌到重庆沿江每三个县的船主都会结帮，如巴东、秭归、兴山三县的船舶结为楚帮，楚帮的船只打的"顺"字号旗，奉节、巫山、大昌结为巫奉帮，船只上悬挂的是金黄旗；云阳、开县、万县结成的船帮悬挂的旗号则是三角形镶黑边旗；丰都、涪陵结成的船帮悬挂的旗帜，则是四方形的泡花旗。有了自己的旗号，桡夫子就有了归宿，有了活命的奔头。

活跃在重庆到湖北的八大帮派，从地域"码头"上看有着较明显的对峙意味，比如上游的川帮在同下游的楚帮争斗中多占便利，自称"上江的"，楚帮则被称为"下江的"。按当时道上规矩，船到"公海"，一杆纤桩儿竖在哪儿，哪儿就是各自的领地。平时井水不犯河水，互不来往。当然，如果船队扎堆又逢过节啥的，大伙一高兴，还可以抱出各家的红苕酒，就着干鱼片和烧腊什么的，坐在一起烧起篝火，痛饮几杯，划拳玩牌，再对着明月清风说说女人。

19世纪末，外国机动轮船开始驶进重庆，标志着川江航运的机器时代到来。这股由金属激起的惊涛骇浪给木船运输带来灭顶之灾。船帮和船工们无可奈何，任由木船业走向衰落，一如洪涝之中的房屋塌方般被水冲走。大约在20世纪70年代末，峡江一带的船工们带着难以言说的心情，终结了他们手工运船的沧桑使命。

（本文原载于2018年5月11日《华西都市报》）

第四编

◇

街院遗迹

盐亭街头的字库塔

"写好的纸不能乱丢，不然仓颉老人会怪罪……"

字库塔，又称"字库"或"惜字宫"，它是古人专门用来焚烧字纸的建筑。

目前在四川，保存最完好规模最大的字库塔在川北盐亭县，仅有图文记载的字库塔就达二十九座，数量之多、分布之广、造型之丰富为国内罕见。令人吃惊的是，这个县还有一座全国唯一的关于字的牌坊——"惜墨如金牌坊"。

全国唯一"惜墨如金牌坊"

盐亭县最有名的字库塔，位于榉溪乡任广村四社真武宫。它建于清同治元年（1862），坐北向南，面积3.61平方米。塔平面呈四方形，塔基高为0.9米，塔身3层，高约为4米。塔身有浮雕，人物雕刻。塔身第一层有序文及捐款建塔人的姓名及捐款数，但字迹已模糊不清，塔身第二层西面阴刻"惜字宫"，旁有对联"闲文□□"，"浅篇付□"。

盐亭县高灯镇阳春村，有一座莲池寺字库塔。塔基高为0.8米，塔身3层，高约为3米，修建于清代同治年间。采访中，村民杨德武告诉我："三十多年来，我家老小天天都从这里经过。每天看着它都很亲切，但小时候不知道塔是用来做什么的，我还和同村的

盐亭全国唯一字库塔牌坊

小伙伴爬到上面耍，有时还在上面画点什么。后来听老辈人说是从前读书人焚烧字纸的地方，得尊重。我们就再也不在上面乱刻乱画了。"

有趣的是，古代的盐亭人不但修建了许多字库塔，还建造了一座"惜墨如金"牌坊，这也是国内迄今发现的唯一的字库牌坊。

惜墨如金牌坊，位于盐亭县麻秧乡檬子村敬老院门口。这牌坊高6.2米，宽7.4米，四柱三开间，左右次间各有一字库，坊身开龛，供奉仓颉、孔子、关羽造像，正面和背面正中分别刻有"惜墨如金""学海文宗"几个大字。牌坊正楼之上还耸立着一座六角楼阁式塔。这种坊上有塔的造型，在国内几乎绝无仅有。

檬子村村民赵和青说，小时候他听爷爷讲，明朝万历年间，村里有个金石匠看到乡人经常丢弃字纸痛心，屡屡规劝无果，就领着儿子金大兴独自在山中采石建牌坊再做规劝，历时三年多，终于凑够了所需石料，此时金石匠家中已快揭不开锅了。但金石匠父子的义举感动了乡民，也令读书人自愧不如，他们纷纷捐资，协助石匠建造了这座牌坊。

老赵还说，20世纪60年代末，有几个戴红袖章的外地娃娃，咋咋呼呼扛着锄头、铁锤要来砸这座"封建余孽"，遭到全村人的集体抗议，有几个长得虎背熊腰的农民黑着脸说："除非你几爷子先把我放倒，否则莫想砸我们老祖宗留下的东西。"

字库塔通常修在场镇街口

被逐渐遗忘的字库塔，上百年前到底有着怎样的"使命"呢？

巴蜀历史文化专家谭继和指出，在中国古人眼里，文字神圣而崇高，字纸不应该随意丢弃，哪怕是废纸，只要写着文字，丢弃时也应该焚化。据四川地方志资料记载，字库塔始建于宋代，到明清时期已经相当普及了。于是在四川、重庆等地民间普遍有这样的说法："写好的纸不能乱丢，不然仓颉老人会怪罪。"

这样，在纸张发明与大量制造之前，人们不会轻易抛弃书写文字的丝帛与竹简。即便宋代印刷术出现，书籍纸张逐渐普及，文人们依旧不会随意处理字纸，甚至把这份对字纸的敬仰与爱惜物化，修建了字库塔，用来专门焚烧祭拜字纸。"很早的时候，四川不同地方开始修建字库塔，但不管是外形还是本身的内容，几乎都大同小异。"谭继和说。

在盐亭各乡镇，字库塔通常修建在场镇街口、书院寺庙之内，也有名门乡绅大户建在自家院里或家族宗祠旁，甚至还有乡人集资共同修建。功能上，塔身通常有一小孔，或方、或圆或马蹄形，字纸便从这里投入，烟则从塔顶的出烟口飘出来。"我偶尔也把自己写的字画拿来烧一下，感受古人那份对文字的崇拜，对字纸的敬仰。"盐亭县博物馆的老冯说。

县城盐亭笔塔是省级保护文物，位于嫘祖文化广场，即原来的盐亭旧城西门外宝台观。这座笔塔建于1888年，到2008年整整一百二十年，其间经历过了1933年和1976年两次大地震，赫然屹立。

在盐亭乡镇，像这样的字库塔还有很多。广庭村的文风塔、极庵村的毛罐寺字库塔、文同村的高院寺字库塔、云仙村云仙字库塔、天台村的天台字库

盐亭的字库塔是全国最多的

塔、永寿村字库塔……盐亭的二十九座字库塔，配以相应的楹联、吉祥图案，数量之多，分布之广，在崇尚耕读的川北乡村大地上，默默撑起一片根脉厚重的"字文化"丰碑。

清代古建筑文化的实物佐证

自古以来，中国民间遵从"万般皆下品，唯有读书高"、"学而优则仕"的古训。清咸丰年间，盐亭县还曾经有明文规定：写有文字的纸张不得派以裱糊、包裹，更不能践踏，必须送到惜字塔焚化。过去在盐亭县乡村，大多数人家里都有"惜字篓"，废弃字纸都要集中存放在里面，因此还出现了专门的"化字队伍"。

20世纪以来，敬惜字纸的传统逐渐势式微，很多字库塔也被毁坏。即便是幸运留存于世的石塔，现代人对其也极为陌生。这些硕果仅存的字库塔成了遗迹，也成了文物保护工作者们研究的对象。

如今，在中国南方的荒野田畴间，仍然存在着两百多座清代字库塔；盐亭县则为全国字库塔最多的地方，有图文记载的字库塔就达二十九座，为全国罕见。

这些年，虽然少有人来烧字焚纸，但每逢初一、十五，附近的老人会到塔前点蜡祭拜，祈福许愿。或许，只有惜墨如金坊一旁的那棵百年黄葛树才知道字库塔最初的作用。

川北作家岳定海告诉笔者，在盐亭，有一些字库塔因长期在户外被风化雨淋和人为故意损伤，被严重破坏，需要修葺。"像莲池寺字库塔，年初县文管所就对塔基进行了加固，在塔身周围修了围栏、石地板，以防止村里的牛羊破坏石塔。平时，县里也安排了专人定期巡查和保护。"岳定海说。

四川字库塔　撑起一片"字文化"

在四川各地，这样的字库塔可以说是比比皆是。

成都市中心有个惜字宫街，嘉庆《四川通志·祠庙》上面说："惜字宫，古禹庙也，前殿祀仓颉，中殿礼禹王。"称这条街在明清时建有类似亭或塔的炉体，用来焚烧字纸，称为"惜字亭"或"惜字宫"。随着历史的演进，惜字宫逐渐成为供奉仓颉的庙宇。仓颉是黄帝时代的史官，文字的创造者，他被尊称为"制字先师"。

成都周边最有名的字库塔是崇州街子古镇的字库塔。该塔建于清道光年间，用石条、石墩和青砖建成。塔高十五米。塔呈六方体形，分五层，第四层墙刻有"白蛇传"等壁画。旧时，信奉"惜字是福"的街子人认为，随便丢弃、污染有字的纸是缺德的事，应该把废弃不用的字纸放在特制的纸篓内集中起来焚化。于是百姓分别在街道的上场口和下场口修建了两座专供焚纸用的字库。上场口的那座已毁，下场口的这座至今保存完好。

龙泉驿洛带古镇也有一座字库塔，它修建于光绪六年（1880），在20世纪60年代，由于各种原因，字库塔被拆除。而今天所看到的字库塔则是近几年修建的，但是当地政府在修建时考虑到了修旧如旧的原则，采用了清代的老砖。

雅安市上里古镇有一座清同治五年（1866）修建的字库塔（当地人叫文峰塔），塔下有字纸炉，为上里古代官宦人家和文人燃烧字纸之用。塔上因刻写了红军的标语，而共同成为一处珍贵的历史遗迹。1935年6月至1936年2月，红一方面军经雅安在甲金山下的达维与红四方面军会师。上里古镇境内尚存有红军石刻标语七十余幅。

西充县有一座著名的胥氏祠字库塔，该塔为六方形五级楼阁，塔座为正方形，边长2.4米，高0.3米。塔身为六边形，通高6.5米。底层东南侧题刻《胥氏祠字库库序》，塔身第二层西侧有方形化字口，塔刹早年已毁。

凉山彝族自治州德昌县，也是全国县级保存惜字塔较多的地方，这里的字库塔群由六座塔组成，分别坐落于德昌县的茨达镇、巴洞乡、德州镇、六所镇、小高镇、麻栗镇等六个乡镇，多建造于清道光至光绪年间，是古代崇文敬字思想意识的反映。多年前我在德昌采访时听说，到民国晚期，德昌街上仅有一位读过古书，穿着旧长衫的肖和林老先生在捡字纸，中华人民共和国成立后，这位老先生也停止了他的惜字活动。

在四川广袤的乡镇，这样字库塔还有很多，很难统计出一个准确数字。

它们造型丰富，大多采用六角柱体或八柱体，也有的建成简朴的四柱体。塔身通常有一小孔，或方、或圆或倒U形，字纸便从这里投入。塔顶及塔身装饰风格各异，大都雕梁画栋，特色突出；有的则非常古朴，青砖碧瓦，未加更多修饰。

古代"学而优则仕"的观念深入人心，自明清开始，四川地区的字库塔大多逐渐演变为一种祈福的载体。人们将它设在衙门、书院，有的设在寺庙、街口、乡间地头，还有些大户人家设在自家花园中，供上仓颉、文昌帝君、孔圣人等文神之位，希望得到庇佑而金榜题名。

（本文原载于2016年10月15日《华西都市报》）

马湖有个孟获岛

去四川马湖的人很少，许多资深玩家都不大知道这地儿。我是冲着马湖是三国"蛮夷英雄"孟获的故乡，又看了一些驴友拍摄的图片，才好奇地去过两次。

马湖，又名黄琅海子，位于凉山州雷波县马湖乡、黄琅镇境内，相传古有金马跃入湖中沐浴而得名。三国时，蜀汉政权平定南中后，曾设马湖、潜街二县以羁縻"马湖蛮"，而将金沙江的宜宾至金阳段称为马湖江，其上称泸水，其下则称江水。唐代马湖称"天池"，宋代又称"文池"，元代有"龙湖"之称，明清时期复称马湖。

前不久，我和成都几位好友驾着三台越野车去马湖游玩采风。沿途阳光明媚，草木葳蕤，沟壑纵横，一边是奔涌的金沙江，一边是刀劈神斧般的悬崖峭壁。路上比较好走，尤其是乐宜高速修通后，过乐山在犍为（南）出，沿307国道转行沐川县，进入凉山境内，在中田乡附近几乎一鼓作气穿行十八个隧道，再在盘山公路驶约四十分钟,才到。算下来,断断续续共花了七八个小时。

在山岭中穿行十八个隧道

去马湖一路平坦,但过了凉山境内的中田乡,需要在高山深壑中连续穿行十八个隧道,这有点沉闷。你可以想象,以前没修隧道前,从成都去一次马湖得花费多长时间。

据同行一作家朋友介绍,以前的车子,要在盘山公路上至少弯弯绕绕走四五天,"马湖周边因为地处偏远,又到处是密林山谷,还有不少幽暗曲折的洞穴,自古以来是土匪出没之地。这里也是旧时川西地区最难治理的地方。"他说。

驾行中我们看到,长长短短的十八个隧道洞,穿行于逶迤的崇山峻岭中。除了第一个隧道,限速四十公里,其他都无明确限行标志。很多洞里尘泥弥漫,不时有大货车轰轰隆隆跑过,车轮过处,溅起满目的泥水尘埃。人在车里闷着,哪怕稍稍开点车窗,马上会闻到一股呛人的味道。

这一气连成的十八个隧道里,目前大多没安灯,限速六十公里,黑黢黢阴森森的,越往前走,在车子光轮的滑动下,越是有一种钻入地心出不来的感觉,单调枯燥,昏昏欲睡。让人体验到好莱坞电影《地心历险记》的情景,影影绰绰的有些瘆人。而且,隧道里行车,人也很容易犯困。

马湖比泸沽湖更清亮幽深

被高原"围"住的马湖水,青幽幽的似乎看不到头,更奇怪的是很难找到源头,当地渔民说,马湖主要是由四周雪峰和地下水汇涌形成的活水湖,所有的水又大都在地下或洞穴里宛转流出,形成无数暗河,而"多余"冒出来后沿着悬崖的洞孔流入山下的金沙江,壮大了金沙江的声势,难怪马湖一年四季都是鲜活灵动的。由于当地保护得当,又人迹罕至,好些资深玩家都说,马湖的

马湖孟获庙

水质应该是川西高原上最透明的，说它是川西高原最后的纯净湖泊，一点不为过。

那天早上，我们步行到湖边，看到茫茫苍苍的湖水惊人地干净，看不到其他景区湖面上常漂浮的垃圾、果皮、纸屑、矿泉水瓶等杂物。据当地人说，湖水可以直接饮用。北京来的摄影师刘明国说，马湖的水，比他多次去过的邛海、泸沽湖干净多了。

马湖不像四川有名的朝阳湖、石象湖那样山重水复，幽深萦回。从地图上看，它的形状像一条四脚蛇，南北长，东西窄。

我在湖中央的孟获岛上看到这样的资料：马湖南北长5.5公里，东西宽近2.5公里，面积13.75平方公里，平均水深70米，最深处有170米，湖面的海拔高度一般是在1100米左右。镇上居民周友菊告诉我们，马湖终年不干，除了每年春季灌溉农田时水位稍有降低以外，平时都很稳定。

中午，我们从孟获岛海龙庙出发，来了趟环湖游。游船是靠电瓶发动的，走得很慢，也很安静。船老大老陈告诉我们，为了保护这个原生态高原湖泊，当地政府规定绝对不准在湖里养殖水产（饲料会污染湖水），整个马湖的七十四艘机动船，除了"管湖的"有四艘柴油船用于公务巡视，其余的游船都是没什么污染的电瓶船。

"至于其他水景常有的水上娱乐实施，马湖今天不会有，以后也不准备有。"镇上工作人员告诉我们。

孟获被"七擒"只是传说

前面提到的孟获岛，是当地人为纪念他们的"保护神"孟获将军修建的。《三国演义》中，诸葛亮在蜀扶佐阿斗，曾多次率军南征（最远时打到云南保山）。南征中最富戏剧性的"七擒孟获"故事，就发生在马湖一带。

据清人黄廷桂所纂《四川通志》载，当年刘备病逝白帝城后，蜀国南边相继发生叛乱。建兴三年（225），诸葛亮亲率大军南渡泸水（金沙江），迅速平定云、贵地区的叛乱，巩固了蜀国后方。南征中，诸葛亮为达到"攻心为上"的目的，在石棉一带连续七次抓住蛮邦首领孟获，又七次放走了他。这样做的目的是让他输得心服口服。

孟获最终信服了诸葛亮，他把各部族首领请来，流泪说："作战中七纵七擒，自古从没听说过。丞相对我们仁至义尽，我哪有脸回去再战呀？"就这样，孟获等终于顺服蜀汉。

不过，对"七擒孟获"的说法素来有争议。在雷波当地人心目中，孟获哪是那么笨的人啊？他是汉末时期彝族人的杰出头领，民间流传说，孟获力大无穷，一个人可以把一头大水牛掀翻在地，他聪明过人，勇武善战，爱民如子，开垦良田，构筑水渠，为百姓做了很多善事，他是彝人心目中的"民族英雄"。

《雷波县志》介绍说，孟获当年和诸葛亮作战时，主要地点是在雷波一带，他这个人很用心，暗施毒计，把蜀军诱至雷波县附近的秃龙洞。此地山岭险峻，花草浓密，常有毒蛇出没，更有瘴气弥漫。蜀兵发现中计已经晚了，进入此地后很快染上瘟病，全军面临不战自溃的危险。诸葛亮在马湖叩拜求解于当地一白发老翁，找到一种仙草"韭叶芸香"，让兵士口含草叶，嚼碎服下，才除去瘴气。诸葛亮最终率师征服了南蛮。

后人为纪念孟获，在湖中最大的岛屿——孟获岛上修建了海龙庙，庙中主殿为孟获殿，里边供奉着孟获塑像，后殿则供奉着观音菩萨。

陈寿《三国志》本传中，并未记载孟获其人，相关事迹仅在《汉晋春秋》《襄阳记》等有零星记述。据《汉晋春秋》载，蜀先主刘备死亡前后，孟获追随益州郡大姓雍闿起兵反蜀汉，并诱煽夷人同叛。蜀丞相诸葛亮到南中亲征，百战百捷。他闻知有个叫孟获的人，向来为本地的夷人和汉人所敬仰，于是发兵攻打孟获并在盘东擒获了他。但诸葛亮是一锤定音就搞定了孟获，没有折腾七次。

马湖当地人还经常说起孟获夫人，眉飞色舞讲了很多关于这个女汉子的故事。孟获岛陈列室也有资料介绍：孟获当初和蜀军作战时，美丽的祝融夫人也没闲着，她夫唱妇随，重装出战。这女汉子性格刚烈，说一不二。她武艺高强，一般的男人根本不是她的对手，她以丈八长标为兵器，背插五口飞刀，百发百中。坐下一匹卷毛赤兔马，四蹄生风，鬃毛飘扬，一般的蜀马很难跑赢。当年三江城被诸葛亮取得后，祝融夫人再替丈夫出阵，以飞刀伤蜀将张嶷之手，又用绊马索擒下马忠，生擒二人；后因受不住赵云、魏延的挑衅，贸然在月色中深入敌军陷阱，旋即被马岱以绊马索擒下。孟获心疼老婆，以张、马二将换回夫人。后来诸葛亮降服孟获，祝融夫人也深明大义，夫唱妇随。再后来，祝融夫人随孟获来过成都。但我在四川省图书馆翻了十几本地方志，也没查到没有这方面的文献记载。

马湖是一处清幽僻静的高山湖泊，但历史上也曾山河变色，映照刀光剑影、伏尸漂橹。三国时，蜀汉政权平定南中后，曾设马湖、潜街二县以羁縻"马湖蛮"，而将金沙江的宜宾至金阳段称为马湖江，其上称泸水，其下则称江水。唐代马湖称"天池"，宋代又称"文池"，元代有"龙湖"之称，明清时期复称马湖。

石棉县孟获城遗址

国内独有的莼菜种植基地

孟获岛上，古树参天，藤蔓缠绕，野花摇曳，百鸟欢唱，犹如仙境般清幽梦幻。那天早上，薄雾中，我独自走在湖边，地衣苔藓遍地，稍不留神还会滑倒，幽谧森森，充满原始古朴的气息。站在岛上一茶园的栏杆上俯瞰，四周群山如黛，农田阡陌，沿岸由茶园、绿道和森林环绕，林木苍翠，湖光山色，醉人心扉。岛上居民说，如果是春天，马湖边，红红的桃花和绿绿的湖水色彩反差很大，交相辉映，在蓝天白云下更是说不出的美丽。

值得一提的是，马湖生长着一种天然绿色植物莼菜。莼菜，别名水葵、马蹄草、水莲，有清热解毒、杀菌消炎、防癌抗癌的功能，在防治贫血、肝炎等方面也有较好作用。这种菜也是很好的美食，相当可口，滑爽而香脆。据说，它生长的水质要求很高，不能有一点杂质，全国各地也只有马湖才生长这种绿色莼菜。目前马湖种植的莼菜已有一千多亩。

在湖边的黄琅镇，我们看到，纵横交错的湖泊里飘荡着一只只小船，船里坐着长得身穿花衫、头戴斗笠的妇女，只见她们弯着腰把如藕般的手臂伸入湖中，在一根根绿色的藤上一点一点地掐起一枚枚嫩绿的牙尖儿，原来，她们在采莼菜，那嫩绿的牙尖儿便是莼菜，这让我不由想起一幅江南女孩"采莲南塘秋，莲花过人头；低头弄莲子，莲子青如水"的画面来。

马湖边，人们日出而作，日落而息，简单朴素的生活里不仅有着大都市里难以企及的田园风情，也有着超然象外的桃园意韵。这样一幅活灵活现的人间山水画，对开始厌倦喧嚣生活的现代人，真是一种梦境般的诱惑。

（本文原载于2017年5月29日《华西都市报》）

姜家大院的百年兴衰

一代代姜家人前赴后继，将醇香边茶运往康藏高原，在茫茫雪域踩踏出一条汉藏商贸往来的崎岖之路……

姜家大院，是川藏茶马古道上难得保存完好的清代豪宅遗址。这座被四周现代建筑群挤压得就要趴下的老院子，散发着最后一丝昔日茶商巨子前赴后继艰难挣扎的历史气息，承载着汉藏边茶贸易的峥嵘风骨，更蕴藏着迷乱时代的百年风云。

姜家大院位于川南荥经县民主后街，最初由明末一徐姓土司修建，清道光年间卖与姜家先祖，几经修缮扩建，成为川藏线名噪一时的"裕兴号"茶厂，迄今已有一百七十余年历史。

"裕国兴家"的清代豪宅

荥经古称严道，位于四川盆地西部边缘，是古代南方丝绸之路和茶马古道上的重要驿站。两条从迤逦山岭走向异国的贸易驿道在此重叠交集，这在国内绝无仅有。黄炎培先生曾赋诗曰："荥经之水，岩石嶙峋；荥经之城，空气氤氲。"

深秋时节，我来到荥经县城，问起姜家大院，几个孩子跳跃着争相指路，带我来到开善寺附近的民主后街。民主后街是一条四百米长的老街巷，随处可见高大山墙的民居。民居或高或低，错落有致，泥夹墙和木板墙相间，穿斗屋架之间开着雕花窗户。街边种植着桂花树、榕树、苹果树、桃树、银杏。居民们说，桂树尤其可爱，一条条树枝横伸出来，在阳光下泛现绿宝石般的光彩，中秋节前后，桂花树上挂满金黄小花，人走在树下，能听到桂花轻微的绽蕾声儿。

那天上午，阳光透过树枝落下斑驳的光点，屋脊上鸟儿在鸣叫，衬托出这里的寂静，这种寂静，是从岁月深处延伸出来的，在簌簌落叶的映衬下有些瘆人的感觉。一只狗儿懒洋洋跟着走了一段，胡乱啃了些东西，就躺在墙旮旯眯眯眼睡去了。

推开一扇厚重的大木门，一座看上去早已颓旧的大院呈现在面前。

姜家大院占地面积一千八百平方米，坐南朝北，平面中心轴上有个龙门，两个天井、两个过厅、一个主房。另有一小天井，五个厢房，主房正对过厅，共三间。天井内的石阶，长满厚重潮湿的青苔，蝼蚁从容爬行，呼吸着陈旧的湿气。

姜家大院是典型的木结构穿斗式建筑，懂行的人说，屋面荷载和楼面荷载由椽角及楼板传递给檩条，再由檩条传给木柱，木柱再将荷载通过柱基传达到地基，建筑结构受力和传力途径简单明确。难怪姜家大院经受数百年风雨，屡屡受挫，却依然牢固。这些年我行游巴蜀各地，很少看到如此宽阔牢固的旧民居。

大院的门、窗、屋脊、柱墩、抬墩和磉礅，雕工精细、内涵丰富。反映了当年房屋主人的追求与理想，也反映了忠孝节义、福禄寿喜等传统文化内涵。

寂静的姜家大院

　　秋风萧瑟，鹧鸪飞过，落叶飘零，为这座冷清大院平添一些古意。院子越是寂静，我脑子里越是激荡。我很难把眼前看到的情景同一个久远混沌的时代联系起来：近两百年来，一代代姜家人苦心经营，前赴后继，将一包包边茶运往康藏高原，在茫茫雪域踩踏出一条汉藏商贸往来的坎坷之路……

善待恶人的精明商号

　　姜氏不是本地人，原籍在甘肃天水，明末携家带口入川，住眉山洪雅县止戈坝。清康熙末年，姜氏六世祖姜灿带七世祖姜圻阔等族人，离开洪雅迁居到雅安荥经县，最初经营铸银，在积累一定资金后转型搞茶业，渐渐成了当地大户。

　　这里有个故事，说明姜家人的诚信和精明。据姜氏族谱记载，清乾隆中，姜氏荣华公来荥后白手起家，始以铸银为业（为客户将碎散银铸成一两、五两、十两银锭）。县城有个豪绅妒忌其生意火红，某日趁荣华公酒醉，前来寄存一封碎银要求加工成锭。荣华公醒后，见全为伪银，仍照数以真银交易。豪绅隔日来取，拆封检验，皆为纯银，无言而去，自此姜氏誉满全城。

发达后的姜家经常成为小偷窥视的目标，于是安排精壮汉子持棍巡，汉子每每抓住贼人不打不骂，却带到厨房好菜好酒招待，末了再给一笔钱，"恭请"别再叨扰。

20世纪40年代初期，康巴藏区许多藏民感染了火症（痢疾），姜家闻讯，紧急联合荥经数家生产茶叶的厂家，根据古法配制了一种桤木茶运送藏地，让藏民患者迅速得到康复。

姜氏族谱还记载，清道光年间一年中秋节，姜家外面的桂花树开得特别好，桂树上挂满了金灿灿的小花儿，一朵朵四瓣小花簇拥在各自的枝头，花瓣中小得几乎看不见的花蕊在金风中颤动。晚上，月儿正圆，清风徐来，喜鹊飞来飞去，姜家大院坝坐满了邻里乡亲，大家一边赏月聊天，一边喝着姜氏酿造的桂花茶，一边听评书艺人讲隋唐演义。如水月光静静流泻，洗涤了每个人的乡愁。

清乾隆时期，姜家除了开银铺，更多向茶业转型。当然，盛产边茶的整个雅安地区也有这种激荡人心的商业氛围。

曾几何时，雅安地区的茶担子，一度扛起了古代的国家战略。宋朝和明朝两个朝代，因战争频繁需要大量马匹，朝廷颁布了"榷茶"法令，希望拿更多的茶叶去换取更多的马匹。在此背景下，雅安茶叶久旱逢甘露般得到很好的发展，茶叶产量不断增加，焙（烘烤）茶作坊大量出现，每年提供换马的茶叶高达数百万斤，名列西南第一。

据1995年版《荥经县志》载，县境严道、新添等地是昔日四通八达的雅茶集散地，以民国十年（1921）九月为例，这两个弹丸小镇每日容纳背夫、马帮、行商达八九百人次，骡马上千匹，给驮畜喂食的草料都东一垛西一垛挤满仓储。

姜家先祖是个明白人，他们和藏地茶商广交朋友，摸清他们的生活习性，研制出最适合西藏人饮用的藏茶配方。清嘉庆年间，经由姜家八世祖姜凯、九世祖姜荣华两代人努力，筹建成立了华兴公司并赴京登记"请引"，创立了后来近两个世纪享誉康藏的"仁真杜吉"边茶品牌。为扩大生产规模，姜家还租下近邻陈家大院做厂房，招收大量雇员，隆隆机器声随荣河的绿波荡漾开去。

藏族同胞地处高寒地带，饮食上形成"嗜茶行为"，宁可三日无肉，不可一日无茶。当时茶马互市的国家政策，更是大手笔涂抹出一幅波澜壮阔的时代画面：成群结队的背夫、马帮驮着砖茶，顶风冒雪，披星戴月，翻越大相岭，跋涉化林坪，行走康藏高原，号子声和吆喝声在高山河谷悠扬传递，连天上的鹰隼也乐滋滋盘旋助兴……

穿云钻雾的茶马古道，以背夫的丁字拐和马帮的蹄印为引擎，跨越了大渡河、岷江、金沙江、雅砻江、雅鲁藏布江、澜沧江，贯穿了川、滇、藏、甘、青等省区，最终通往尼泊尔、不丹、印度、缅甸等邻国。荥经姜氏，无疑是这商贸洪流中一朵晶莹的浪花。

商运起伏，一如茶道坎坷

《百年孤独》里有一句话："这个家庭的历史，是一架周而复始无法停息的机器，是一个转动着的轮子；这只齿轮，要不是轴会逐渐不可避免地磨损的话，会永远旋转下去。"但，世界上有这样永不磨损的轴心吗？没有。

姜家遭受的第一次考验，是在清末民初。

由于社会的动荡，当局对茶叶的政策时有变动，清末的专用茶票渐渐取代了之前的茶引（执照），各省商贩凡纳税者都可领票运销康藏之地，市场热闹了，也良莠不齐了。严控茶叶质量的姜家茶店很有些不适应，生意做亏了，欠了些债，甚至经常没法开工生产。

眼看再也无法养活大家族了，姜氏决定分家。

分家的条件是：要么分田产，要么分商标和债务。老二姜永兆有四个太太、七个儿子、九个女儿，靠那些田产无法养活家人，他毅然选择了商标和债务——哪怕穷得叮当响，也要偿还所有欠债。

姜永兆是个熟读诗书的儒商，他决定派大儿子永昌和侄子永吉去西藏求助。当时家里拿不出多少盘缠，就蒸了几袋玉米馍馍，由家里仅有的一头瘦驴

姜家大院紧依著名的开善寺

驮着。望着兄弟俩远去的背影，家人去开善寺烧香祈福，祷告他们活着回来。这是1841年前后的事。

　　带着挽救姜家的使命，姜永昌、姜永吉兄弟俩咬牙步行上路，行程异常艰难，格桑花在沟沟坎坎盛开，从荥经到拉萨要翻越大相岭到汉源（黎州）、跋涉飞越岭经泸定、磨西镇、康定（打箭炉）、雅江、理塘、巴塘、芒康、察雅、昌都、洛隆、工布江达、达孜等十八个城镇才能到达。"鸡声茅店月，人迹板桥霜"，迤逦古道，高山灌丛，激流险滩，风雪茫茫，野兽肆虐，一路上两兄弟走得很辛苦，饿了吃玉米馍馍，兄弟俩渴了就喝凉水和冰雪，晚上就睡山洞或人家屋檐下。七八个月后，他们衣衫褴褛、披着雪花，拄着拐杖辗转入藏，找到前藏、后藏的上层人士，誓称之前姜家所欠债会由他们来还，绝不亏欠，以后姜家也会继续做高品质的藏茶供应藏区。

　　西藏上层人士早已听闻姜家的情况，被兄弟俩千里赴藏的精神打动，借了一些金银和药材给他们，还送了个珍贵的鼻烟壶留作纪念。返回经过打箭炉时，姜永昌、姜永吉将携带的金银和药材换成银票，又一路深一脚浅一脚，翻山越岭，绊绊磕磕走回荥经。

姜家凭借借来的钱和上好的制茶技术，在当家人姜永兆的主导下，重新开工，逐渐起死回生，终于把欠债还清了，还略有盈余，姜家人又开始挺直腰板了。这是1849年前后的事。

1850年春，繁华开尽时节，一阵吱吱嘎嘎的马车声压过开善寺洋槐下的青石板路，姜家人徜徉在这条老街上，他们注意到了一座徐姓土司院子。很快，姜家人从土司手里购得那座始建于明朝末年的大院。到手后，姜家在老院子的基础上进行扩建装修，请工匠精工雕琢，在西面建造了茶叶生产棚架（车间），并添建了人住的后院，形成"七星抱月"的格局。这，就是后来的姜家大院。

时光荏苒，到1914年初，姜永寿当家后改"华兴号"为"裕兴茶店"并亲临康藏与各债主见面，商议再由各债主支持一把。"裕兴号"茶店再度走红。1915年前后，姜永寿又将"裕兴茶店"更名"公兴茶店"，此时姜氏茶业已达年产边茶四十万包的规模，成为荥经茶业之首，再一次享誉雅安，誉满康藏。

一片小绿叶，竟成为连接汉藏之间的大纽带。桂花飘香的季节，许多身形彪悍、皮肤黧黑、挎着短剑、穿着手工黄麻上衣的康巴汉子，也成了姜家的常客。他们坐在院子里大口喝酒大口吃肉，也拿出自带的糌粑、酥油茶给孩儿们吃，爽朗的笑声如桂树花蕊的香气，弥漫开去……

茶商之星最后的陨落

商运起伏，一如茶道坎坷，蜿蜒在云山雾岭。

1917年开春，姜氏"公兴茶店"与闻名县内外的兰贡爷（荥经著名茶商兰荣泰之父）结成儿女亲家，商定"共赢"义务：姜家获得颇有权势的兰贡爷的保护，兰家则获得姜家生产边茶的技能传授和贸易支持。

姜家不遗余力帮扶了兰家十多年，其间，为了扶持兰家做好茶生产，"裕兴号"传授他们生产技能，出让市场，并在"荣泰号"边茶立脚之前采取一搭三、一搭二、一搭一的办法，也就是买一包姜家茶送三包兰家茶，帮兰家打开销售局面。如此也让姜氏付出代价，犹如被一个不会游泳的溺水者拖下去，虽救起对方，但救人者自己也呛水受累，差点丢了性命。

家大业大拖累也大。姜家几十口的吃穿用度全搁在"裕兴号"身上，当家人为了抹平矛盾冲突，承诺大家的吃、玩、耍、拿均由家族支付，近乎大手大脚。这种坐吃山空的做法，耗费了姜氏大量钱财。

1939年，西康省政府在康定成立。这是影响当时整个康巴藏区的政治大事，西康省主席刘文辉面对捉襟见肘的地方财政，首先想到的就是操纵边茶贸易，成立了西康最大的"康藏茶业股份有限公司"，要求所有茶商一律统一到康藏茶叶公司旗下，不许私自卖茶入藏。刘文辉彪悍的权势和他浸透整个川西的影响力，弄得人心惶惶。

但姜家逆风而行，不愿掺和刘文辉的事情。这分明是在太岁头上动土啊！失去了政治上的庇护，姜家被掐断了运茶入藏的贸易命脉。他们病急乱投医，把钱投资到了一个做绸缎生意的远房亲戚处，亲戚凭姜家的巨额投资赚了大钱，在香港、上海、成都等地都开了铺面。忘恩负义的家伙最后只将借来的本钱还给了姜家，自己大吃独食。

1946年前后，姜家被逼到破产的边缘。重情重义的西藏商人想拉扯姜家一把，由于从雅安经康定进藏的道路均被刘文辉把持，藏商只得选择了一条前所未有的"绝路"：让背夫将茶包从荥经北上运到雅安，乘竹筏到乐山，乘轮船东去武汉，再通过火车南下广州，经远洋轮船到印度，最后从印度进入西藏。姜家感受到茫茫雪域之外送来的暖意，很是感动，运作也卖力。

冒险运输虽然成功，但如此时局纷乱，山高水长，绕了一大圈儿才到西藏，成本高得吓人。以后西藏方面再没找过姜家。

雪上加霜的是，此时雅安一带出现了假茶——桤木茶。《荥经文史》载："粗茶逐渐不敷边引之需，故有奸商采桤木叶掺入茶中牟取暴利，茶务渐衰。"桤叶入茶，市场被搞乱，这也让恪守诚信的姜家人无所适从，欲哭无泪。

到20世纪40年代中后期，姜氏已大量欠债，只好把所有土地都卖了，家业也完全垮了。时任掌门人姜永清借钱做了点茶，勉强把家人养活。到1948年底，这个曾经风光无限的大家族走投无路，竟活活饿死了三房十多口人。20世纪50年代初，姜家老小已沦为贫民。命运之神这一次打得他们一蹶不起。

作为建筑实物，姜家院子则在风雨飘摇中黯然矗立，犹如一个百病缠身的老人，经受着从岁月深处积淀的痛楚。

一门望族，旁支颇多。作家周文的母亲就是姜氏姜永康的大女儿，永兆的大孙女。周文1907年6月生于荥经，是中国现代文学百家之一，曾被鲁迅先生称为最优秀的左翼青年作家之一。

离开姜家大院时，我的心情有些沉重。夕照在天际铺开，猩红色光晕在无声荡开，也给姜家大院屋檐下涂下浓浓的阴影。街头，银杏树上噗噗跳出几只麻雀儿，鸣叫着蹿向天空，也将我的视线拉向大院的屋脊。那些龙、凤、狮子、天马、海马、狻猊、狎鱼、麒麟等雕饰物活灵活现，好像随时要跳下来和我们叨唠一番，但我不知道该跟它们说些什么……

（本文原载于2019年11月5日《华西都市报》）

韩家大院：三代人的『百年工程』

四川雅安东北二十四公里处的上里镇，为古南方丝绸之路和茶马古道重镇，也是临邛古道进入雅安的驿站。

古镇依山傍水，田园小丘，木屋为舍，石板铺街。镇南四家村，有一座声名远播的韩家大院，被认为是川西南保存最完好的清代民居之一。韩家大院位于上里镇四家村，始建于清道光四年（1824），占地四千六百平方米。大院分三处七个四合院，故又有"七星抱月"大院之称。

我从韩家大院斑驳的老屋、族人的口述、发黄的典籍和各种文献中，打捞出这家昔日豪门极富传奇的兴衰史。

清末三代人的"百年工程"

明末清初，雅安上里镇杨、韩、陈、许、张五大家族各自称霸一方，即杨家顶子（官宦世家）、韩家银子（经商钱多）、陈家谷子（粮田众多）、许家女子（靓丽贤淑）、张家碇子（习武设镖）。当地至今仍流传着这五大家族各自的不俗伟业。

韩家大院，被认为是川西南最后"活着"的清代民居，它原汁原味，凝聚时光。

始建于清道光年间的韩家大院，仿照北京的官府宅邸风格而建。它坐东向西，三院，每院三级，院院相通，由七个四合院组成，被当地人称为"七星抱月"。

从大门进入，院子四面由房屋围合而成，以红砂石板铺地。门前有鼓乐台、上马石。整个院落古朴大方。三台院落越直越高，意为"步步高升"。整个建筑融入很多民间思想和官场思想，如台阶石的级数，尺寸大小都严格遵循了当时的习俗文化。

屋子正中，供奉的是韩家的神龛。上面雕有二龙抢宝及金凤朝会图案，寓意此地龙凤呈祥。牌坊柱下，是雌雄二狮，寓意此宅吉祥太平。中间供奉的是韩家始祖大人韩廉的牌位。

韩家大院也是雅安一带最早的"豪宅"。韩家人讲，这座古宅从建设到完成，前后经历上百年年，可谓前赴后继，呕心沥血，耗费三代匠人的精力。修建过程中，花在雕刻上的功夫更是不厌其烦。

我留心数了下，大院的门饰、窗棂等处共有九百余幅雕刻精品，多为镂空雕、木雕镶嵌等，人物大到十余厘米，小至几厘米，性格、情感、五官、体态等惟妙惟肖，淋漓尽致；内容涉及耕耘、垂钓、纺织以及鲤鱼跳龙门、陈州放粮、太公钓鱼、杀狗惊妻、红楼梦、白蛇传等，人物刻画精细之致，令人不禁感叹古镇传统文化的深厚。

不同于川内的古镇建筑艺术，韩家大院最被人称奇的是大量采用了"镶嵌雕刻"，即图案单独雕刻，并且在门窗上还要雕出图案的凹槽，雕刻完成的图案要恰好能镶嵌进入，不留缝隙，反映了当时高超的雕刻技艺。

如今，韩家的后代大都住在这个院子里，十几户人家占据着不同的厅房。多余的房子则开成了客栈。这就让这座历史悠久的大院，与其他规制严整的收费景点相比较，显得更接地气。居住在院子里的人和谐相处，谁家有个红白喜

韩家大院被认为是川西南最后"活着"的清代民居

事，或谁家出差旅行带个礼物回来，或谁家炖个鸡汤、包个饺子、炒个腊肉，就扯起嗓子喊一喊，坐拢来小酌一杯，摆些龙门阵，欢笑声如月光般银亮。

那天，我院子里看到，几名外地来的游客坐在树下打牌下棋，喝茶聊天。阳光斜照后，树叶的绿荫渐渐离开，离开了他们。几位成都来的摄友扛着相机和脚架穿进穿出，拍摄那些精美的门饰和神兽。他们说，在四川，像这样的古老宅院实在是太少了，太珍贵了。另有几个客人说不想回去了，今晚就下榻在院子里，享受在城里难得找到的古客栈氛围。

富甲一方权倾一时的豪门

秋风萧瑟，鹧鸪飞过，落叶簌簌飘零，为这座冷清大院平添一些古意。院子越是寂静，我脑子里越是鼓荡。我很难把眼前看到的情景同一幅画面联系起来。通过对韩家大院的实地踏勘，回蓉后又在四川省图书馆"泡"了几天，终于打捞出这个望族的传奇发家史。

韩家大院的历史也是韩姓家族的历史。明末清初，由韩氏四代先祖韩廉带领家由陕西入川，那是一段吃尽苦头的迁移之路：凄风苦雨，抛别故土，千里川陕道，望断不归路。瘴气、酷阳、冻馁、寒夜、伤痛、倒毙……当时入川的还有更浩大的移民潮，他们或三五成伴，攀缘于蚕丛山道，或为官兵敲诈，或遭匪患拦截，或受虎豹袭击，有人在中途就倒毙不起。激流山峦间，酷暑寒冬里，留下无尽辛酸的血痕足迹。

韩氏先祖韩廉跋涉了大半年，带着二十多名族人来到四川雅安，在崇山峻岭中的上里镇挽草为业，林坎结庐。他们将陕西的土布输入西南地区销售，由于经营有方，生意兴隆，财力渐渐兴盛。很快，韩家又盯上雅安地区极负盛名的边茶交易，这也是韩家后来发展起来的主业。四五年后，韩家人依靠由布业、茶叶等积攒的财富，在自贡买下七口盐井，拓展产业，初获成功。

清嘉庆年间，依靠地处雅州丰富植被的优势，韩家又成功搞起了木材生意。鼎盛时期，韩家已垄断了周边市场的布、盐、木、茶等，成为富甲一方的豪门。由于人丁兴旺，原有的老宅已无法容纳家室成员，韩家第二代入川者便开始另建大院，也就是现在韩家大院的庞大格局。

韩家大院窗花与门木刻

韩氏的发展，经历了数代人的奋斗取得成功后，他们在混沌时代活得并不容易，也意识到一个道理：朝中有人好做官。如果处在钱盈权弱的社会地位，始终会让家族处处被动，他们开始谋求在官场上的作为，该用功读书就用功读书，该结交的就要舍得花钱结交。到了韩家第四代主人韩廷藩手里，他通过苦读勤学，获清廷钦点进士，成为韩家历史上第一位做官的后人，也成为韩家后人的楷模。

十年树木，百年树人。韩氏有个"家规十八条"的治家理念非常有名，这就是要求家族的嫡嗣子孙，恪遵不违，并落实在治家、经商、为官、处世等细节上，在举手投足间如影随般形化为习惯，最终成就了鼎盛并光耀数代的豪门。

"敦伦纪、重祖坟、慎葬埋、重祀典、谨嫁娶、谨嗣续……"细细品读韩氏家规，至今仍然能带给我们许多启发。

韩家第四代主人韩廷藩制定的《家训喻志》很有意思。《家训喻志》开篇即谈到韩氏先祖韩廉一生栉风沐雨带族人由陕入川、光耀家族建设的三大成绩：一是购置田二顷，二是修房屋四十余间，三是修引水渠和出资维修二仙桥等。

韩氏一族在后来的两百年中，奉行"学而优则仕"，培养出不少"庙堂"之才，庇护了自家在长达两百多年时间内，如鱼得水活跃于政商两界，做了不少善事，受到乡贤拥护，也维护了一方安定。有趣的是，清咸丰年间，韩家私塾里还出现了女性学员的身影，这在当时的男权社会里算是开明之举，颇受乡人褒赞。

韩家乐善好施，对下属或雇工都较厚道。逢年过节或遇饥荒，韩家就提前煮好稀饭广为施舍。遇有亡人，出资送赠棺木。对店里拮据的先生、长工更是慷慨解囊。大院的好口碑一如门前的古柏挺拔稳健。

战场上"杀"出的兵部尚书

韩氏家族不仅生意做的大，还重文习武，从乾隆至道光末年，先后有数十人参加科举，仅道光年间，就有两人中进士，十五人中武举，清廷赐挂"中军付府"匾额一道，中龙门子上悬挂"武魁"匾额一道，东龙门子上悬挂"卫守府"金匾一道。

韩家老院的院门上挂着清代朝廷赐给名门大户的火焰镶边的金匾"卫守府"。清代，卫守府是一种五品官员，但只是一个象征性的荣誉空衔。正厅，则书有一块"踩草梭标"的金字匾额，这是韩氏一族第五代主人韩腾蛟亲手所题的高匾。

这块上书"踩草梭镖"的匾额，比例遒劲，江湖气息浓烈，显示出书者的霸气和雄心。事实上，院落的历代主人不禁身处"江湖之远"，而且身居"庙堂之高"。鼎盛时期，韩家已经垄断了周边市场的布、盐、木，成为富甲一方的豪门。由于财力强盛，人丁兴旺，原有的老宅已经无法容纳家室成员，便于他处另建大院，于是有了今天两处大院的格局。

在经商取得巨大成功后，韩家人逐渐意识到钱盈权弱的社会地位对家族的不利，于是开始谋求在官场上的作为，于是，大院的第四代主人韩廷藩通过勤学，获清钦点进士，成为韩家历史上第一位做官的后人。尔后，韩家的韩腾蛟中武举，传说武功高超，后因屡立军功，步步晋级，位高权重，渐渐接近朝廷的权力中心。官场、商场、农场、茶场，都成了韩腾蛟和他的家族的竞技场。

综合雅安地方志和上里镇文史资料，我们渐渐还原出一个真实的韩腾蛟形象：此人最大的军事功绩，主要是清咸丰年间大战贵州杨元保农民义军并将杨俘获。

清咸丰四年（1854）初，贵州农民杨元保之父，在独山一带带众抗捐被捕入狱，惨死在狱中。杨元保怀着深仇大恨，在当时太平军首领之一萧朝贵等人的推动下，于当年二月份领导布依族、苗族、水族、汉族农民和手工业者八千余人在都匀起义。义军提出"顺天成道，打富济贫"的口号，连续攻克都匀平舟司，占据通往独山、罗甸、大塘和广西南丹的要道，声震独山、都匀和荔波三地。

朝廷大急，立令贵州巡抚蒋蔚远调集人马围剿杨元保义军。此时，韩腾蛟作为蒋蔚远的副将，请缨大战杨元保义军。一天拂晓，杨军正在埋锅造饭，韩腾蛟率一千多名清军从乌龙观（在今东安乡）袭来。他下令火器营先用大炮、火箭、火铳对着杨元保所在山林猛轰猛射，硝烟未尽，他令旗一挥，大军杀出，同时安排西边五百名清军策马向杨元保合围。漫山遍野，短兵相接，喊杀声、刀枪碰击声响彻山谷，血肉横飞，尸横遍地……次日，韩腾蛟命另一队清军星夜疾驰三百余里，抢了杨的粮草，袭杀援兵。大战持续两天一夜，由于韩腾蛟巧妙用兵，又重金收买了杨元保的两名手下，连连大捷。不到一个月，杨元保损兵折将，仓促南退。几天后，杨和二十多名亲兵在广西南丹州昔里山，被韩腾蛟设伏俘虏，尽皆押到贵阳被斩。韩腾蛟立此大功，受封为健锐营翼长，正三品，名声远播。

接下来，韩腾蛟又在川黔的几次平叛战役中，都不顾生死，亲冒疾矢，有出色军功，因而屡屡晋级。道光初年，韩腾蛟三十七岁左右，终于在自己的人生鼎盛时期当了朝廷的兵部尚书，级别为从一品，相当于今天的国防部长，成了饮誉川内外的风云人物。

韩腾蛟之后，韩家为官人数代代皆有，成了官商两道游刃有余的大家族。

但韩家最终还是衰败了。韩氏的没落基本与政治无关，主要是光绪年间后人在经营上出了问题：先是在自贡的盐井被人讹了去，随后在雅安的茶庄、木业、商号连年亏损，到民国初年，偌大一份家业已是繁华落尽，无声消失在历史长河中。

20世纪50年代初，韩家一度被"均贫富"，大院被没收，大院中的一院被作为学校和机关单位办公地。20世纪80年代初被平反后，这些老宅和残存的院产都相继还给了韩家后人。于是便有韩家后人陆续搬回来居住。

韩家大院大门外不远处，是清乾隆四十一年（1776）修建的单孔大跨度石拱桥——二仙桥。往昔，此桥曾由韩家多次出资修缮。

韩家大院所在的雅安上里古镇，东接名山、邛崃，西接芦山、雅安，坐落于四县交接之处，是南方丝绸之路和茶马古道的重要驿站。古有诗云："二水夹明镜，双桥落彩虹。"正是对上里古镇生动形象的总体描绘。二水环绕的古镇内明清建筑错落、古树参天，文物遗迹众多，近代红军石刻标语随处可见。前些年，《聊斋志异》《山那边好地方》《今夜不回家》《被告山杠爷》等一批影视剧都将这里作外景地。来来往往的游客，也津津乐道在这个老镇徜徉漫步，体味历史文化的沧桑，欣赏小溪流水边享受怡人的田园风光……

（本文原载于2017年1月9日《华西都市报》）

川北报恩寺：
惊天骗局成就惊世建筑

川北平武县报恩寺，是目前国内保存最完好的明朝宫殿式佛教寺院建筑群之一。这座距今近五百八十年的"深山里的宫殿"，背依群山，面临涪江，在青山绿水衬托下显得古朴静雅，雄伟壮观。

有"缩小版故宫"之称的报恩寺，是一座有故事的建筑群：它缘起于一场惊天骗局，完成一段刀尖上的舞蹈侥幸存活，最终成就惊世圭臬。

本想造王宫，无奈改寺院

报恩寺之所以保存至今并原貌呈现，很大程度是得其地理，被因北川、青川两县之间的大山大水护佑。宋代诗人邵稽仲《龙门故城》诗曰："峭壁阴森古木稠，乱山深处指龙州。猿啼鸦噪溪云暮，不是愁人亦是愁。"是对僻壤平武的真实写照。

在越来越多偏僻之地与高速公路打通气脉的今

天，平武报恩寺静卧在重重山岭里，犹如一个童颜鹤发、独守宁静的道仙，凭借自身功力，吐故纳新于自然山川中，在历史的日月光华中矍铄挺立，没有半点沉沦的样子。

最初是作为深山王宫修建的，迫于龙颜震怒、面临株连之罪不得不改建成大型寺院——这是近六百年来关于报恩寺为何修建的记载里，最为惊艳的一页。

报恩寺，由明代龙州（今四川平武）宣抚司世袭土官金事王玺、王鉴父子奉圣旨主持修建。王玺、王鉴何许人也？《龙阳郡节判王氏宗亲墓志》《敕修大报恩寺碑铭》记载："王玺，字廷璋，系宋代龙州长官王坤厚之玄孙。明王朝建立后，王玺祖父王祥于太祖洪武四年（1371），大军伐蜀，率众归附大明朝廷。成祖洪武七年（1409），改设龙州衙门，授从仕郎判官之职，世代相传。至宣德三年（1428），王玺乃奉兄袭父职。宣德九年（1434）升龙州为龙州宣抚司，王玺提升为龙州宣抚贯上上官金事。"

这是说，作为白马王氏土司世袭家族，王玺从他祖父王祥下来都是为朝廷立过大功、也受到重用的牛人。

话说明正统年间，王玺进京朝贡。这位白马王氏土司看到紫禁城层楼叠阁，巍峨宏丽，殿角悠悠不绝的风铃声，像在显摆君临天下的霸气。王玺羡慕不已，他决定自己也修一座王宫。王玺用重金聘雇请了几名曾参与修建紫禁城的能工巧匠，带回龙州，大兴土木，历时七载，经王玺、王鉴两代土司的努力，终于建成这座"缩小版故宫"。这一年，是明正统十一年（1446）。

王宫建成后，那些扛着叮当作响钱袋子的工匠返回北地，乐颠颠购置田产房屋，尽显风光。很快，这事儿传到明英宗耳朵去了。

明朝是个等级森严的时代，朱元璋的小儿子就因王府超违规制而被诬以谋反之罪，虽贵为亲王，仍落得全家自焚而死的结局。

龙颜震怒，差点直接下令咔嚓砍人。王玺被宣进京，坚不认账。皇帝拿不到证据，便派一个谭姓钦差大臣去四川看看。

谭钦差是个贪财贪色之徒，"蜀山水碧蜀山青"让他流连忘返，耗了两年才走到龙州。此前，王玺的仆人早已赶回龙州禀报了王家夫人。王家紧急请工匠改头换面，鼓捣成一座像模像样的佛教寺院。

谭钦差来到龙州后，一双眼睛瞪得像个铜铃儿：这哪是啥王宫？分明是一座金碧辉煌的庙宇嘛。尤其让他亮瞎眼的是，大雄宝殿正中，赫然供奉着"当今皇帝万万岁"的九龙牌位……王家夫人趁机送给谭钦差黄金美女若干，又哭诉自己的相公如何如何冤枉。

谭钦差打着饱嗝回京后跟皇帝满嘴跑火车：陛下那王玺是个懂得起的好人喃，他修建的不是王宫，而是为您老人家祈福祝寿的报恩大寺呀。英宗认为错怪了王玺，传旨给王玺加官两级，由从七品的龙州土通判升为正六品的龙州宣抚司世袭土官佥事，命"报恩寺"改为"敕修报恩寺"。王玺一家感恩不尽，将圣旨刻成石碑并修碑亭保护起来。这座碑亭，至今仍立在大雄宝殿庭院里。

平武县文管所前所长向远木所著《报恩寺揽胜》，也记载了这个明显带有段子性质的野史。奇怪的是，这段野史五百七十多年来一直成为报恩寺修建缘由的强力支撑。当地人认为，这个说法是平武人审时度势、逢凶化吉的巧妙隐喻。

王玺父子为啥要修报恩寺，正统史书当然另有说法：平武当地志书《龙安府志》认为，父子俩确确实实是出于对皇上的感恩，也想利用宗教来巩固自己的世袭统治。但无论如何，白马王氏土司世袭七百多年，从京城聘请工匠建成的这座经典建筑群已成珍贵文化遗产，所谓正史野史争议流言，在这座经典古寺面前已经不重要了。

保存完好的"缩小版故宫"

绵阳市平武县，古称龙州，先秦时为氐羌民族聚居地，是氐人所建白马国的一部分。县境内南坝镇，是三国时魏将邓艾率三千精兵偷渡阴平道，最终克绵州（今四川绵阳）、陷成都的古战场。历史的刀光剑影，早已如风吹云散消失在青山绿水间。

我是今年初夏和朋友自驾去的报恩寺。在平武县城，我看到一座单檐歇山式山门，层层台阶逐级而升，门上横匾高悬，上书明代蜀中大文豪杨升庵题写的"敕修报恩寺"。

进寺去，见大门路边台上有彩塑的四大天王神像，虽然色彩有些脱落，但胜在雕刻精细，神态威武，一看便知与那些现代仿制的神像不同。寺院里，由钟楼、天王殿、大悲殿、华严藏、大雄宝殿、碑亭、万佛阁等主要建筑构成，大约有三十个院落。

我回成都后从《平武县志》看到资料介绍：报恩寺东西长278米，南北宽100米，占地面积27800平方米，建筑面积3518平方米。格局次第升高，主体建筑布置在一条中轴线上，附属建筑左右对称配列，相互烘托，浑然一体。

报恩寺的镇寺之宝，是一座重5吨、高11米、直径7米的转轮藏经，也是我国现存三座转经轮中最完整的一座。

清华大学建筑学院教授楼庆西所著《极简中国古代建筑史》称，平武报恩寺，是目前我国保存最完整的明代建筑群之一，修建以来皆受到历代官府的明令保护，历经近580年未遭受大的破坏，所有建筑、木雕、石刻、泥塑、壁画、神像均为原貌。由于该寺文物价值极高，1956年被公布为首批全国重点文物保护单位，也成为清华大学建筑学院的教学基地。

舟凸《建筑的魅力》认为，报恩寺是目前中国保存最好"斗拱博物馆"。斗拱，是中国汉族建筑特有的结构。斗拱上承屋顶，下接立柱，在中国古建筑中扮演着顶天立地的隼合作用，尤其在抗击地震方面更是个以"柔"克刚的狠角色儿。按梁思成先生的说法，这比西方的石材建筑有着明显的缓冲能力。

向远木他们多次统计估算，报恩寺有斗拱二千七百三十余朵，这些斗拱形状各异：有的如莲花，有的像芙蓉，有的如象鼻，有的则像犀角，制作精巧，造型独特，也蕴涵着古老的民间哲理。无论是样式还是数量，都属全国罕见。

全楠木建筑下的历史暗影

报恩寺保存至今，还得益于所用材质良好的原因——寺内所有殿堂的柱、额、梁、枋、檐、椽、斗拱、雀替、门窗以及楼板、天花、藻井、回廊、栏杆等，全用楠木构成，其中有大量极珍贵的金丝楠木。楠木质地坚固，芳香长溢，虫蚁不蛀，蛛网不结。

大悲殿内，那尊高9米、呈扇形密布1004只手的千手观音，就是以一根金丝楠木精雕而成的。这些手儿，前后参差，左右环绕，悬空排成15道圆弧，抬头凝望，宛若一朵巨大而怒放的金菊。这千手观音像，规模之大，造型之精致，仅次于承德避暑山庄和北京雍和宫的雕像。

建筑面积达3500平方米的报恩寺，当年得耗费多少楠木啊？这些楠木又是从哪里来的呢？据《龙安府志》记载，平武县境内的豆叩、水晶、古城、南坝、平通等地，林木幽深，古时盛产楠木。

在明代，金丝楠木（金桢楠）俗称皇木，素来被视为最珍贵的建筑用材。《明史》卷三十载："正德十年，宣慰彭世麒，限大木三十，次者二百，亲督运京，赐敕宝谕。"明成祖朱棣建造紫禁城长陵时，其楠木主要采集地就是四川、重庆和云贵等地。楠木的木材有香气，纹理直而结构细密，不易变形和开裂，材色一般为黄中带浅绿，俗称金丝楠，成为建筑、家具的最优良木材。传说中，金丝楠木水不能浸、蚁不能穴，用这样的木材做棺木方显出主人尊贵无比。《红楼梦》中，秦可卿死后的寿木便是楠木所制，众人皆道，"只怕一千两银子也无处买"。四川的金丝楠木更被视为上等佳品：纹理直而结构细密，不易变形和开裂，木材表面在阳光下金光闪闪，金丝浮现，且有淡雅幽香。

在中国古代，木材资源被皇上"宠幸"并非都是好事。《五杂俎》载："曾见采皇木者，深山穷谷之中，人迹不到……毒蛇惊兽出入山中，蜘蛛大如车轮。"可见采木之艰难。

经常和我参加户外徒步的老赵说，他的老家在平武县城，很小的时候，每遇山洪暴发，他看到乡人在涪江边捡到暗红色的楠木，它们大多是被江水冲出地面的，摸上去梆硬结实。这些楠木，很可能是当年龙州土官来不及运走的"皇木"。

史书里没有记载当年王玺父子修建报恩寺时，是如何动用滔滔人力采集楠木的，报恩寺里碑亭有文字介绍，他们家族有个很大的私家园林，园林里种植了大量楠木，除了就地取材，有很多楠木是从大桥、水晶等地砍伐运来的，想来动静定然小不了。

离开报恩寺时，已是傍晚。夕阳下，沐浴在橘红色光波里的雀鸟儿，从古柏丫枝上飞出来，吱吱欢唱着蹿向天空，也将我的视线拉向报恩寺山门的屋脊上。屋脊上，那些龙、凤、狮子、老虎、天马、海马、狻猊、狎鱼、斗牛、麒麟等雕饰物栩栩如生，好像随时可以跳下来和我们嬉戏一番似的。

一座建筑就是一部历史，建筑给人的感慨永远具有"人事有代谢，往来成古今"的魅力。报恩寺古建筑下端，是一条蜿蜒南去的涪江，它汩汩滔滔，永不停息，带走的不仅是泥沙硕石，冲刷的不只是滩涂泥淖，也永远将巍峨青山映照在一代代人的记忆里，沉淀出挥之不去的美丽光影。

（本文原载于2018年6月15日《华西都市报》）

卓克基土司官寨的『红色记忆』

梭磨河惠风和畅，将卓克基土司官寨遗址的五彩经幡吹拂得猎猎作响，掀动起阵阵古意。刺眼的阳光照射在这座嘉绒藏族著名建筑的木柱上，投下浓重的阴影。从雕花木窗里飞出的白色鸽子，掠过梭磨河的绿波，反衬出山谷的宁静。这座屹立于半山腰的官寨遗址，在群山环抱中显得巍峨而硬朗。

卓克基土司官寨，位于阿坝州马尔康以东的梭磨河畔，背靠山，前临河。当地人说，这地儿风水太好，护佑了官寨主人那么多年的好运势。

官寨主人，就是原马尔康地区末代土司索观瀛。索观瀛是一位在嘉绒藏区享有较高声誉的传奇之人，当年他和红军"不打不相识"，帮助红军走出雪山草地。索观瀛还对茶马古道的修缮给予支持，鼓励汉藏之间民间商贸，时有"高原枭雄"之称誉。

嘉绒藏族建筑活化石

卓克基，嘉绒藏语意为"至高无上"之意。卓克基土司官寨遗址，位于317国道旁，东距马尔康城8公里。官寨依山而建，被赞誉为"东方建筑史上的一颗明珠"，系典型的嘉绒藏族建筑物。这里，也是茅盾文学奖得主、四川作家阿来小说《尘埃落定》的故事背景地。

卓克基土司官寨，始建于康熙五十七年（1718），四层碉房，1936年毁于大火，1938年到1940年，末代土司索观瀛组织人力进行重建。

整个建筑由四组碉楼组合而成，封闭式四合院，院内中心部分为天井，单层面积达1500平方米。

官寨屋顶，采用嘉绒藏族传统的粘泥夯筑平顶式和汉族悬山式屋顶两种结构形式。建筑侧立面，又采用前低后高的拖厢做法，各个楼面高低起伏，错落

马尔康卓克基土司楼

马尔康卓克基土司楼内景

有致，层次清晰。四周墙体均用片石砌成，用石灰加糯米汁勾缝。墙体厚达一米，采用内直外收的砌法，上窄下宽。墙体四周，开有内大外小的窗口做通风和瞭望防御之用。

三楼土司卧室的人像合影，赋予了这座建筑浓郁的历史韵味：图片上，卓克基十七代土司（末代土司）索观瀛，相貌堂堂，阔脸饱额，一副深远沉思的模样；正室夫人是个美丽温柔的汉家女子，细腻的容颜给人平静温暖的感觉。

官寨里图文资料介绍，为土司及夫人拍摄这张珍贵肖像的，是著名人类学专家芮逸夫。芮逸夫1940年秋来到卓克基镇，用徕卡相机为索观瀛和他家人拍了许多黑白照。

官寨附近的西索民居，在土司时期被称为卓克基街。居住在这里的人多为卓克基土司的差人和境内的商人、民间手工艺者。西索民居很多人的祖辈都做过马帮。

这些线条分明，棱角突出的石头建筑，与周围险峻的山峰、陡峭的崖石等自然环境浑然天成，鲜艳的图腾房、红色的瓦片、飘动的经幡，为这里增添了几分神秘。

索观瀛是个什么人物？

卓克基土司官寨，是土司制度兴衰和红军长征精神的历史见证。它的巍峨存在，又是和寨主索观瀛的传奇经历拴在一起的。

索观瀛的先祖是西藏僧人，在明英宗时曾奉朝廷之命统兵威州（今汶川），因军功授封土司，定居涂禹山（今绵虒），坐镇一方，威风八面。

土司制度，是我国封建王朝对西南少数民族的一种政治统治方式。明清时，嘉绒藏族地区有梭磨、松岗、卓克基、齐浸（金川）、明正、鱼通、革什扎、巴旺、巴底、穆平、沈边、绰斯甲、沃日、赞拉（小金）、瓦寺、杂谷等共十八个土司。这十八个土司，都是皇帝册封任命的。

土司之位，多是沿袭祖上所传，也就是早期地方割据时由农奴主传下来的地盘尊位，称呼上也沿袭旧制，如土司叫"嘉波"，即国王之意，朝廷皇帝称"甲纳嘉波"，意为汉地国王。

阿坝嘉绒藏族，主要生活在大渡河流域。旧时嘉绒地区每个大的土司，就是一个"独立王国"，土司之间拥兵自重，互不统属，互相征伐，长时期的部落争战和冤家仇杀，给藏族民众造成重大灾难。

《阿坝州地名与民族》（内刊）介绍：索观瀛，藏名桑朗泽朗，他以前有个稍显俗气的小名：双贵。

1900年，"双贵"索观瀛出生于威州玉龙乡涂禹山一贵族家庭。索观瀛的祖父索世藩，先后娶了两个妻子，生五子一女，其中原配夫人生了个儿子，叫索代兴。

这索代兴，就是索观瀛的父亲。

索代兴当年是个敢爱敢恨的牛人。他年轻时，父母替他物色了不少名门闺秀，但没有一个他中意的。索代兴决定自己出去寻找意中人。有一天，他把自己打扮成赶马人，挑了两只装有针线、头帕、松耳石的货囊子，带着几个用人，沿岷江古驿道逆流而上。走了半月，在理县斯达特寺沟，他遇上一位美丽的姑娘。姑娘是丹扎木大雍坝王大成的妹妹哈木措。索代兴对哈木措一见钟情，上前搭讪。回到瓦寺后，当即派人到理县说亲，王家答应了这门亲事。说起来，这颇有点公路电影的桥段意味。

索代兴结婚后不久，有了儿子索观瀛，起名"双贵"，暗含高大上寓意。

索观瀛是个嫡传独子，这孩子继承了他老子的血性，虽出生于嘉绒名门，但他从小生活在汉人圈子里，读汉书，讲汉话，习汉俗，受汉族文化和汉族官仪影响甚深。也就是说，思想觉悟比较开放。

清宣统三年（1911），卓克基土司绝嗣无后继者，求助瓦寺土司索代兴。索观瀛受父亲安排，离开威州到卓克基土司家入继为子，约定待索稍长后正式继位。

次年，十三岁的索观瀛前往马尔康卓克基正式继位。尔后，他去成都甫澄初中读书。彼时，卓克基土司官寨诸事由两位大头人德尔科和卡尔枯掌管。索观瀛没有实权。

中华民国五年（1916）夏秋，索观瀛由成都返回卓克基。由于当时卓克基官寨的大小事务掌握在两个头人手中，索观瀛并无实权，心头别扭，他有意和当地的汉人军官杜铁樵搞好关系。

两年后，待时机一到，索观瀛便暗中请杜铁樵派两个连的兵力深入卓克基，包围了头人德尔科的寨子，以谋反罪将其杀死。另一头人卡尔枯闻讯连夜逃走。从此，索观瀛执掌了土司实权。这一年，他刚满十七岁。

年轻的索观瀛当上土司后，大胆革除异己，培植亲信，将辖区内六十多个大小头人，由过去的世袭改为因人命职。他大力改造农业，引进商业，允许汉商到藏区经商并予以保护。他还命人修缮了从卓克基南至纳足沟约三十公里的古驿道，支持汉藏茶马交易。

说到茶马交易，之前，雍正九年（1731），索观瀛所在的嘉绒十八土司中的"四土地区"如松岗、卓克基、梭磨、党坝、五屯、大小金川、沃日等地，响应清政府改土归流政策，改茶马互市为"贡马拆银"和"茶担税"，将茶马的易货贸易脱钩，消除边茶贸易壁垒，刺激了藏汉民间茶马交易。到乾隆末期，茶马互市作为官方制度逐渐从历史地平线上正式消失，取而代之的是"边茶贸易"。也就是说，藏地除了继续"吃"进茶叶，对其他产品如盐巴、丝绸、布料、铁器、毡毯、器皿等的需求也大大增加；而内地对藏区马匹的需求虽然减少，对藏区的皮革、黄金以及虫草、贝母等珍贵药材的需求却有增无减。

这样，汉藏之间的贸易范围，由官方到民间越来越宽泛，穿行于横断山脉险山恶水、草原沮洳的川藏茶马古道，也变得更加忙碌。作为嘉绒藏区的风云人物，末代土司索观瀛都算是一个弄潮者。

卓克基，是历史上茶马古道川藏北线的重要驿站。一千多年前，此地就有藏羌驿道的运盐马帮，走威州（汶川）、理县、杂谷脑，经米亚罗翻山到马塘，然后从刷经寺过龙日坝到阿坝西部。途中，卓克基是马帮背夫歇脚打尖的驿站。

2016年初夏，我在卓克基采访时，认识了一位叫竹学贵的马尔康特警。这个1.82米高的嘉绒藏族汉子，说起茶马古道，一反平时接警时浓眉紧锁的样子（电视里都这么演警察），笑吟吟地说，他的故乡在理县甘堡藏寨，自己对马帮的印象有些模糊记忆，说自己小时候特别喜欢和老辈子在一起喝茶，"我们藏区是游牧民族，主要食品是牛羊肉及乳制品，每天喝茶是为了帮助消化清热，补充植物营养；另外喝茶也是祖辈传下来的习惯。早年我老家门口不通公路，只有一条弯弯曲曲的烂泥巴路，隔三岔五回有装满茶砖的骡马队晃荡着铃声出现，那时候，我就跟父亲跳上车去帮忙搬运茶砖。当时才五六岁，搬运起来很吃力，但也蛮高兴的。"竹学贵说。

他和红军不打不相识

每次去卓克基土司官寨遗址，我都要去看看大门口那一棵老杨树。

这颗老杨树，是八十多年前索观瀛命人栽种的，如今长成参天大树，结实粗壮，三四个人合抱不拢。树干呈棕褐色，上面疙疙瘩瘩，许多枝丫像巨人的手臂向外伸展，远远望去像一座高塔。这棵树的旁边立了块石碑，上书"红军树"三个字。

卓克基官寨是怎么跟红军扯上关系的呢？

1935年春夏，中国工农红军长征来到马尔康地区，国民党如临大敌，委任索观瀛为卓松党（卓克基、松岗、党坝）三个土司地区的"游击司令"，让他带人阻击红军。索观瀛懵懵懂懂和红军交火几次，打死打伤红军数十人。

但头脑冷静的索观瀛对国民党存有疑虑，他不希望自己完全受制于国民党。1935年2月，国民党驻康藏官员想在卓克基设区署，他找出种种理由拒绝。对方东说西说，拿他没办法。

索观瀛在和红军的对垒中，发现红军并不是外界传说的那么凶神恶煞，他也不想让藏族同胞继续过那种打打杀杀的日子。

1935年，炎热的夏天，历史把索观瀛推到了火热前台。

中国工农红军长征来到阿坝州之初，国民党政府为拉拢藏族地区的土司头人，委任了一大批"司令""宣慰使"之类的官职。其中，索观瀛也被委任为"保安司令"。

1935年6月下旬，中央红军红六团欲翻越梦笔山进入卓克基地区。索观瀛亲率土兵两百余人前去阻击。他手下的土司兵，多是向土司服兵役以换取田地耕种权并依附于土司的农奴，从战斗力讲基本上是一群乌合之众。交战中他们将宣传民族政策的通司（翻译）打死，红军被迫还击，土司兵不是对手，从梦笔山退至卓克基官寨。

7月1日深夜，红六团为联络后续部队，向天空发射了数颗五光十色的信号弹。此时正值马尔康雨季，土兵看到天上呼啸升腾的信号弹一下惊呆了，以为红军会施法术，连夜空都招呼亮了，加上他们使用的火药枪受潮后一再哑火，便弃寨逃跑。红军顺势占领了卓克基土司官寨。

帮助红军走出雪山草地

今天的卓克基土司官寨，保留着当年红军领导人驻扎于此的情境，也通过实物和场景再现了"毛泽东借书"的故事。

1935年7月3日，毛泽东、周恩来、张闻天等中央领导进驻土司官寨，并于当日在二楼"土司议政厅"召开中央政治局常委会议，专门讨论民族地区有关问题，通过了《告康藏西番民众书》，号召藏族民众起来反对帝国主义和国民党军阀，成立游击队，实现民族自治。

当时，毛泽东主席被安排在官寨二楼的书房居住，面对这里的大量藏书，他大喜过望，马上翻阅起来。

官寨藏书大部分是藏文经典，也有一部分汉文著作。在这雪山环绕、颇为偏僻的地方，能够看到这么多汉文藏书，酷爱读书的毛泽东十分高兴。他在书房里浏览翻阅时，无意间看到一本《三国演义》，那是一部清朝版木刻刊印，字很大，线装本，印装精致。毛泽东很是惊讶。他高兴地把这本书举起来，对身边警卫员陈昌奉说，现在我要好好看看这本书，再考虑下一步的仗怎么打、路怎么走。

官寨里，索观瀛土司在拜会毛泽东主席后，又拜会了红军总参谋长刘伯承。谈话时，刘伯承向索观瀛简要介绍了共产党和红军的政策，让索观瀛心服口服。

索观瀛决定帮助红军，他尽其所能支援了红军许多粮食、牛羊和骡马。他还派人帮助红军运输、抬担架、做向导、送藏药，鼓励藏地青年参军，为红军最终走出雪山草地做了不少贡献。

1950年9月，阿坝州小金、金川先后解放，索观瀛派人带着物资前往慰问解放军。1952年10月，毛泽东主席通过四川省委特别邀请索观瀛到北京做客。1967年11月，索观瀛因患脑出血医治无效，"高原枭雄"病逝于马尔康，终年六十七岁。

（本文原载于2018年4月29日《华西都市报》）

安顺廊桥：构架成都历史的古桥

　　在许多拍客眼里，成都的夜景比好邻居重庆差一大截——夜幕中，大山城的建筑、桥梁、街道、船坞等斑斓梦幻而有层次，五彩光晕爬过高峦低岸漫溢出流水般的韵致；"一马平川"的成都则显单调，平铺直叙的星光像是飞播的种子均匀生长出来的，又如阴霾天一个颜值庸常的女子乏善可陈；幸好成都有一座安顺廊桥，这种局部之美弥补了成都夜景地理上的先天不足。

　　前不久我去安顺廊桥拍夜景，路过酒吧一条街，影影绰绰的灯光中，一群酷男辣妹在歌舞厅里激情蹦迪，有的则坐在水栏边看河景、谈电影、聊诗歌。清朗之夜，月华如水，一弯虹桥下，阵阵风儿吹过河面，在夜灯中泛起粼粼波光。桥西端音乐广场，一帮老戏迷聚集在树荫下，你拉弦我敲锣，咿咿呀呀自唱自娱，借此抒发"都挺好"的人生感慨，也在锣鼓声中唤回青春年少时的感觉。

　　如果只注意到安顺桥夜景的华彩之美，无疑是把她当作了一个好看的花瓶，哪若雍容高贵、腹有诗书的贵妇更有韵致？安顺廊桥，是一个人和一座城市架构在岁月长河的情感纽带：一边连着咿呀学语的童年，一边连着拄杖蹒跚的老年；一边连着慈母倚门的故乡，一边连着辛劳拼搏的异乡；一边连着混沌迷乱的旧岁月，一边连着蓬勃青葱的新年华……戏剧作家魏明伦创作的《廊桥赋》开头写道："反射阳光者，虹也。反射人情者，桥也。桥上行人，桥下倒影。桥梁贯穿历史，人情贯穿桥梁。"算是简要诠释了安顺桥的历史余韵。

了不起的安顺廊桥

成都是个水源丰富的地方。当年，客居成都的杜甫写下"窗含西岭千秋雪，门泊东吴万里船"，那时的水城，大河小流穿城过，长桥短桥上百座。水滋养了城市，更孕育了成都的桥文化。1287年，意大利旅行家马可·波罗途经成都时大为感叹，看到锦江后他写道："此江之宽，不类河流，经似一海。"

安顺廊桥

马可·波罗尤其对著名的安顺廊桥做了详细记载："安顺桥非常宏伟，全身由大理石砌成，桥的两头有桥栏和桥楼，中间还设市，还有守岁的人，整个安顺桥气势磅礴，宏伟巨大，是锦江上一个了不起的建筑。"

这座"了不起"的安顺廊桥，位于成都府河与南河交汇处的合江亭旁，横跨南河。安顺桥何时建造，有很多种说法。普遍说法是，1277年（元至元一十四年）前后。民俗学家刘孝昌先生考证说，1746年（清乾隆十一年），华阳县令安洪德在元代旧廊桥的基础上，重修了一座以砖石为基础的风雨廊桥，自题匾名"安顺"。该桥全长八十一米宽六米，桥面通道及栏杆均由青石制成，桥栏杆上雕有梅兰竹菊等图案，桥墩上配有两尊石制水兽镇桥。桥两侧各有一座仿古牌坊，桥面和牌坊红墙青瓦，飞檐翘角，曲栏回廊。

洪波里重生的安顺廊桥

安顺桥"卧波"成都的数百年间，屡次遭受洪波侵袭。

1947年7月中旬，数日暴雨，一天深夜，一场特大洪水席卷成都，古安顺桥被冲毁。此后三十余年，这里便只剩一座简易的木板石墩桥，但桥墩还是那两个建于1746年的古桥墩，犹如一个壮硕汉子负重歇息的腿脚，脚上水气淋漓，苔藓横生。1981年7月，洪水再次肆虐，冲走了桥墩上的部分简易木板，导致老安顺桥暂时不能通行。临近安顺桥三百米左右，有个修建仅几年的钢筋混凝土大桥叫十二北街大桥，不幸遭殃：发洪水当天，有人不慎从桥上落入水中，热心人下水去打捞，引起路人和周围居民围观，看热闹的人越来越多，蚁虫般黑压压黏在桥上。只听轰的一声巨响，新桥突然坍塌，溅起数丈高惊涛，未及逃跑的人纷纷落水，最终导致二十多人被淹死或失踪。民间以讹传讹，误认为垮塌的就是安顺廊桥。

1981年夏天那场洪水后，成都人在垮塌的大桥原址，重建了一座钢筋混凝土大桥，仍叫十二北街大桥；至于被冲走了桥面木板的老安顺桥，又重新铺设了木板后，继续通行。

但老安顺廊桥没有坚挺下去，更难以承载现代城市交通功能。2002年秋，

安顺廊桥

成都市政府决定将其拆除，在距原址一百米左右的合江亭附近，重建一座明清风格的三孔仿古廊桥。如今很多外地朋友傻傻分不清，不知现在的安顺廊桥为后来重建，只是借了原桥之名而已。

2002年新修的安顺廊桥，是按清代安顺桥的风格所建，保留其古风并融合了现代元素。大桥依然横跨在河面之上，桥上亭阁叠叠繁复，在河水的流淌中倒影回转，在与周围摩天建筑对比中，产生出一种动人心魄的美。

安顺廊桥的旧日记忆

安顺桥全长八十一米宽六米，有着明清风格，无论是桥面、桥身还是桥梁，都能看出它的独特风格。安顺桥桥面通道及栏杆均由青石制成，桥栏杆上雕有梅兰竹菊等代表中国传统民间文化的图案，桥墩上配有两个水兽镇桥。桥的两侧各有一座仿古牌坊，桥面和牌坊红墙青瓦，飞檐翘角，曲栏回廊，高度浓缩了中国民族建筑风格之精华。在桥上还可以观赏到唐诗宋词为主题的大型浮雕，梯式水景及"桥上桥下共流水"的绮丽景观

廊桥，简单说就是桥梁和建筑的综合体，也就是在桥梁上加盖房舍建筑，构建出世俗生活的婉转起伏。成都地区，除了市区的安顺桥，都江堰宝瓶口下侧的"南桥"也是远近有名廊桥，该桥修建于清光绪四年（1878），如今也成了都江堰的一处地标。

成都安顺桥所处位置，历史上是锦江上一处古老码头。巴金先生曾在在回忆录里写道，他幼时出成都去外省求学，便是在安顺桥上船，顺江而下，那一道轻轻漾起的泛舟水痕，掀起了中国现代文学的惊天波涛。

今天，如果沿锦江散步或骑行一圈，你会在合江亭下、老南门大桥、百花大桥上游等地，见到20世纪八九十年代修建的码头，共有十二个。当年修建锦江码头，一是为了在锦江上游设立停靠点，二是可以改善河岸景观，增加市民亲水的途径。有些码头至今还在，但大多成为清理河道垃圾的小船停靠点，不复旧日景象。这十二个码头中，安顺廊桥一度"臭名远扬"——这儿，曾经是成都最大的尿粪码头。

原来，20世纪60年代以前，尿粪都是成都周边农民不可或缺的肥料。刘孝昌回忆说，他还是个光屁股娃娃时，就常去安顺廊桥码头玩儿，那里，有个朱姓老板的尿粪生意做得风生水起。朱老板在河边拿砖修了个四米长、两米宽的粪塘子，上铺木板，木板不远处是间小房屋，朱老板一家平时就蜗居在小房屋里。粪塘子靠河处开一口子，口子平时用可以开合的木板挡着，木板下方接一段木槽，槽口直接伸到河面上。朱老板从串街走巷的人手中买来尿粪，储入自家粪塘子，然后跷起二郎腿当"坐商"。待运粪的船儿破浪而来，拴桩靠岸，他便起身抽出木板，让粪水通过木槽倒入对方船舱。待装满，船主伸手把皱巴巴的钞票递给老板，有的船主还扔来一袋上好烟土，联络感情。

"运粪的船儿不小哦，差不多十米长，中间一段搭个小蓬，后端被划成一格一格的，那是分舱，有五舱、七舱、九舱。船儿装满尿粪后吃水很深，有十多吨重，压在水面上鼓荡出一道道波纹，我从来没看到粪船翻倒过。"刘孝昌

说，虽然尿粪的味道不大好闻，但那时的锦江上，常有一串串轻盈的白鹭、燕子、麻雀叽叽喳喳从空中掠过，可爱得很，黄昏时还有初试翅膀的小蝙蝠更惹人怜爱。夏天，娃娃们都喜欢跑到安顺桥来赏景，玩高兴了，就扑通跳进锦江游泳，运气好的还伸手抓到一条鱼儿，捏回家熬汤喝。

安顺廊桥除了是个粪码头，还是个柴码头。旧时乐山、峨边、洪雅一带盛产青冈木。当地农人将木柴伐下捆好后，用船装到成都来卖，大的一捆百多斤，小的五六十斤。运柴船到成都时往往在下午三四点钟，靠岸下货后，船老板三三两两喝茶吃饭去了，搬夫和苦力则把捆好的木柴背下来，放到安顺廊桥下堆起。已等在那里的柴老板立即过秤买柴，再转手卖给二道贩子。有意思的是，安顺桥码头还衍生了另一个行当，就是卖棺材的。黄伞巷、水井街一带还形成了棺材铺一条街。

（本文原载于2019年8月19日《华西都市报》）

四圣祠街：中西合璧的文化宿地

说到成都的著名老街，四圣祠街是绝对跑不脱的。

如果说成都的宽窄巷子是中国北方胡同文化和建筑风格在南方的"孤本"，四圣祠街，就曾是西方文化和西洋建筑在成都的集萃。早在2002年，成都市人民政府公布的首批二十二处文物建筑中，四圣祠街就占了五处，风光无二。

在老成都人的记忆里，四圣祠街曾经有大量的历史建筑，这些建筑均与中国近代史有关，也与西方文明有关，无论建筑形式和承载的时代风云，在成都街巷史上都很罕见。

成都最早的禹庙所在地

历史上的四圣祠街，比今天的四圣祠范围更大，也不知什么时候"缩水"了。如今，走到头不过也七八分钟。沿街，黑灰色的砖墙上爬满了幽绿的藤

四圣祠街

蔓，老房子大多低矮陈旧，踮起脚尖就能看见房顶，窗户围栏上布满铁锈。这条街最大的"看点"当然是老建筑恩光堂。

四圣祠街很有文化渊源：清朝时，路口有一座祠庙，供奉着孔门弟子曾参、颜回、子路、子游这四位圣贤之人。百姓为此修建了四位圣贤的祠庙。祠庙当然不复存在，街名却沿用至今。

四圣祠街的历史，宛若它曾经幽深的旧巷里间间的绵亘藤萝，可以追溯到久远的北宋。北宋时四川官员张俞写有《上蜀帅书》，他力主建禹庙以崇祀先贤，主张辟出大慈寺北部旷地即今四圣祠南街、四圣祠北街连接地带修筑禹庙，庙祠的前殿祀仓颉，中殿祀大禹，左右二庑祀蚕丛和李冰。张俞的建议，获得了朝廷的批准。三年后，气势不俗的禹庙拔地而起。

据《蜀中广记·名胜记》记载，明宣德十年（1435）间，大慈寺毁于火灾，殃及北端的四圣祠。直至五十年后，大约宋宪宗成化十七年（1481）重建修复。新建之禹庙，位置上较旧址偏南，即位于今惜字宫南街一带。当时的街道名为"马务街"而非老百姓误传的"惜字宫南街"。清嘉庆《四川通志·祠庙》载:"惜字宫,古禹庙也,前殿祀仓颉,中殿祀禹王,明成化时建。"嘉庆《成都县志·祠庙》也载,重建后的禹庙后来演变成了集贤宫或集圣宫,集圣或集贤之意为汇集圣贤。沿革比较繁杂,但有一点是公认的,成都禹庙始于北宋仁宗时,四圣祠则为当时成都的第一座禹庙所在地。

明清建筑群的"西洋时光"

百多年前的一个春天,一阵吱吱嘎嘎的马车声压过繁茂洋槐下的青石板路,一些外国人徜徉在这条老街上,并很快居住下来。西方的建筑文化也春风拂面般浸润进来,在他们的张罗下,基督教恩光堂、基督教会、仁济教会医院……等西洋建筑开始冒出来。同时,这条街上还集中了谢无量故居以及明清四合院建筑群,尤以四圣祠西街44号民居最为著名。

1891年初春,加拿大教会人士来华传教,已在华传教多年的资深美国籍传教士赫斐秋(1840—1904),和加拿大传教士何忠义夫妇、司徒芬孙夫妇、启尔德医生夫妇、赫尔等一行九人,成为该会来华的第一批传教士,他们1892年初到达四川成都。起先,他们在四圣祠买下一片菜地,两年后修建了四圣祠礼拜堂。该礼堂一年后毁于反教风波(成都教案),次年又重建。

值得的一提的是,1892年2月,启尔德、斯蒂文森等医生来到成都后,租用四圣祠北街12号民房创办了第一家西医诊所,名为四圣祠福音医院,这座诊所式医院,也是川西历史上最早的西医医院,也就是今天大名鼎鼎的成都市二医院的前身。

1914年,这家医院成为华西协和大学医学院的实习基地,后更名为仁济医院。1949年由解放军晋绥军区民众医院接管,1950年组建为川西第二医院,1952年更名为成都市第二人民医院。

我以前当记者时,经常去二医院急症室和办公室采访。办公室坐落在富有西洋情调的大楼二楼,土红色木地板厚实光滑,散布着金灿灿的太阳光斑。人走在上面脚下发出咚咚的声音,好像在叩问一段隐去的历史。这座西洋楼很古老，1910年建成，最初是住院楼所在地。20世纪90年代末，办公大楼随着医院的扩建被拆除了。

三条街道多有大户公馆

家住书院西街的老人李树桦回忆说，以前的四圣祠比较大，共有西街、南街和北街三条街道，呈丁字形布局。他记得，20世纪50年代末，三条街交汇处有一破庙，供有菩萨，后为豆腐坊，兼卖些小菜，因计划经济时期难以维持，于20世纪60年代末期就关门了。20世纪80年代后期政府开修东延线，四圣祠西街与武城大街贯通一线，将医院宿舍分割成两半，西街残留部分迄今还保留一些破院旧房，等待拆除。

成都市锦江区地方志资料介绍，旧时的四圣祠南街，有许多大户人家的公馆，门匾门墩气派，内有平房花园，大门紧闭显得阴森，沿街的铺面白天经商，晚上装上门板即可居住，很有四川民居特色，可惜都已荡然无存。四圣祠

四圣祠街

最长的是北街，大约三百余米，其中的教堂和医院几乎占据了整条街道，最北边是成都印刷一厂，因污染重在20世纪90年代初工厂就变迁了。

当年的四圣祠西街44号很有名，典型的川西四合院。以前，天井里种满绿色的植物，石灰加糯米捣成的白色浆灰用在青砖上，经久耐用，粘性又好。屋子里的大树则活生生地和人的生活连在一起，俨然是家里的一件物品，一个摆设，一起成长的见证。据说，这个保存完好的四合院原来的主人是个国民党上校，20世纪90年代初还从台湾回成都看过这个院子的。

前面提到的谢无量旧居，位于四圣祠西街36号附3号，建筑面积250平方米，属清末时期民居，为砖木材质。谢无量，1884出生于四川乐至，近代著名学者、诗人、书法家，清末任成都存古学堂监督。他曾在孙中山大本营任孙的秘书长、参议长、黄埔军校教官等职。中华人民共和国成立后，谢无量历任川西博物馆馆长、中国人民大学教授、中央文史馆副馆长等。

"往年子我才三四岁，我老汉（爸爸）骑着洋马马（自行车）载着站在后座上的我，在四圣祠街的小街里东穿西穿，秋天最美，银杏叶子落在我们身上，头上是鸟儿喳喳叫。多好玩啊。现在，窗外的吆喝声也在梦中渐渐淡去了，醒来只剩下耳畔汽车一辆辆通过留下的喧嚣。我找不到当年的感觉了。"四圣祠街买串串香的老李叹息说。

抗战时冯玉祥在此演讲

四圣祠有一段抗击帝国主义的历史，那就是"成都教案"。

1895年端午节，正是春暖花开时节，成都的群众在教堂附近举行掷果活动，这种活动俗称"李子会"，没想到竟遭到英、美教士的无理干涉，有三个小孩还被强行带入教堂，前去交涉的人也被扣押。这下子激起众怒，群众当晚将四圣祠的福音堂、英美会以及内地会、天主堂等建筑焚毁，酿成了"成都教案"。接到成都衙门上报后，清廷畏惧老外，又是道歉又是赔款，还将四川总督刘秉璋及一些官员革职，还关杀了数名无辜平民。

1900年义和团事起，教堂再次被毁，又再次重建，可容三百人。此后，教堂周围陆续兴建了仁济医院、华英书局、华英女中、协和女师等众多机构，信徒大量增加，新建了可容千人聚会的带钟楼礼拜堂，风格属于简化的哥特式。设计者是加拿大人苏继贤。

据锦江区地方志资料记载，1942年8月，冯玉祥将军到成都灌县给四川青年夏令营的营员作抗日救国的讲演。9月13日，是一个星期天，应朋友之约，冯玉祥来到四圣祠街基督教堂去讲演。他演讲的主题是：节约献金救国运动。

演讲现场，人头攒动，激情高昂。冯玉祥演讲中引经据典，更讲了奋战在抗日前线的悲壮军人。他说：爱国的方法没有固定模式，大家可以出钱，可以出力，更可以出命。他还列举春秋战国时期的商人弦高，出钱、出力挽救了诸侯郑国。冯玉祥在成都那段时间，他曾经的部下张自忠将军正在与日军决战，壮烈阵亡。

1942年9月15日，四圣祠街华英书局的邱德容女士给冯玉祥送来了一封匿名信。邱德容在四圣祠教堂做礼拜时当主持，她与冯玉祥很熟悉。冯玉祥接过信一看，里面装有法币两百多元。信的落款是：良心稍微醒了一点的一个听者。

四圣祠西街36号小院，就是抗战时期冯玉祥在成都的临时住所。

一个城市需要老建筑，它是市民与历史对话的纽带。建筑，也梳理着一座城市的文化肌理。当很多年轻人还没来得及学会品位老建筑与世无争的宽容和静谧之美时，老屋就和这个时代擦肩而过了。

随着前些年旧城改造的如火如荼，四圣祠街的历史建筑越来越少，只有市二医院的那座教堂还孤零零地屹立。很多时候，人们走惯了通衢大道，蜗居于新楼房和电梯公寓的同时，也不知不觉失去了对土地的依恋，于是经常在心里怀念那些消失的老房子，怀念伴随一代代人成长的街巷旧地。

（本文原载于2018年11月14日《华西都市报》）